I0579026

VI KEELAND

Copyright © 2020 par Vi Keeland

Tous droits réservés. Aucune partie de cette publication ne peut être reproduite, distribuée ou transmise sous quelque forme ou par quelque moyen que ce soit, y compris la photocopie, l'enregistrement ou autres méthodes électroniques ou mécaniques, sans la permission écrite de l'éditeur, à l'exception de brèves citations dans le cadre de critiques littéraires et autres usages à but non commercial autorisés par la loi sur le droit d'auteur.

Ce livre est une œuvre de fiction. Tous les noms, les personnages, les lieux et les incidents décrits sont le produit de l'imagination de l'auteur. Toute ressemblance avec des personnes existantes ou ayant existé, des choses, des lieux ou des événements réels, serait purement fortuite.

Les Rivaux
Traduit de l'anglais par Laure Ludovic et Valentin Translation
Mannequin de couverture : Tobias Cameroon
Photographe : Walter Chin
Conception de la couverture : Sommer Stein,
Perfect Pear Creative

LES RIVAUX
DEPUIS 1962

« Aime-moi ou déteste-moi,
les deux sont à mon avantage.
Si tu m'aimes, je serai toujours dans ton cœur...
Si tu me détestes, je serai toujours dans ta tête. »
— *Auteur Inconnu*

CHAPITRE 1

Sophia

— Attendez !

L'employée tira la courroie en nylon d'un poteau à l'autre et la fixa, bloquant le passage pour la porte d'embarquement. Elle leva la tête et fronça les sourcils, me voyant foncer vers elle avec ma valise à roulettes que je traînais derrière moi. J'avais couru du terminal A au terminal C et respirais à présent comme quelqu'un qui fumait deux paquets de cigarettes par jour.

— Pardon, je suis en retard. Mais puis-je embarquer, s'il vous plaît ?

— Le dernier appel a eu lieu il y a dix minutes.

— Mon premier vol a eu du retard, et j'ai dû courir depuis le terminal international. Je vous en prie, je dois être à New York demain matin, et c'est le dernier vol.

Elle ne semblait pas compatissante, et je me sentis désespérée.

— Écoutez, dis-je. Mon petit ami m'a larguée il y a un mois. J'arrive de Londres pour commencer un nouveau travail demain matin — plus précisément, pour travailler pour mon père, avec qui je ne m'entends pas *du tout*. Il me pense incompétente, et il a probablement raison, mais j'avais vraiment besoin de quitter Londres.

Je secouai la tête.

— S'il vous plaît, laissez-moi monter dans cet avion. Je ne peux pas arriver en retard pour mon premier jour.

Le visage de la femme s'adoucit.

— J'ai travaillé dur pour atteindre en moins de deux ans le poste de manager dans cette compagnie aérienne, et pourtant, chaque fois que je vois mon père, il me demande si j'ai enfin rencontré un homme, pas comment se déroule ma carrière. Laissez-moi vérifier qu'ils n'ont pas fermé la porte de l'avion.

Je poussai un soupir de soulagement tandis qu'elle se dirigeait vers le guichet pour passer un appel. Elle revint et détacha la courroie de la barrière.

— Donnez-moi votre billet d'embarquement.

— Vous êtes la meilleure ! Merci beaucoup.

Elle scanna l'e-billet sur mon téléphone et me le rendit avec un clin d'œil.

— Allez montrer à votre père qu'il a tort.

Je courus le long de la passerelle et embarquai. Mon siège était le 3B, mais le compartiment au-dessus était déjà plein. L'hôtesse de l'air s'approcha, semblant très contrariée.

— Savez-vous s'il y a de la place ailleurs ? demandai-je.

— Tout est plein, à présent, je vais devoir leur demander de mettre votre bagage en soute.

Je jetai un coup d'œil autour de moi. Les passagers assis me regardaient tous comme si je retenais moi-même l'avion. *Oh ! Peut-être est-ce le cas.* Je soupirai, me forçant à sourire.

— Ce serait parfait. Merci.

L'hôtesse prit ma valise, et je regardai le siège vide côté allée. J'aurais juré avoir réservé un hublot. Revérifiant mon billet d'embarquement ainsi que le numéro des places sur le compartiment à bagages, je me penchai pour parler à mon compagnon de voyage.

— Euh... excusez-moi. Je crois que vous êtes à ma place.

Le visage enfoui derrière le *Wall Street Journal*, l'homme baissa le quotidien. Ses lèvres se plissèrent comme s'il avait le droit d'être contrarié alors qu'il était assis à *ma* place. Il me fallut quelques secondes pour lever les yeux vers le reste de son visage. Mais quand je le fis, j'en restai bouche bée — et les lèvres du voleur de siège affichèrent un sourire satisfait.

Je clignai des yeux plusieurs fois, espérant avoir vu un mirage.

Non.

Toujours là.

Argh !

Je secouai la tête.

— C'est une *blague* !

— Ravi de te revoir, Fifi.

Non. *Juste, non.* Les dernières semaines avaient été assez merdiques. Ça ne pouvait pas arriver.

Weston Lockwood.

De tous les avions et de toutes les personnes au monde, comment pouvais-je être assise à côté de *lui* ? C'était forcément une sorte de blague cruelle.

Je regardai autour de moi à la recherche d'un siège vide. Mais bien sûr, il n'y en avait aucun. L'hôtesse de l'air qui n'avait pas été heureuse de prendre mon bagage apparut à mes côtés, semblant encore plus agitée.

— Y a-t-il un problème ? Nous attendons que vous vous asseyiez afin de pouvoir nous éloigner de la porte d'embarquement.

— Oui. Je ne peux pas m'asseoir ici. Y a-t-il une autre place ailleurs ?

Elle posa ses mains sur ses hanches.

— C'est le seul siège disponible de l'avion. Vous devez vraiment vous asseoir, maintenant, mademoiselle.

— Mais...

— Je vais devoir appeler la sécurité si vous ne vous asseyez pas.

Je baissai les yeux vers Weston ; ce connard eut l'audace de sourire.

— Debout, lançai-je en le fusillant du regard. Je veux au moins le siège que je suis censée avoir près du hublot.

Weston regarda l'hôtesse de l'air et lui adressa un immense sourire.

— Elle a un faible pour moi depuis le collège. C'est sa façon de le montrer.

Il se leva en faisant un clin d'œil et tendit la main.

— Je t'en prie, prends mon siège.

Je plissai les yeux si fort qu'il n'en resta que des fentes.

— Pousse-toi juste de là.

Je tentai de le contourner sans entrer en contact avec son corps et me glissai vers le siège côté hublot.

Soufflant, je glissai mon sac à main sous la place devant moi et bouclai ma ceinture.

L'hôtesse de l'air commença immédiatement à réciter les mesures de sécurité, et l'avion se mit à s'écarter de la porte d'embarquement.

Mon connard de voisin se pencha vers moi.

— Tu as l'air en pleine forme, Feef. Ça fait combien de temps, maintenant ?

Je soupirai.

— De toute évidence, pas assez longtemps, puisque tu es assis près de moi.

Weston sourit.

— Tu fais toujours semblant de ne pas être intéressée, hein ?

Je levai les yeux au ciel.

— Tu es toujours délirant, à ce que je vois.

Malheureusement, quand mes yeux redescendirent, j'eus un bon aperçu de l'homme que j'avais passé ma vie tout entière à détester. Il se trouvait que ce salaud était devenu encore plus séduisant. Weston Lockwood avait été un adolescent canon. Il était impossible de le nier. Mais l'homme assis à mes côtés était absolument magnifique. Une mâchoire carrée virile, un nez en forme de lame romaine, de grands yeux bleus langoureux de la couleur d'un glacier d'Alaska. Sa peau était bronzée, et le coin de ses yeux avait de petites rides que — Dieu sait pourquoi — je trouvais sacrément sexy. Ses lèvres pulpeuses étaient entourées par ce qui semblait être une barbe de trois jours, et ses cheveux foncés avaient besoin d'une bonne coupe. Mais au lieu d'avoir l'air négligé, le style de Weston Lockwood hurlait *allez vous faire foutre* au monde bien net et soigné des entreprises. Normalement, il n'était pas mon genre. Pourtant, regarder ce crétin me fit me demander ce qui m'attirait chez mon type d'hommes habituel.

Dommage que ce soit un crétin. *Et un Lockwood.* Bien que ces deux déclarations soient en réalité redondantes, puisque le simple fait *d'être* un Lockwood signifiait automatiquement que vous étiez un crétin.

Je m'obligeai à regarder le siège devant moi, mais sentis malgré tout les yeux de Weston sur mon visage. Finalement, il devint impossible de l'ignorer, alors je soufflai et me tournai vers lui.

— Tu vas me dévisager pendant toute la durée du vol ?

Sa lèvre tressauta.

— C'est possible. La vue n'est pas désagréable.

Je secouai la tête.

— Fais-toi plaisir ! J'ai du travail.

Tendant la main sous le siège devant moi, j'attrapai mon sac. Mon projet avait été de faire des recherches sur l'hôtel Comtesse durant le vol. Mais je me rendis rapidement compte que mon ordinateur portable n'était pas dans mon sac. Je l'avais fourré dans la poche avant de ma valise, parce que j'avais supposé que cette dernière se retrouverait dans le compartiment à bagages. *Génial !* À présent, mon ordinateur était en soute. Quelles étaient les chances qu'il soit en un seul morceau quand je le récupérerais — à condition même qu'il soit encore dans ma valise à ce moment-là ? Et qu'allais-je bien pouvoir faire pour m'occuper pendant ce vol ? Sans parler du fait que la réunion avec les avocats du Comtesse était prévue le lendemain matin et que je n'étais pas du tout préparée. À présent, j'allais devoir rester debout une bonne partie de la nuit une fois arrivée à l'hôtel pour étudier les informations.

Génial !

Super méga génial !

Plutôt que de paniquer, ce qui était mon *modus operandi* habituel, je décidai que dormir pourrait m'être profitable vu que je ne le ferais pas beaucoup cette nuit-là. Alors je fermai les yeux et essayai de me reposer tandis que l'avion décollait. Mais penser à l'homme à mes côtés m'empêcha de me détendre.

Seigneur, je le détestais !

Ma famille tout entière haïssait la sienne.

Aussi loin que remontaient mes souvenirs, nous étions les Hatfield et les McCoy. La querelle entre nos familles remontait à nos grands-pères. Cependant, durant la majeure partie de mon enfance, nous avions évolué dans les mêmes cercles sociaux. Weston et moi avions fréquenté les mêmes écoles privées, nous étions souvent vus lors de galas de bienfaisance et d'événements sociaux, et avions même des amis communs. Les maisons de nos familles sur l'Upper West Side n'étaient qu'à quelques pâtés l'une de l'autre. Mais tout comme nos pères et nos grands-pères, nous gardions nos distances autant que possible.

Enfin, sauf cette unique fois-*là*.

Cette horrible et énorme erreur qu'avait été cette nuit-là.

En gros, je faisais comme si cela n'était jamais arrivé.

En gros...

Sauf que de temps en temps...

Tous les trente-six du mois...

Quand j'y pensais.

Ce n'était pas souvent.

Mais quand c'était le cas...

Oubliez ça. Je pris une profonde inspiration réparatrice, repoussant ces souvenirs-*là* de ma mémoire.

C'était la toute dernière chose à laquelle je devais penser à cet instant.

Mais pourquoi était-il assis à mes côtés, de toute façon ?

La dernière fois que j'avais entendu parler de Weston, il vivait à Las Vegas. Il dirigeait les hôtels familiaux de la région sud-ouest — non pas que je me tienne au courant de ce qu'il faisait ou quoi que ce soit.

Alors, quelles étaient les chances que je tombe sur lui en allant à New York ? Je n'étais pas retournée sur la côte est depuis six ans. Et pourtant, nous avions fini assis l'un à côté de l'autre, sur le même vol, en même temps.

Oh !

Merde !

Mes yeux s'ouvrirent brusquement.

C'était impossible.

Pitié, Seigneur ! Pitié, faites que ce ne soit pas ça.

Je me tournai vers Weston.

— Attends une minute. Pourquoi vas-tu à New York ?

Il sourit.

— Devine.

Ne voulant toujours pas y croire, je m'accrochai à un dernier espoir.

— Pour... rendre visite à ta famille ?

Il secoua la tête, gardant son sourire arrogant.

— Faire du tourisme ?

— Non.

Je fermai les yeux, et mes épaules s'affaissèrent.

— Ta famille t'a envoyé diriger le Comtesse, c'est ça ?

Weston attendit que j'ouvre les yeux avant de porter son coup :

— Apparemment, on va se voir bien plus souvent que durant ce court vol.

CHAPITRE 2

Sophia

— C'est pas par-là, Fifi.

Je sortis de l'ascenseur au quatrième étage, pour être accueillie par Mister Merveille en personne.

— Va-t'en, Lockwood.

Il entra dans l'ascenseur que je venais de quitter, mais tendit le bras et empêcha les portes de se refermer.

— Comme tu veux, dit-il en haussant les épaules. Mais il n'y a personne dans la salle de réunion 24.

Je me retournai.

— Pourquoi ?

— Les réunions ont été déplacées au cabinet de l'avocate de l'hôtel — en ville, au Flatiron Building.

Je soufflai.

— Tu plaisantes ? Personne ne m'a prévenue. Pourquoi ont-elles été déplacées ?

— Je ne sais pas. Je suppose qu'on le découvrira quand on y sera.

Weston relâcha le bouton sur le panneau et recula.

— Je m'en vais. Tu viens ou pas ? Ils ne vont pas retarder l'heure de début et la circulation va être merdique.

Je regardai par-dessus mon épaule en direction de la salle de réunion. Il n'y avait personne d'autre. Soupirant, j'entrai dans l'ascenseur. Weston était derrière moi au fond de la cabine, mais à la minute où la porte se referma, il fit un pas en avant.

— Que fais-tu ?

— Rien.

— Eh bien, recule ! Ne reste pas si près.

Weston ricana, mais ne bougea pas d'un pouce. Je détestais remarquer à quel point il sentait bon — un mélange de chêne fraîchement élagué et de propre, avec peut-être un peu de cuir ajouté au mélange. Ces fichues portes étaient bien trop longues à s'ouvrir. Au moment où elles le firent, je sortis à vive allure. Je courus dans le hall et franchis la porte d'entrée sans un regard en arrière.

Quarante minutes plus tard, après avoir pris un taxi qui n'avait parcouru qu'un demi-pâté d'immeuble en dix minutes, puis effectué deux trajets en métro très chauds — le second sentant délicieusement l'urine fraîchement déposée, je me précipitai dans le hall du Flatiron Building.

— Pouvez-vous m'indiquer à quel étage se trouve Barton et Fields, s'il vous plaît ? demandai-je au bureau de réception.

— Cinquième étage, répondit l'employé avant de pointer le doigt vers une longue file d'attente. Mais l'un des ascenseurs est en panne, aujourd'hui.

J'étais déjà en retard et n'avais pas le temps d'attendre.

— Où est l'escalier ? demandai-je au vigile avec un soupir.

Après avoir grimpé cinq longues volées de marches sur dix centimes de talons tout en portant une mallette de cuir remplie de dossiers et mon sac à main, j'approchai la double porte vitrée du cabinet d'avocats de l'hôtel Comtesse. La réceptionniste aidait quelqu'un, et deux autres personnes étaient avant moi dans la file d'attente, alors je vérifiai l'heure sur mon téléphone. J'espérais vraiment qu'ils n'avaient pas commencé la réunion à l'heure après l'avoir déplacée ici sans prévenir. Mais encore une fois, comment le pouvaient-ils ? Cela avait probablement pris autant de temps à Weston pour arriver jusqu'ici. Quand ce fut enfin mon tour, je m'approchai de la réceptionniste.

— Bonjour, je suis Sophia Sterling. J'ai rendez-vous avec Elizabeth Barton.

La réceptionniste secoua la tête.

— Maître Barton est en rendez-vous à l'extérieur, ce matin. À quelle heure est votre rendez-vous ?

— En fait, il était à l'origine prévu au Comtesse, mais il a été déplacé ici.

Les sourcils de la femme s'affaissèrent.

— Je l'ai vue partir quand je suis arrivée ce matin. Laissez-moi revérifier. Peut-être qu'elle est revenue pendant que je préparais le café.

Elle pianota sur son clavier et se concentra sur ses écouteurs pendant une minute avant de les retirer.

— Elle ne répond pas. Je vais voir son bureau et la salle de réunion.

Quelques minutes plus tard, une femme en tailleur revint avec la réceptionniste.

— Bonjour, je suis Serena, l'assistante de Maître Barton. Votre rendez-vous a lieu au Comtesse, aujourd'hui. Dans la salle 24.

— Non. J'en viens. C'est là qu'il était originellement programmé, mais il a été déplacé ici.

Elle secoua la tête.

— Je suis désolée. La personne qui vous a dit cela vous a donné une fausse information. Je viens d'appeler Elizabeth sur son portable pour en avoir la confirmation. Le rendez-vous de neuf heures a débuté il y a presque une heure.

Je sentis de la chaleur remonter de la plante de mes pieds jusqu'à la pointe de mes cheveux. *Je vais tuer Weston !*

— Pardonnez mon retard, annonçai-je en entrant.

La femme assise au bout de la table de réunion — que je supposai être Elizabeth Barton, l'avocate principale du Comtesse — regarda sa montre. Son visage était sévère.

— Peut-être qu'une personne arrivée à l'heure aura l'amabilité de vous informer de ce que vous avez raté.

Elle se leva.

— Prenons dix minutes de pause, et je répondrai aux questions que vous aurez à notre prochaine rencontre.

Weston sourit.

— Je serais heureux de mettre madame Sterling au courant.

L'avocate le remercia. Elle et deux autres hommes que je n'avais jamais vus sortirent, me laissant seule avec Weston. Je fis de gros efforts pour ne pas péter les plombs – du moins pas avant qu'elle n'ait passé la porte. Weston se leva comme si lui aussi allait faire une pause et s'en sortir indemne.

Hors de question !

Je me plaçai devant la porte afin qu'il ne puisse pas sortir.

— *Connard !*

Il boutonna sa veste avec un sourire satisfait.

— On ne t'a rien appris à Wharton ? C'est de bonne guerre, Fifi.

— Arrête de m'appeler comme ça !

Weston attrapa une peluche imaginaire sur la manche de son costume hors de prix.

— Aimerais-tu que je t'informe de ce que tu as raté ?

— Bien sûr que oui, connard ! Parce que c'est ta faute si je n'étais pas là.

— Pas de problème, dit-il en croisant les bras pour regarder ses ongles. Pendant le dîner.

— Je ne dînerai *pas* avec toi.

— Non ?

— Non !

Il haussa les épaules.

— Comme tu voudras. J'essayais d'être un gentleman. Si tu préfères monter directement dans ma suite, ça me va aussi.

— Tu as perdu la tête ! rétorquai-je.

Il se pencha en avant. Comme je lui bloquais le chemin, je n'avais nulle part où aller. Et je n'allais pas lui donner la satisfaction de céder. Alors, je tins bon pendant que cet idiot *qui sentait encore délicieusement bon* rapprochait ses lèvres de mon oreille.

— Je sais que tu te rappelles combien c'était bien entre nous. La meilleure partie de jambes en l'air de haine que j'aie jamais eue.

— Je suis sûre que tu n'en as jamais eu d'autre genre, répliquai-je, les dents serrées. Parce que personne de sensé ne t'apprécierait.

Il redressa la tête et me fit un clin d'œil.

— Accroche-toi à cette colère. On en fera bientôt bon usage.

À vingt heures ce soir-là, j'avais vraiment besoin d'un verre. Cela avait été une journée interminable.

— Puis-je commander à manger ici, ou dois-je prendre une table ? demandai-je au barman du restaurant de l'hôtel.

— Vous pouvez commander au bar. Je vous apporte une carte.

Il disparut, et je m'installai sur un tabouret. Sortant un bloc-notes de mon gigantesque sac à main, je commençai à passer en revue tout ce que mon père avait dit au cours des vingt dernières minutes. J'utilisais le mot *dit* au sens large. Parce qu'en réalité, il m'avait hurlé après à la minute où j'avais répondu au téléphone. Pas même un bonjour — il s'était juste mis à rouspéter, criant question après question. Avais-je *déjà* fait ci ou ça, mais sans jamais reprendre son souffle pour me laisser vraiment prononcer quelques mots et répondre.

Mon père *détestait* le fait que mon grand-père m'ait choisie pour m'occuper du Comtesse. Je suis sûre qu'il aurait préféré que ce soit Spencer, mon demi-frère, qui le fasse. Pas parce que Spencer était compétent en la matière — faites suffisamment de dons à une école de l'Ivy Ligue et elle laisse miraculeusement entrer n'importe qui —, mais parce qu'il était sa marionnette.

Alors, lorsque le nom de Scarlett apparut sur l'écran de mon téléphone portable, je posai mon stylo pour une pause bien méritée.

— N'est-il pas environ une heure du matin là-bas ? demandai-je.

— Absolument, et je suis absolument claquée.

Je souris. Ma meilleure amie, Scarlett, était *totalement* britannique, et j'aimais tous les superlatifs qui sortaient de sa bouche.

— Tu ignores à quel point j'avais besoin d'entendre ton horrible accent, là, maintenant.

— Horrible ? Je parle l'anglais de la reine, ma chère. Tu parles l'anglais du Queens. Comme dans ce quartier épouvantable coincé entre Manhattan et Tall Island.

— C'est *Long* Island. Pas Tall Island.

— Peu importe.

— Comment vas-tu ? demandai-je en riant.

— Eh bien, nous avons engagé une nouvelle au travail, et j'ai cru qu'elle pourrait te remplacer en tant que ma seule amie. Mais le week-end dernier, nous sommes allées au cinéma, et elle portait un legging à travers lequel on voyait la trace de son string.

Je secouai la tête en souriant.

— Oh, mince ! Pas bon.

Scarlett travaillait dans la mode et faisait passer Anna Wintour pour une personne tolérante en cas de faux pas de style.

— Soyons réalistes. Je suis juste irremplaçable.

— C'est vrai. Alors, t'es-tu lassée de New York et as-tu décidé de rentrer à Londres ?

Je gloussai.

— Ça a été vingt-six heures épuisantes depuis que je suis partie.

— Comment se passe ton nouveau travail ?

— Eh bien, le premier jour, j'ai été en retard pour une réunion avec l'avocate de l'hôtel, parce que le représentant de la famille qui possède désormais l'autre part de l'hôtel m'a lancée sur une fausse piste.

— Et c'est la famille de l'homme qui, il y a *cinquante ans*, se tapait la femme qui possédait l'hôtel en même temps que ton grand-père ?

Je ris.

— Oui.

Bien que cela soit un peu plus compliqué que ça, Scarlett n'avait pas tort. Cinquante ans plus tôt, mon grand-père, August Sterling, avait ouvert un hôtel avec ses deux meilleurs amis — Oliver Lockwood et Grace Copeland. L'histoire raconte que mon grand-père était tombé amoureux de Grace, qu'ils s'étaient fiancés et qu'ils devaient se marier pour la Saint-Sylvestre. Le jour du mariage, celle-ci s'était tenue devant l'autel et avait dit à mon grand-père qu'elle ne pouvait pas l'épouser, avouant qu'elle était également amoureuse d'Oliver Lockwood. Elle aimait les deux hommes et refusait d'épouser l'un d'eux, parce que le mariage consistait à offrir son cœur à un seul homme, et que le sien n'était pas disponible pour seulement l'un d'entre eux.

Les hommes s'étaient disputés pour elle pendant des années, mais en fin de compte, aucun d'eux n'avait pu dérober l'autre moitié de son cœur et ils avaient fini tous trois par prendre des chemins séparés. Mon grand-père et Oliver Lockwood étaient devenus d'amers rivaux, passant leur vie à bâtir des empires hôteliers et à essayer de surpasser l'autre, pendant que Grace concentrait ses efforts pour construire un seul hôtel de luxe plutôt qu'une chaîne. Tous les trois avaient eu énormément de succès dans leur domaine. Les familles Sterling et Lockwood étaient devenues les deux plus gros propriétaires d'hôtels des États-Unis. Et bien que Grace n'ait jamais possédé qu'un seul hôtel, le premier qu'ils avaient créé ensemble, le Comtesse, avec sa vue imprenable sur Central Park, était devenu l'un des hôtels les plus recherchés du monde. Il rivalisait avec le Four Seasons et le Plaza.

Trois semaines plus tôt, quand Grace était décédée après une longue bataille contre le cancer, ma famille avait été surprise de découvrir qu'elle avait laissé quarante-neuf pour cent du Comtesse à mon grand-père et quarante-neuf pour cent à Oliver Lockwood. Les deux pour cent restants étaient allés à une œuvre de charité, qui les mettait actuellement aux enchères pour les céder à la famille qui en offrirait le plus — ce qui, en retour, donnerait à l'un d'entre nous un très important cinquante et un pour cent.

Grace Copeland ne s'était jamais mariée, et je voyais son acte final comme une magnifique tragédie grecque — cependant, je suppose que d'un point de vue extérieur, cela semblait fou de laisser un hôtel d'une valeur de plusieurs centaines de millions de dollars à deux hommes qui ne s'étaient pas adressé la parole en cinquante ans.

— Ta famille est dingue, dit Scarlett. Tu le sais, pas vrai ?

Je ris.

— Tout à fait.

Nous discutâmes un peu de son dernier rendez-vous amoureux et de l'endroit où elle pensait partir en vacances, puis elle soupira.

— En fait, je t'appelais pour te donner des nouvelles. Où es-tu, là ?

— À l'hôtel. Plus précisément, au Comtesse, l'hôtel que ma famille possède aujourd'hui partiellement. Pourquoi ?

— Il y a de l'alcool dans ta chambre ?

Je fronçai les sourcils.

— Je suis sûre que oui. Mais je ne suis pas dans ma chambre ; je suis au bar, en bas. Pourquoi ?

— Parce que tu en auras besoin après ce que je vais te dire.

— Ce que tu vas me dire ?

— Ça concerne Liam.

Liam était mon ex. Un dramaturge de l'ouest londonien. Nous avions rompu un mois plus tôt. Même si je savais que c'était pour le mieux, cela me faisait toujours mal au cœur d'entendre son nom.

— Qu'a-t-il fait ?

— Je l'ai vu aujourd'hui.

— D'accord...

— Avec sa langue dans la gorge de Marielle.

— Marielle ? Marielle qui ?

— Je suis relativement sûre qu'on n'en connaît qu'une seule toutes les deux.

C'est une blague !

— Tu veux dire *ma cousine* Marielle ?

— La seule et unique. Une vraie conne.

Je sentis de la bile remonter dans ma gorge. Comment osait-elle ? Nous étions devenues plutôt proches quand je vivais à Londres.

— Ce n'est pas le pire.

— Il y a pire ?

— J'ai demandé à une amie commune depuis combien de temps ils s'envoyaient en l'air, et elle m'a dit « près de six mois ».

Je crus que j'allais être réellement malade. Trois ou quatre mois plus tôt, quand les choses avaient commencé à se dégrader avec Liam, j'avais trouvé un imperméable Burberry rouge sur la banquette arrière de sa voiture. Il avait dit qu'il était à sa sœur. À cette époque-là, je n'avais aucune raison de suspecter quoi que ce soit. Mais Marielle possédait un imperméable rouge.

Je dus rester longtemps silencieuse.

— Tu es toujours là ? demanda Scarlett.

Je poussai un profond soupir.

— Oui, je suis là.

— Je suis désolée, chérie. J'ai pensé qu'il valait mieux que tu le saches afin de ne pas être gentille avec cette garce.

J'avais eu l'intention d'appeler aussi ma cousine. Maintenant, j'étais heureuse d'avoir été si occupée.

— Merci de me l'avoir dit.

— Tu sais que je suis là pour toi.

Je souris tristement.

— Je le sais. Merci, Scarlett.

— Mais j'ai aussi de bonnes nouvelles.

Je ne pensais pas que quoi que ce soit puisse me remonter le moral après ce qu'elle venait de me dire.

— Qu'est-ce que c'est ?

— J'ai viré l'une de mes rédactrices en chef. J'ai découvert qu'elle évitait de parler de certains *designers* à cause de leur origine.

— Et c'est ta bonne nouvelle ?

— Non, pas vraiment. La bonne nouvelle, c'est qu'elle avait une tonne de choses prévues sur son planning et que je vais devoir travailler un milliard d'heures pour tout couvrir.

— Je pense que tu ne connais pas la définition de « bonne nouvelle », Scarlett.

— Ai-je mentionné que l'une de ce milliard de choses à couvrir est un défilé de mode à New York dans deux semaines ?

Je souris.

— Tu viens à New York !

— C'est ça. Alors, réserve-moi une chambre dans cet hôtel affreusement hors de prix que ton connard de grand-père possède à présent la moitié. Je t'enverrai les dates par e-mail.

Lorsque j'eus raccroché, le barman m'apporta une carte.

— Je prendrai une vodka cranberry, s'il vous plaît.

— Tout de suite.

Quand il revint pour prendre ma commande, par automatisme, je demandai une salade. Mais avant qu'il puisse s'éloigner, je l'arrêtai.

— Attendez ! Puis-je changer, s'il vous plaît ?

— Bien sûr. Que puis-je vous apporter ?

Au diable les calories !

— Je prendrai un cheeseburger. Avec du bacon, si vous en avez. Et du *coleslaw* en accompagnement. Et des frites.

Il sourit.

— Mauvaise journée ?

Je confirmai d'un hochement de tête.

— Continuez aussi à me servir en boisson.

La vodka cranberry descendit doucement. Alors que j'étais assise au bar, à regarder les notes que mon père m'avait crachées et à repenser à ma cousine Marielle qui se tapait Liam dans mon dos, la colère se mit à monter en moi. Ma réaction immédiate avait été de me sentir blessée quand Scarlett me l'avait dit, mais quelque part entre la première et la deuxième vodka, cela se changea en énervement.

Mon père peut aller au diable !

Je travaille pour mon grand-père.

Et Marielle a des extensions capillaires affreuses et une voix aiguë nasillarde.

Qu'elle aille se faire voir aussi !

Et Liam ? Qu'il aille se faire foutre ! J'avais gâché une année et demie de ma vie avec cet aspirant Arthur Miller en cardigan. Vous savez quoi ? Ses pièces n'étaient même pas si bonnes que ça. Elles étaient prétentieuses, comme lui.

J'avalai un quart de ma deuxième vodka en une seule gorgée. Au moins, les choses ne pouvaient pas être pires. Je suppose que c'était le bon côté.

Même si j'eus cette pensée quelques secondes trop tôt.

Elles pouvaient absolument être pires.

Et elles le furent.

Quand Weston Lockwood se faufila jusqu'à moi et posa ses fesses sur le tabouret de bar près du mien.

— Eh bien, bonsoir, Fifi !

— Alors, comment se sont passées ces douze dernières années ?

Weston commanda une eau gazeuse avec un citron et resta planté à m'observer, même si je gardais le regard fixé droit devant moi, ignorant complètement sa présence.

— Va-t'en, Lockwood.

— Les miennes ont été plutôt bonnes. Merci de poser la question. Après le lycée, je suis allé à Harvard, même si je suis sûr que tu le sais. J'ai obtenu un MBA à Columbia, puis je suis allé travailler pour la famille. Je suis vice-président, maintenant.

— Seigneur ! Devrais-je être impressionnée que le népotisme t'ait fait décrocher un joli petit titre ?

Il sourit.

— Non. Il y a plein d'autres choses qui peuvent impressionner. Tu te souviens de moi nu, pas vrai, Fifi ?

Je me suis bien étoffé depuis mes dix-huit ans. Dès que tu seras prête, on pourra retourner dans ma chambre, et je te laisserai jeter un petit coup d'œil.

Je me tournai pour le fusiller du regard.

— Je pense que tu as omis quelque chose d'important qui s'est passé au cours des douze dernières années. De toute évidence, tu as reçu un gros coup à la tête qui t'a fait vivre dans un monde fantaisiste, incapable de comprendre les émotions des autres humains.

Ce salaud ne cessa pas de sourire.

— Ceux qui protestent le plus sont ceux qui essayent habituellement de dissimuler leurs vrais sentiments.

Je gémis de frustration.

Le barman s'approcha et posa les plats que j'avais commandés.

— Vous avez besoin d'autre chose ?

— D'un insecticide pour les cafards qui traînent dans le coin.

Il regarda autour de lui.

— Des cafards ? Où ?

J'agitai la main devant lui.

— Désolée. Non. Pas de cafards. Je faisais juste de l'humour.

Weston regarda le barman avec compassion.

— On va travailler son humour. C'est pas encore ça.

Le serveur sembla un peu confus, mais partit quand même. Lorsque je tendis la main vers le ketchup, Weston me vola une frite dans mon assiette.

— Ne touche pas ma nourriture !

Je le fusillai du regard.

— Ça fait énormément de nourriture. Tu es sûre de vouloir manger tout ça ?

— Qu'est-ce que ça veut dire ?

— Rien. Ça paraît juste beaucoup de viande pour ta petite carrure.

Il sourit.

— Mais encore une fois, si mes souvenirs sont bons, tu aimes quand il y a beaucoup de viande. C'était le cas il y a douze ans, en tout cas.

Je levai les yeux au ciel. Soulevant mon cheeseburger, j'y plongeai les dents, soudain complètement affamée. Le crétin à mes côtés sembla trouver ma mastication captivante.

Je me couvris les lèvres de ma serviette et parlai la bouche pleine.

— Arrête de me regarder manger.

Sans surprise, il ne le fit pas. Durant la demi-heure suivante, je terminai mon plat et avalai un autre verre. Weston essayait toujours de faire la conversation, mais je continuais à l'ignorer. Puis ma vessie fut pleine, et je ne voulus pas me rendre dans des toilettes publiques en emportant mon imposant sac à main, mon ordinateur portable et mon agenda. Aussi demandai-je à contrecœur à ce lourdaud de surveiller mes affaires.

— J'adorerais surveiller tes *affaires*.

Je levai à nouveau les yeux au ciel. Alors que je quittais le tabouret, je vacillai un peu. Apparemment, l'alcool m'avait grisée plus que je ne le croyais.

— Hé, fais attention !

Weston m'attrapa le bras et le tint fermement. Sa main était chaude et forte et... *Oh, mon Dieu, j'étais vraiment pompette si je pensais ça !*

Je libérai mon bras de son emprise.

— Mon talon a glissé. Je vais bien. Surveille juste mes affaires.

Dans les toilettes, je me soulageai, puis me lavai les mains. Jetant un coup d'œil à mon reflet, je remarquai que j'avais du mascara étalé sous l'œil. Alors, je l'essuyai et passai mes doigts dans mes cheveux — par habitude, pas parce que je me souciais de mon apparence vis-à-vis de Weston Lockwood.

Quand je retournai au bar, mon ennemi juré était au moins préoccupé par quelque chose d'autre que moi, pour changer. Je repris ma place et remarquai que mon verre avait été rempli.

— Cire au sucre, hein ? dit Weston sans me regarder. En quoi est-ce différent d'une cire normale ?

Mon visage se plissa.

— Quoi ?

Il tapota sur le truc qu'il regardait, posé sur le bar devant lui.

— Le sucre est comestible ? Genre... après t'être faite toute lisse, tu es prête pour un peu d'action ? Ou il y a des produits chimiques mélangés ?

Je me penchai et jetai un œil à ce qu'il regardait. Mes yeux s'écarquillèrent.

— Donne-moi ça ! T'es un vrai connard !

Le crétin m'avait pris mon agenda, qui reposait à ma gauche sur le bar, et le lisait sans sourciller. J'attrapai le carnet, et Weston leva les mains en signe de reddition.

— Pas étonnant que tu sois de mauvais poil. Tes règles arrivent dans quelques jours. Tu as déjà essayé le Midol ? Leurs pubs me font mourir de rire.

Je fourrai mon agenda dans mon sac et fis signe au barman en criant :

— Puis-je avoir ma note, s'il vous plaît ?

L'homme s'approcha.

— Je la mets sur votre chambre ?

Je passai la bandoulière de mon gros sac sur mon épaule et me levai.

— En fait, non. Mettez-la sur la chambre de cet abruti, dis-je en montrant Weston du pouce. Et donnez-vous un pourboire de cent dollars de ma part.

Le barman regarda Weston, puis haussa les épaules.

— Pas de problème.

Je filai vers la rangée d'ascenseurs en soupirant, sans attendre ni me soucier du fait que Mister Merveille ne soit pas ravi de payer la note. J'appuyai avec impatience sur le bouton pour appeler l'ascenseur une demi-douzaine de fois. Quoi qu'ait fait l'alcool pour apaiser ma colère, elle revenait à présent avec force. J'avais envie de jeter quelque chose.

D'abord à la tête de Liam.

Puis à celle de mon père.

Et deux fois à celle de ce crétin de Weston.

Heureusement, les portes de l'ascenseur s'ouvrirent avant que je puisse déchaîner ma colère sur un client de l'hôtel innocent. J'appuyai sur le bouton du huitième étage et me demandai si le minibar aurait du vin.

— Quoi encore ? rageai-je en appuyant une deuxième fois sur le bouton du panneau de contrôle.

Ce dernier s'illumina, mais la cabine resta en place. Alors j'appuyai une troisième fois. Enfin, les portes commencèrent à se refermer. Juste au moment où elles s'apprêtaient à se rejoindre complètement, une chaussure bloqua leur mouvement.

Une brogue.

Le visage souriant de Weston fut là pour me saluer quand les portes s'ouvrirent brusquement.

Mon sang était près de bouillir.

— Bon sang, Weston, si tu tentes de monter dans cette cabine, je ne serai pas responsable de ce qui peut t'arriver ! Je ne suis plus du tout d'humeur.

Il entra quand même dans l'ascenseur.

— Allons, Fifi. Qu'est-ce qui ne va pas ? Je ne fais que m'amuser. Tu prends les choses bien trop au sérieux.

Je comptai jusqu'à dix dans ma tête, mais cela n'aida pas. *Eh merde !* Il voulait avoir une réaction de ma part ? Il allait en avoir une. Les portes se refermèrent, et je me tournai pour le pousser dans un coin. En voyant mon visage, il eut au moins la décence de paraître un peu nerveux.

— Tu veux savoir ce qui ne va pas ? Je vais te dire ce qui ne va pas ! Mon père pense que je suis incompétente parce que je n'ai pas d'appendice qui pendouille entre les jambes. L'homme avec qui j'ai passé les dix-huit derniers mois me trompait avec l'une mes cousines. *Encore.* Je déteste New York. Je méprise la famille Lockwood. Et tu crois que tu peux t'en tirer comme tu veux juste parce que tu as un gros sexe.

Je plantai mon doigt dans son torse et ponctuai chaque mot d'un nouveau coup.

— J'en.

« Ai.

« Ma claque.

« Des hommes.

« Mon père.

« Liam.

« Toi.

« Chacun d'entre vous. Alors, fiche-moi la paix !

À bout, je pivotai à nouveau et attendis que les portes s'ouvrent, juste pour me rendre compte que nous n'avions pas commencé à bouger. Génial ! C'était juste génial. J'enfonçai le bouton plusieurs fois encore, fermai les yeux et pris de profondes inspirations apaisantes tandis que nous commencions à monter. Au milieu de la troisième inspiration, je sentis la chaleur du corps de Weston derrière moi. Il avait dû se rapprocher. Je continuai à essayer de l'ignorer.

Mais cet enfoiré sentait *toujours* bon.

Comment cela était-il possible ? Quelle eau de Cologne durait — combien de temps cela faisait-il, maintenant — douze heures ? Après le parcours du combattant qu'il m'avait fait faire à travers la ville le matin, je devais empester les odeurs corporelles. Cela me mit en colère que cet *enfoiré* sente… *si délicieusement bon.*

Il s'approcha encore, et je sentis son souffle contre ma nuque.

— Donc, chuchota-t-il d'une voix rocailleuse, tu trouves que j'ai un gros sexe.

Je me retournai et le fusillai du regard. Alors que le matin même il était rasé de près, les poils avaient légèrement repoussé sur sa mâchoire fuselée. Cela lui donnait un air malveillant. Le costume qui épousait ses épaules larges coûtait probablement plus que toute la garde-robe de pull-overs de Liam. Weston Lockwood était tout ce que je détestais chez un homme — riche, beau, sûr de lui, arrogant et intrépide. Liam l'aurait détesté. Mon père le détestait déjà. Et à cet instant, c'étaient en fait les points forts de Weston.

Alors que je luttais contre mon corps qui réagissait à son odeur et au fait que j'aimais les poils de son visage, Weston tendit lentement la main et la posa sur ma hanche. Au début, je supposai qu'il pensait devoir me stabiliser, comme il l'avait fait quand j'avais vacillé au bar. L'avais-je à nouveau fait ? Je ne pensais pas. Mais j'avais dû.

Cependant, quand sa main glissa de ma hanche jusqu'à mes fesses, il fut impossible de mal interpréter ses intentions. Il n'essayait *pas* de m'aider à rester debout. Dans ma tête, ma réaction immédiate fut de lui hurler après, mais étrangement, ma gorge était trop serrée pour que je parle.

Je fis l'erreur de faire glisser mon regard de sa mâchoire jusqu'à ses yeux bleus. La chaleur qui s'en dégagea les rendit presque gris, et il les baissa vers mes lèvres.

Non.

Juste, non.

Ce n'était pas en train d'arriver.

Pas encore.

Mon cœur tambourina dans ma poitrine, et le sang rugit si fort à mes oreilles que je faillis ne pas entendre le *ding* de l'ascenseur qui annonçait que nous étions arrivés à mon étage. Heureusement, cela me fit sortir du moment de stupidité dans lequel j'avais glissé.

— Je... je dois y aller.

Il me fallut toute ma concentration pour mettre un pied devant l'autre, mais je parvins à remonter le couloir pour arriver jusqu'à ma chambre.

Cependant...

Je n'étais pas seule.

Une fois encore, Weston était derrière moi. *Proche. Trop proche.* Je fouillai dans mon sac, essayant de trouver la clé de ma chambre, quand une main se faufila autour de ma taille et frotta contre le haut de ma jupe. Je savais que je devais tuer cette histoire dans l'œuf, mais mon corps réagit complètement à son contact. Mon souffle se fit plus rapide.

La main de Weston voyagea jusqu'à mon ventre et s'arrêta à l'armature de mon soutien-gorge. Je déglutis, sachant que je devais dire quelque chose avant qu'il ne soit trop tard.

— Je te méprise, sifflai-je.

Weston répondit en prenant mon sein gauche dans sa main et en serrant fort.

— Je te méprise, repris-je. Toi, et cette chose que tu appelles verge et qui essaie de me flatter avec une pathétique semi-érection qui pousse contre mes fesses.

Il se rapprocha et continua à faire glisser sa main pour me saisir l'autre sein.

— Le sentiment est partagé, *Fifi*. Mais je sais que tu te rappelles que cette chose que j'appelle verge est bien plus grosse que ce que ton petit dramaturge a entre les jambes — ton petit dramaturge dont la verge inadéquate est probablement fourrée dans ta cousine à cette heure-ci.

Je serrai les mâchoires. *Fichu Liam !*

— Au moins, il n'avait pas de maladies. Tu as probablement attrapé toutes les IST possibles à force de coucher à droite à gauche à Las Vegas.

Weston répondit en poussant son bassin vers mes fesses. Son érection chaude ressemblait un tuyau d'acier essayant de transpercer son pantalon.

Mais, Seigneur, que c'était agréable !

Si dur !

Si chaud !

Mon esprit retourna douze années en arrière. Weston était monté comme un cheval, et même à dix-huit ans, il avait su exactement comment s'en servir.

— Entrons, gronda-t-il. Je veux te prendre si fort que tu auras du mal à t'asseoir pour nos rendez-vous, demain.

Je fermai les yeux. Une bataille se déclencha en moi. Je savais que ce serait une erreur monumentale de m'impliquer avec Weston, en particulier avec la guerre qui faisait rage entre nos familles. Mais bon sang... mon corps était en feu !

Ce n'était pas comme si nous devions être amis.

Ni nous apprécier, d'ailleurs.

Je pouvais juste l'utiliser cette fois-ci.

Prendre mon pied et reprendre mes distances avec lui le lendemain.

Je ne devais pas.

Je ne le devais vraiment pas.

Weston pinça mon mamelon, et une étincelle jaillit en moi.

Au diable tout ça !

Au diable Liam !

Au diable mon père !

Au diable Weston !

— Règles de base, lançai-je. Ne m'embrasse pas. Et uniquement de dos. Tu ne jouis pas avant moi, ou je te jure que je t'arrache ce truc entre les jambes. Et utilise une capote, parce que je ne veux pas attraper ce qui t'oblige à être sous antibiotique en ce moment.

Weston me mordilla l'oreille.

— Aïe...

— Tais-toi. J'ai quelques règles, moi aussi.

— Des règles ? Quel genre de règles ?

— Ne t'attends pas à ce que je reste après. Tu jouis. Je jouis. Je pars. Dans cet ordre. Tu ne parles pas, sauf pour me dire que tu aimes avoir mon sexe en toi. Et tu gardes ces putains de chaussures pointues à tes pieds. Oh ! Et si je te fais jouir plus d'une fois, demain, tu relèves tes cheveux.

J'étais si excitée que je n'arrivais même pas à réfléchir à ce que j'étais en train d'accepter. J'en avais juste envie... envie de lui. *Maintenant.*

— Bien, crachai-je. Maintenant, entre, et finissons-en.

Weston me prit la clé des mains et ouvrit la porte. Il me guida à l'intérieur, pas très délicatement, et me poussa contre le mur. Nous étions tout juste entrés, et ma joue était déjà plaquée contre le papier peint.

— Sors ma verge, gronda-t-il.

Je détestais qu'on me dise quoi faire, en particulier lui.

— Je suis censée être Houdini ? Je vais avoir besoin de me retourner pour le faire.

Weston avait fermement appuyé son torse contre mon dos, alors il relâcha un peu la pression, faisant un petit pas en arrière afin que je puisse me retourner. J'enroulai ma main autour de son épaisse érection à travers son pantalon et serrai. *Fort.*

Weston siffla.

— Sors-la toi-même, grondai-je.

Un sourire vicieux étira ses lèvres. Il baissa la main, déboucla son pantalon, et baissa sa fermeture éclair. Puis il saisit mon poignet et glissa ma main dans son boxer.

Oh, Seigneur !

La peau douce était si chaude et dure ! Et épaisse. Je n'avais jamais été aussi excitée de toute ma vie. Cependant, je n'allais pas le lui faire savoir. Maîtrisant les émotions qui jaillissaient en moi, je verrouillai mes yeux aux siens et fis un vif va-et-vient de la main.

Les yeux de Weston luisirent. Il fit courir sa langue sur sa lèvre inférieure et parla d'une voix tendue.

— On dira qu'on est quittes pour m'avoir fait payer ton repas et tes boissons.

Je fronçai les sourcils. Je n'étais pas certaine de ce dont il parlait jusqu'à ce qu'il attrape mon chemisier en soie à deux mains et tire dessus. Il déchira le tissu et plus d'un bouton alla taper contre un mur quelque part.

— C'est un chemisier à quatre cents dollars, connard !

— Je suppose que je vais devoir t'offrir plus de repas, alors.

Ses grandes mains empoignèrent ma poitrine. Il utilisa ses pouces pour baisser la dentelle de mon soutien-gorge, et mes seins débordèrent joyeusement.

Weston pinça durement l'un de mes mamelons et étudia ma réaction. Un éclair de douleur me traversa, et pourtant, je refusai de lui donner ce qu'il cherchait.

— C'est censé faire mal ? me moquai-je.

Il grogna et se pencha en avant pour sucer mon téton. Une main attrapa le bas de ma jupe et froissa le tissu, le remontant jusqu'à ma taille.

— Tu mouilles pour moi, Fifi ?

S'il voulait réellement que je réponde, il ne m'en laissa pas le temps. Avant que je puisse formuler une réponse suffisamment sarcastique, ses doigts soulevèrent le bord de ma culotte et glissèrent sous le tissu. Weston me caressa une fois de haut en bas, puis plongea en moi sans prévenir.

Je hoquetai, et une satisfaction primitive traversa son visage. Le salaud avait eu ce qu'il voulait — me faire perdre le contrôle et réagir. D'une certaine manière, cela lui donnait l'avantage, et nous le savions tous les deux.

— Tellement mouillée !

Il fit un va-et-vient, puis un second.

— Tu l'es depuis l'avion, pas vrai, petite allumeuse ?

Mon corps était tellement à cran que je me crus tout à fait capable de jouir rien qu'avec sa main, ce qui n'avait jamais fonctionné avec moi auparavant. Pas avec Liam, en tout cas.

Liam.

Cet enfoiré !

Qu'il aille se faire foutre, lui aussi !

Ma colère augmenta à l'unisson de mon excitation. Incapable de me concentrer sur autre chose que ce que la main de Weston me faisait ressentir, j'oubliai complètement que la mienne était enroulée autour de son érection.

Je serrai.

— Sors cette fichue capote.

Weston grinça des dents. Il plongea la main dans sa poche et parvint à sortir d'une main un préservatif de son portefeuille. Portant l'emballage jusque ses dents, il le déchira.

— Retourne-toi pour que je n'aie pas à te voir.

Il retira sa main d'entre mes jambes et me fit pivoter face au mur.

Je regardai par-dessus mon épaule.

— Ça a intérêt à en valoir le coup !

Il se protégea et cracha l'emballage par terre.

— Penche-toi.

Il appuya sur mon dos, me pliant au niveau de la taille.

— Accroche-toi au mur à deux mains ou ta tête va cogner dessus.

Il remonta l'arrière de ma jupe, et son bras s'enroula autour de mon ventre tandis qu'il me soulevait sur la pointe des pieds. Mes mains étaient plaquées contre le mur, les paumes moites d'anticipation, quand un claquement sonore résonna dans la pièce. J'entendis le bruit avant de sentir la piqûre sur mes fesses.

— Qu'est-ce que...

Avant que je puisse finir ma phrase, Weston poussa en moi. Le mouvement brusque et rude me coupa le souffle. Il s'était enfoncé jusqu'à la garde, et je dus m'obliger à écarter davantage les jambes pour apaiser la pointe d'inconfort que cela avait causé. Je pouvais sentir le bassin de Weston, appuyé contre mes fesses, commencer à trembler.

— Si étroit ! grogna-t-il. Putain, si étroit !

Sa main passa de mon dos jusqu'à ma hanche, et ses doigts s'enfoncèrent dans ma peau.

— Maintenant, sois une gentille fille et dis-moi que c'est bon, Fifi.

Je me mordis la lèvre et luttai pour contrôler ma respiration. Je n'avais rien ressenti d'aussi bon depuis des lustres, même avec cette unique pénétration. Mais il était hors de question que je l'admette.

— Pas du tout. Tu sais, s'envoyer en l'air implique habituellement un mouvement de va-et-vient, pas juste de rester planté là.

— C'est comme ça que tu veux la jouer ?

Je me penchai en avant, le faisant se retirer aux trois quarts avant de donner un grand coup vers l'arrière, l'avalant à nouveau complètement. Cela me causa la douleur la plus exquise.

— Ferme-la et bouge, lui dis-je.

Weston grogna et attrapa mes cheveux à pleines mains. Tirant fermement, il s'accrocha tout en bougeant en moi une fois avant de s'immobiliser.

— Bon sang, ton cul gigote beaucoup ! Je devrais te laisser faire tout le travail pour pouvoir rester là et regarder le spectacle.

— *Lockwood* !

— Oui, m'dame, gloussa-t-il.

Cependant, il se tut enfin et se mit au travail. C'était rude et rapide, désespéré et colérique, et pourtant, c'était sacrément bon. Je ne pensais pas avoir jamais été stimulée aussi vite, certainement pas au cours de ma dernière année et demie de monsieur Rogers me *faisant l'amour.*

Cette pensée, celle de *Liam*, orienta toute ma colère vers l'homme qui martelait actuellement mes entrailles. Même si Weston me pilonnait déjà, je me mis à bouger avec lui, allant à la rencontre de chacun de ses mouvements, coup par coup. Quand il fit glisser sa main pour masser mon clitoris, je perdis la tête.

Atteindre les orgasmes me demandait habituellement du travail. Comme conduire une voiture sur le circuit de l'Indy 500, j'espérais y arriver avant que mon partenaire ne soit à court de carburant. Mais pas aujourd'hui. Aujourd'hui, mon orgasme ressembla davantage à un carambolage avant même que j'aie terminé le premier tour. Il me frappa avec une intensité à laquelle je ne m'attendais pas, et mon corps trembla tandis que je gémissais bruyamment.

— *Putain !* s'exclama Weston en accélérant ses à-coups. Tu me comprimes si bien.

Il fit un va-et-vient, puis deux, et au troisième, il poussa un rugissement féroce avant de plonger à nouveau profondément. Mon corps l'enveloppa si étroitement que je sentis les pulsations pendant qu'il se vidait en moi, même à travers le préservatif.

Nous restâmes ainsi un long moment, haletant tous les deux et tentant de reprendre le contrôle de nos respirations. Des larmes perlèrent au coin de mes yeux. J'étais pleine de colère et de frustration le mois précédent, et soudain, c'était comme si la soupape avait sauté et que tout était en train de sortir. *Seigneur ! Super timing !* Il était hors de question que je laisse Weston voir le déluge que je sentais approcher. Alors je ravalai la boule dans ma gorge et fis ce qui, heureusement, venait naturellement chez moi chaque fois que j'étais près de lui. J'agis comme une crétine.

— On a terminé ? Si c'est le cas, tu peux partir, maintenant.

— Pas avant que tu ne m'aies dit à quel point tu aimes m'avoir en toi.

Je tentai de me redresser, mais Weston étala ses doigts entre mes omoplates et me maintint en bas.

— Laisse-moi me relever !

— Dis-le. Dis à quel point tu aimes mon sexe.

— Je n'en ferai rien. Maintenant, laisse-moi partir avant que je hurle au meurtre et que la sécurité de l'hôtel n'arrive en courant.

— Chérie, tu as passé les dix dernières minutes à hurler. Au cas où tu ne l'aurais pas remarqué, tout le monde s'en fout.

Pourtant, il se retira et m'aida à me redresser.

Il aurait mieux valu qu'il se retire et me laisse plantée là pour que l'air frais remplace sa chaleur. Mais au lieu de ça, après s'être assuré que j'avais repris mon équilibre, il baissa ma jupe.

— Ça va ? Je dois me débarrasser de ce préservatif dans ta salle de bain.

Je hochai la tête et évitai de le regarder dans les yeux. C'était déjà assez problématique que mes émotions me frappent aussi fort. La dernière chose dont j'avais besoin était des gentillesses de la part de Weston Lockwood.

Il alla dans la salle de bain, et je profitai de ce moment seule pour me reprendre. J'étais décoiffée et mes seins débordaient de mon soutien-gorge baissé. J'arrangeai les deux et attrapai une bouteille d'eau dans le minibar pendant que j'attendais que Weston sorte de la salle de bain. Je n'eus pas à patienter longtemps.

Essayant d'éviter ce qu'un au revoir gêné provoquerait, je me tins près des fenêtres de l'autre côté de la pièce, regardant dehors dans le vide. J'espérais qu'il ferait un simple geste de la main et s'en irait.

Mais encore une fois, un Lockwood ne faisait jamais ce qu'un Sterling voulait.

Weston se rapprocha par-derrière. Il me prit la bouteille des mains et y but, puis enroula une mèche de mes cheveux autour de son index.

— J'aime tes cheveux comme ça. Ils sont plus longs qu'à l'époque du lycée. Et ils sont ondulés, maintenant. Tu les raidissais, avant ?

Je le regardai comme s'il était fou.

— Oui. Je les raidissais. Et merci de me rappeler qu'il est temps que je les fasse couper. Je crois que je vais les raser.

— De quelle couleur tu dirais qu'ils sont ? Châtain ?

Des rides de confusion creusèrent mon front.

— Je n'en ai aucune idée.

Il sourit.

— Tu sais que tes yeux passent de verts à presque gris quand tu es en colère ?

— Tu as appris les couleurs, à la crèche, aujourd'hui ?

Weston porta à nouveau la bouteille d'eau à ses lèvres et avala le reste. Il me la rendit, vide.

— Prête pour un deuxième round ?

Je continuai à regarder droit devant moi.

— Il n'y aura pas de deuxième round. Ni ce soir ni jamais. Va-t'en, Lockwood.

Même si j'essayais de ne pas le regarder, je remarquai que ses lèvres se tordaient en un sourire à travers le reflet de la vitre.

— Tu veux parier ? demanda-t-il.

— Ne prends pas la grosse tête. J'avais besoin de lâcher la pression. Tu étais là. Au mieux, tu as été pratique. Ça ne deviendra pas une habitude.

— Pratique ? Pour ta gouverne, sache que je te ferai supplier, la prochaine fois.

Je levai les yeux au ciel.

— Va-t'en. C'était une énorme erreur.

— Une erreur ? Oh, oui, j'avais oublié que tu aimes les maigrichons qui sont dans la littérature et tout ça ! Ça t'aiderait si je révisais ma poésie et que je t'en récite une la prochaine fois qu'on couche ensemble ?

— Dehors !

Weston secoua la tête.

— D'accord... mais comme dit Shakespeare, *c'est mieux d'avoir baisé et perdu que de n'avoir jamais baisé du tout.*

Je faillis laisser entrevoir un sourire.

— Je ne pense pas que ce soit exactement ce qu'il a dit. Mais pas loin.

Il haussa les épaules.

— Ce type était ennuyeux, de toute façon.

— *Bonne nuit*, Weston.

— Quel dommage ! Utiliser tes propres doigts en souvenir de moi sera moitié moins amusant comme deuxième round.

— Tu as la folie des grandeurs.

— Bonne nuit, Feef. C'était sympa de te revoir.

— Le sentiment n'est pas réciproque.

Weston se dirigea vers la porte. Elle grinça lorsqu'il l'ouvrit, et je regardai dans le reflet de la fenêtre alors qu'il se retournait pour m'observer quelques secondes. Puis il partit.

Je fermai les yeux et secouai la tête.

Quand je les rouvris, je pris enfin conscience des trente dernières minutes.

Bon sang ! Mais qu'est-ce que je viens de faire ?

CHAPITRE 3

Sophia

J'avais complètement merdé.

Et je devais arranger ça. *Vite !*

Avant que quelqu'un d'autre ne le découvre, et avant que je mette en danger ce pour quoi j'étais ici.

Le lendemain matin, Weston entra dans la salle de réunion à huit heures quarante-cinq exactement. Notre rendez-vous était prévu à neuf heures. Il sourit comme un chat du Cheshire en me trouvant déjà à l'intérieur.

— Bonjour, dit-il. Belle journée, aujourd'hui.

Je pris une profonde inspiration.

— Assieds-toi.

Il indiqua la porte du pouce.

— Dois-je verrouiller ? Ou veux-tu que les choses gardent un peu de piquant — qu'on risque de se faire surprendre ? Je parie que tu aimerais ça, pas vrai ? Que quelqu'un entre alors que ta jupe est relevée et que je...

Je lui coupai la parole.

— Ferme-la et assieds-toi, Lockwood.

Il sourit.

— Oui, m'dame.

Ce crétin pensait que nous jouions. Mais j'étais loin de jouer. En ce qui me concernait, mon emploi était en danger. J'attendis qu'il s'asseye, puis pris le siège en face de lui de l'autre côté de la table.

— Il ne s'est rien passé hier soir, indiquai-je en croisant les mains.

Un sourire satisfait illumina son beau visage agaçant.

— Oh, mais si !

— Laisse-moi reformuler. Nous allons prétendre que rien n'est arrivé.

— Pourquoi ferais-je ça alors que je peux fermer les yeux quand je veux et revivre ce moment ?

Il s'adossa à sa chaise et ferma les yeux.

— Oh oui, c'en est un que je prévois de regarder encore et encore ! Ce bruit que tu as fait quand tu as joui ? Je ne pourrais pas l'oublier même si j'essayais.

— Lockwood ! aboyai-je.

Ses yeux s'ouvrirent brusquement.

Je me levai de mon siège et me penchai par-dessus la table. C'était une grande table, alors, je ne pouvais pas vraiment l'atteindre, mais ce fut plus facile de le garder concentré.

— Écoute-moi. La nuit dernière était une erreur — une erreur de la taille du Texas. Ça n'aurait jamais dû arriver. En dehors du fait que je te déteste et que ma famille et la tienne se haïssent, je suis ici pour le travail. Et mon travail est très important pour moi. Alors, je ne peux pas te laisser rôder et faire des commentaires inappropriés que le personnel pourrait entendre.

Weston ne rompit pas le contact visuel, mais je pouvais voir les rouages de sa grosse tête fonctionner. Il frotta son pouce contre sa lèvre et se redressa sur son siège.

— D'accord. On peut prétendre que ce n'est pas arrivé.

Je plissai les yeux. C'était bien trop facile.

— Où est le piège ?

— Pourquoi penses-tu qu'il y ait un piège ?

— Parce que tu es un Lockwood et un salaud narcissique qui pense que les femmes sont des jouets mis sur cette terre pour que tu t'amuses. Alors, où est le piège ?

Il ajusta le nœud de sa cravate.

— J'ai trois conditions.

Je secouai la tête.

— Évidemment.

Il tendit son index.

— La première : je veux que tu m'appelles Weston, pas Lockwood.

— Quoi ? C'est ridicule ! En quoi c'est important, la façon dont je t'appelle ?

— C'est comme ça que tout le monde appelle mon père.

— Et alors ?

— Si tu préfères, tu peux m'appeler *monsieur* Lockwood. En fait, j'apprécierais peut-être davantage de t'entendre m'appeler comme ça.

Il secoua la tête.

— Mais pas Lockwood. Ça perturbe le personnel.

Je supposai qu'il marquait un point. Bien qu'il y ait probablement une autre raison derrière tout ça. Weston n'allait pas gâcher l'un de ses trois vœux pour apaiser les employés, c'était certain. Mais je pouvais faire avec cette requête.

— Bien. Quoi d'autre ?

Il souleva la main et la porta à son oreille.

— Quoi d'autre, quoi ?

Je secouai la tête.

— Tu as dit que tu avais trois conditions. Quelles sont les deux autres ?

Il émit un petit bruit de langue réprobateur.

— Il manquait quelque chose à la fin de ta phrase. Tu as dit « Bien. Quoi d'autre ? » Mais ce que tu aurais dû dire, c'était « Bien. Quoi d'autre, *Weston* ? »

Argh ! Cela m'avait semblé bien plus facile à faire. Ce n'était pas comme si je l'appelais toujours Lockwood ; parfois, j'utilisais *connard*. Alors, ça devrait être plutôt facile. Bon sang ! J'aurais été capable d'appeler ce crétin *Votre Majesté* sans ciller, et pourtant, l'appeler Weston, maintenant, parce qu'il me *disait* de le faire me semblait simplement docile.

— Bien, fis-je dans ma barbe.

À nouveau, il mit sa main derrière son oreille.

— Bien... qui ?

— Bien, *Weston*, répondis-je, les mâchoires serrées.

Il afficha un sourire suffisant.

— C'est ça. Bravo, Fifi.

Je plissai les yeux.

— Je dois t'appeler Weston, et tu vas continuer à m'appeler Fifi ?

M'ignorant, il croisa les mains sur la table.

— La deuxième. Tu relèveras tes cheveux au moins deux fois par semaine.

— Quoi ? m'étouffai-je. Tu es dingue !

Puis je me rappelai que la veille, il avait essayé de me faire accepter un pari où je relèverais mes cheveux s'il pouvait me procurer deux orgasmes. Cependant, je l'avais mis à la porte après en avoir eu un.

— En quoi ça t'importe, la façon dont je suis coiffée ?

Il arrangea quelques dossiers empilés sur la table devant lui.

— Avons-nous un accord sur le numéro deux ou pas ?

J'y réfléchis. Honnêtement, était-ce important pour moi qu'il ait une raison abominable de vouloir que je l'appelle Weston et que je relève mes cheveux ? Ça ne me tuerait pas, et il pouvait certainement demander bien pire.

— Quelle est la troisième ?

— Tu viendras dîner avec moi une fois par semaine.

Mon visage tout entier se plissa de dédain.

— Je ne sortirai pas avec toi !

— Vois ça comme une réunion professionnelle. On dirige un hôtel ensemble. Je suis sûr qu'on aura à discuter de plein de choses.

Il avait raison, et pourtant, l'idée d'être assise en face de lui et de partager un repas me mettait vraiment mal à l'aise.

— Déjeuner, dis-je.

Il secoua la tête.

— Les conditions ne sont pas négociables. À prendre ou à laisser.

Je grognai.

— Si j'accepte tes conditions ridicules, tu vas devoir respecter ta part du marché. Tu ne mentionneras *pas* ce qui s'est passé hier soir — à aucun de tes stupides amis ni à un membre du personnel, et certainement pas à ta famille détestable. Ma perte momentanée de bon sens sera enfouie à tout jamais dans ta cervelle d'oiseau et ne sera jamais évoquée.

Weston tendit la main. J'hésitai, pour plusieurs raisons. Même si, en fin de compte, j'allais devoir travailler avec lui quelque temps et que c'était mon idée de tout mettre derrière nous afin de pouvoir aller de l'avant en tant que professionnels. Et des professionnels se *serraient* la main. Alors, même si tous les os de mon corps me disaient d'éviter Weston à tout prix, je plaçai malgré tout ma main dans la sienne.

Comme dans un stupide film romantique, le courant qui traversa mon corps fit se dresser chaque poil de mes bras. Et avec la chance que j'avais, cet idiot le remarqua.

Il repéra la chair de poule qui recouvrait ma peau et sourit fièrement.

— Dîner à dix-neuf heures demain soir. Je te ferai savoir où.

Heureusement, notre rendez-vous de neuf heures frappa et mit fin à notre discussion privée. Le directeur général de l'hôtel ouvrit la porte. Il s'avança de mon côté de la table en premier.

— Je suis Louis Canter.

— Sophia Sterling. Enchantée de vous rencontrer.

Nous nous serrâmes la main.

Louis se tourna alors vers Weston, et les deux hommes se saluèrent pendant que ce dernier se présentait.

— Merci d'être venu, dis-je. Je sais que vous travaillez habituellement de onze heures à dix-neuf heures, alors j'apprécie que vous soyez arrivé tôt pour que nous puissions passer un peu de temps ensemble avant le début de votre journée chargée.

— Aucun problème.

— J'ai lu que vous étiez le plus ancien employé du Comtesse. Est-ce exact ?

Il confirma d'un hochement de tête.

— Tout à fait. J'ai commencé quand j'avais quinze ans, et je faisais des petits boulots pour madame Copeland et vos deux grands-pères. Je suis presque sûr d'avoir occupé tous les postes possibles, au fil des ans.

Je souris et indiquai la chaise en bout de table, celle entre Weston et moi.

— C'est incroyable. Nous avons beaucoup de chance d'avoir quelqu'un ayant autant de savoir et d'expérience. Je vous en prie, asseyez-vous. Nous voulons simplement discuter de la transition et écouter les inquiétudes que vous pourriez avoir.

— En fait, intervint Weston en se levant, quelque chose vient d'arriver, et je dois vous laisser. Je ne serai probablement pas de retour avant ce soir.

Je clignai des yeux plusieurs fois.

— De quoi tu parles ? Quand est arrivé ce quelque chose ?

Weston s'adressa au directeur général :

— Je m'excuse, Louis. Nous discuterons demain. Je vous fais confiance, à vous et à madame Sterling, pour gérer tout ce qui doit l'être aujourd'hui. Sophia pourra m'informer demain soir de tout ce que j'ai raté.

Sérieusement ? Nous avions une demi-douzaine de rendez-vous prévus avec les employés clés dans la journée, le but étant de leur assurer que leur travail n'était pas en danger et que tout continuerait à se dérouler paisiblement. Tout le monde savait que les Sterling et les Lockwood se détestaient, ce qui rendait le personnel très nerveux. Et il décidait de nous planter ? Quel genre de message cela enverrait-il ? Que l'un des nouveaux propriétaires n'avait pas de temps à leur consacrer ?

— Euh... fis-je en me levant. Puis-je te parler un instant avant que tu t'en ailles, Lockwoo... Weston ?

Il m'adressa un sourire chaleureux.

J'indiquai de la tête la porte de la salle de réunion.

— Dehors, dans le couloir.

Je me retournai vers Louis.

— Excusez-moi une minute, je vous prie.

— Prenez votre temps.

Une fois que nous fûmes dans le couloir, je regardai autour de nous pour m'assurer qu'aucun membre du personnel n'était à proximité. Posant les mains sur mes hanches, je tentai de garder une voix basse.

— C'est quoi, cette histoire ? On a une journée remplie de rendez-vous. Qu'est-ce qui est si important pour que tu n'y assistes pas ?

Comme il l'avait fait la veille, Weston enroula une mèche de mes cheveux autour de son doigt et tira fermement.

— Tu peux le gérer, Fifi. Tu sais faire plaisir aux gens. Je suis sûr que quand tu auras terminé, tous les membres du personnel se diront que c'était une bonne chose que la vieille chouette passe l'arme à gauche.

Je donnai un coup sur sa main pour qu'il lâche mes cheveux.

— Je ne suis pas ta secrétaire. Ce que tu rates, c'est ton problème. Ne t'attends pas à ce que je te fasse un rapport par la suite.

En réponse, le crétin me fit un clin d'œil. Je détestais les types qui faisaient ça.

— Passe une bonne journée, beauté.

— Ne m'appelle pas comme ça !

Et juste ainsi, Weston Lockwood s'en alla.

Cet homme me rendait dingue. Bon débarras !

Je n'avais absolument pas besoin de lui à ces rendez-vous.

J'étais absolument mieux sans lui.

En fait, en y réfléchissant, le seul endroit où cet idiot était utile était la chambre à coucher.

Et je ne ferais plus cette erreur.

C'était certain.

Je me réinstallai pour mon rendez-vous avec Louis.

— Donc, comme vous le savez, l'hôtel appartient désormais aux familles Sterling et Lockwood, repris-je. Chaque famille possède une part de quarante-neuf pour cent, et deux pour cent appartiennent à une association locale que madame Copeland soutenait ici, à New York.

Louis sourit avec affection.

— Easy Feet.

Je hochai la tête.

— C'est ça.

L'œuvre de bienfaisance à laquelle Grace avait laissé deux pour cent était intéressante — dirigée par un homme ayant un budget annuel de moins de cinquante mille dollars. Les deux pour cent du Comtesse valaient probablement cent fois plus que ce budget annuel. Pas étonnant que l'homme ait été aussi pressé de vendre cette part à l'un d'entre nous.

— Madame Copeland avait-elle une raison personnelle de faire une si grande donation à cette œuvre de charité ? Non pas que ce soit une mauvaise association, mais elle est assez spécifique.

Louis se redressa sur son siège et hocha la tête. Son regard était chaleureux quand il parla.

— Leo Farley. Il travaille à l'entretien.

Le nom ne me dit rien.

— Un employé l'a orientée vers cette œuvre de charité ?

— Il y a six ans, Léo était sans-abri. Longue histoire, mais il avait eu une année difficile. Il avait perdu son travail, sa femme venait de décéder, il avait été expulsé de son appartement, sa fille s'était suicidée... tout ça en quelques mois. Il dormait parfois dans la ruelle adjacente, juste à côté de l'entrée de service de l'hôtel. Madame Copeland sortait marcher deux fois par jour, réglée comme une horloge, à dix heures et quinze heures, juste sur quelques pâtés d'immeubles chaque fois. Un après-midi, elle est tombée sur Otto Potter dehors, et il soignait les pieds de Leo.

— Otto Potter est l'homme qui dirige Easy Feet ?

Louis hocha la tête.

— C'est un podologue à la retraite. Beaucoup de sans-abri ont des problèmes de pieds — diabète non traité, marche sans chaussures, infections –, toutes sortes de problèmes. Il a lancé Easy Feet pour aider les gens d'ici qui n'ont pas les moyens. Quelques bénévoles et lui arpentent le quartier et soignent des gens comme Léo directement dans la rue.

— Mais Leo travaille ici, maintenant ?

— Madame Copeland s'est prise d'affection pour lui. Une fois ses pieds guéris, Leo a commencé à marcher avec elle. Finalement, elle lui a offert un travail. Il a été employé du mois plus souvent que quiconque. Il travaille dur.

— Waouh, c'est une belle histoire !

Louis sourit avec fierté.

— J'en ai beaucoup quand il s'agit de madame Copeland. C'était vraiment quelqu'un de bien. Très loyale.

Vu ce qu'elle avait légué aux deux hommes qui l'avaient autrefois aimée, je dirais que c'était d'un euphémisme. C'étaient de bonnes nouvelles pour moi, parce que des employeurs loyaux signifiaient habituellement des employés loyaux, et j'espérais que tout se passerait bien pendant que je serais coincée ici à gérer l'hôtel et à protéger les intérêts de ma famille.

Relançant la conversation sur la raison de notre rendez-vous, je pris en main le stylo posé sur le cahier que j'avais apporté.

— Donc, parlez-moi des opérations du Comtesse. Tout se passe bien ? Y a-t-il des problèmes ou des inquiétudes dont vous aimeriez me faire part pour que je puisse me familiariser avec la façon dont les choses se déroulent ?

Louis pointa le doigt vers mon cahier.

— C'est une bonne chose que vous ayez apporté ça.

Oh ! Oh !

— D'abord, il y a la grève imminente.

— La grève ?

— Madame Copeland était généreuse et loyale, mais elle tenait également les rênes d'une main de fer en matière de management. Je suis le directeur de l'hôtel. Je supervise les opérations quotidiennes, mais elle gérait personnellement l'aspect commercial des choses. Elle a été malade longtemps, et un certain nombre de choses qui devaient être gérées ne l'ont pas été.

Je soupirai et écrivis : *Grève*.

— D'accord, donnez-moi tous les détails que vous connaissez sur les problèmes syndicaux.

Quarante minutes plus tard, j'avais six pages de notes pour le seul premier problème.

— Autre chose ?

Pitié, dites non !

Louis fronça les sourcils.

— Je dirais que le plus gros problème vient des doubles réservations de mariage.

Je haussai les sourcils.

— Des doubles réservations de mariage ?

Il hocha la tête.

— Je suis sûr que vous savez que le Comtesse est l'un des endroits les plus demandés pour organiser des événements.

— Oui, bien sûr.

— Eh bien, nous avons deux salles de bal. Le Grand Palace et le Salon Impérial. Ils sont réservés trois ans à l'avance.

— D'accord...

— Il y a environ deux ans, nous avons commencé à prendre des réservations pour le Solarium. C'est une réplique exacte du Salon Impérial, mais avec une terrasse privée sur le toit.

— Je ne savais pas qu'il y avait une terrasse sur le toit.

Il secoua la tête.

— Il n'y en a pas. Ça fait partie du problème. Les travaux ont même à peine commencé là-bas ou dans la nouvelle salle de bal principale. Et les mariages qui se sont inscrits il y a deux ans arrivent à grands pas. Les clients ont fait leur réservation en espérant avoir un cocktail ou un service en plein air. Le premier aura lieu dans à peine trois mois. Comme vous pouvez l'imaginer, l'hôtel sert des familles très influentes. Le premier événement concerne la nièce du maire.

Mes yeux s'écarquillèrent. *Merde !*

Les choses continuèrent à empirer par la suite. Bien que, d'un point de vue extérieur, l'hôtel prestigieux semble en parfait état, il avait une longue liste de problèmes majeurs qui s'étaient accumulés au fil du temps. Et à présent, ces problèmes étaient *mes* problèmes. Au cours des trois heures et demie suivantes, Louis énonça souci après souci. Nous devions discuter de tellement de choses que je dus reprogrammer les autres rendez-vous du matin que j'avais pris avec les cadres supérieurs. Lorsque notre entretien toucha à sa fin, j'avais la tête qui tournait.

Je me tenais debout devant la porte de la salle de réunion.

— Merci de m'avoir informée de tout cela aujourd'hui.

Il sourit.

— Je suppose que c'est une bonne chose que vous soyez deux. Il y a beaucoup de travail à faire.

Weston Lockwood était la dernière chose que j'avais en tête, et Louis vit mon air confus.

— Je parlais de monsieur Lockwood, dit-il. En pensant que ce doit être agréable d'avoir quelqu'un avec vous dans les tranchées pour gérer tout ça.

Je souris plutôt que de lui dire que parvenir à faire s'entendre les Sterling et les Lockwood sur quoi que ce soit pourrait être le problème principal de cet hôtel.

— Oui, répondis-je en lui adressant le meilleur sourire que je puisse feindre. C'est agréable d'avoir quelqu'un sur qui je puisse compter.

Pour qu'il disparaisse, comme il l'a fait aujourd'hui.

— Faites-moi savoir comment je peux aider.

— Merci, Louis.

Une fois qu'il eut quitté la salle de réunion, je m'affalai sur une chaise, essayant d'organiser mes pensées. J'avais cru venir à New York pour surveiller un hôtel pendant que ma famille s'évertuerait à racheter la part du propriétaire minoritaire. Apparemment, j'avais du pain sur la planche. Alors que je restais assise là, me sentant un peu abasourdie, mon téléphone portable se mit à vibrer sur la table.

Je m'en saisis et soupirai lourdement.

Il n'y avait qu'un seul homme avec lequel je voulais éviter de discuter de tout ce que je venais d'apprendre plus qu'avec Weston Lockwood. Alors, naturellement, il devait appeler à cet instant précis. Prenant une profonde inspiration, je me dis qu'il valait mieux en finir avec sa diatribe. Alors, je décrochai :

— Salut, papa...

CHAPITRE 4

Sophia

— Mais comment ça a pu arriver ?

Mon père commença à aboyer avant que nous soyons assis à notre table. Il avait raccroché cinq minutes après m'avoir appelée un peu plus tôt ce jour-là — au moment où j'avais mentionné la grève imminente. Je n'avais même pas eu l'occasion de lui parler du reste des problèmes. Une demi-heure après qu'il m'avait raccroché au nez, sa secrétaire m'avait écrit pour me dire que mon père atterrirait à dix-neuf heures et qu'un dîner aurait lieu au Prime, l'un des restaurants du Comtesse. Elle ne *demanda* pas si j'étais disponible, mais *m'informa* du lieu du repas.

Sans mentionner que c'était aussi la première fois que j'entendais dire que mon père avait prévu de venir en ville. Et j'ignorais complètement que mon demi-frère Spencer l'accompagnerait. Même si, en y réfléchissant, j'aurais dû m'en douter de leur part.

— Eh bien, dis-je, madame Copeland était malade, et elle a laissé certaines choses se dégrader en pensant qu'elle s'en occuperait quand elle irait mieux. À l'évidence, elle n'en a jamais eu l'occasion.

Le serveur arriva pour prendre notre commande de boissons. Mon père ne laissa pas au pauvre homme l'occasion de terminer sa phrase et il lui coupa la parole pour aboyer :

— Scotch avec glaçons... Glenlivet XXV Single Malt.

Parce que l'alcool devait coûter plus de cinq cents dollars la bouteille pour qu'il trouve qu'il valait la peine d'être consommé.

Ma marionnette de demi-frère leva la main.

— Apportez-en deux.

Pas de *s'il vous plaît*.

Pas de *merci*.

Et clairement, aucun des deux n'avait entendu parler des *dames d'abord*.

Je tentai de me faire pardonner de leur rudesse quand ce fut mon tour de commander.

— Puis-je avoir un verre de merlot ? Ce que vous avez d'ouvert me conviendra.

Je souris.

— Merci beaucoup, ajoutai-je.

Si mon père remarqua mon excès de bonnes manières, il ne sembla pas s'en soucier.

— Spencer peut s'occuper du syndicat, déclara-t-il. Il est déjà en contact avec Local 6.

Euh, non !

— Merci. Mais je peux m'en occuper toute seule.

— Je ne demandais pas, Sophia, répliqua sévèrement mon père.

J'avais laissé passer beaucoup de choses à mon père au fil des ans, mais celle-ci n'en ferait pas partie. Mon grand-père m'avait confié la tâche de diriger l'hôtel, et je prévoyais de le rendre fier, seule.

— Avec tout le respect que je te dois, papa, je n'ai pas besoin de l'aide de Spencer. Et si j'ai vraiment besoin d'aide, je te contacterai pour la demander.

Les oreilles de mon père virèrent au rouge.

— Tu es dépassée par les événements.

— Grand-père a foi en moi. Peut-être que tu peux avoir confiance, toi aussi.

— Les types qui dirigent le syndicat sont habitués à travailler avec des hommes, intervint Spencer. Les choses peuvent vraiment s'emballer.

Ce crétin venait-il juste de me dire que la raison pour laquelle j'avais besoin d'aide, c'était que j'étais une femme ? À présent, c'étaient mes oreilles qui devenaient rouges.

Heureusement, le serveur arriva avec nos boissons, m'offrant quelques secondes pour me calmer. J'avais beau vouloir exploser, je n'allais pas m'abaisser à hurler ou menacer pour faire valoir mes arguments — c'était la façon de faire de mon père. Lorsque l'employé eut déposé nos boissons, je lui demandai de nous laisser quelques minutes puisque aucun d'entre nous n'avait encore regardé la carte.

J'avalai une bonne dose de vin et me tournai pour accorder à Spencer toute mon attention.

— Je ne savais pas que ma capacité à négocier avec le syndicat dépendait de la taille de ma verge. Mais ne t'inquiète pas, Spencer, on nous collait dans la baignoire ensemble quand on était enfants. Je peux t'assurer que la mienne est plus grosse que la tienne.

— Sophia ! interjeta mon père. Agis comme une dame et surveille tes paroles.

Comme si être rabaissée par mon père et mon demi-frère ne suffisait pas, j'aperçus, du coin de l'œil, Weston entrer dans le restaurant. Nos regards se croisèrent, et il jeta un rapide regard à mes compagnons de table avant de se diriger vers nous. J'avalai le reste de mon vin comme si c'était une bouteille d'eau.

— Monsieur Sterling. Quel plaisir de vous voir !

Weston posa sa main sur le dos de ma chaise et adressa à notre tablée le sourire le plus éclatant et énervant possible.

Mon père le toisa et grogna :

— Seigneur ! Personne ne se soucie de cet hôtel ? Et moi qui craignais que la famille Lockwood ait envoyé quelqu'un pour essayer de mener ma fille en bateau ! Au moins, c'est une chose dont je n'ai pas à m'inquiéter, s'ils t'ont envoyé.

La lèvre de Weston eut un sursaut et ses yeux se tournèrent rapidement vers moi.

— Oui, vous pouvez dormir sur vos deux oreilles en sachant que je ne *mènerai pas votre fille en bateau.*

Spencer se redressa sur sa chaise.

— Je croyais que tu étais à Vegas.

— Je suis revenu à New York il y a neuf mois. Tu n'as pas réussi à garder un œil sur moi, Spence.

Je dus dissimuler mon rictus. Mon demi-frère *détestait* qu'on l'appelle *Spence.*

— Si tu es ici, reprit celui-ci, alors qui fait tourner le commerce des strip-teaseuses et des casinos de la ville du péché, Lockwood ?

Weston afficha un sourire satisfait.

— Comme Aurora Gables, tu veux dire ? J'ai entendu dire qu'elle a quelqu'un pour l'occuper.

Le sourire de Spencer se fana. *Intéressant.* Il semblait que Weston ait fait ses devoirs et ait des ragots concernant mon parfait demi-frère dont je devais me mettre au courant.

La mâchoire de Spencer resta serrée lorsqu'il parla.

— Que fais-tu du problème avec le syndicat ?

Weston me jeta un coup d'œil coupable.

— Je les ai rencontrés aujourd'hui. On n'est pas loin d'arriver à un accord.

Mes yeux s'écarquillèrent. *Cette petite merde !* Il était déjà au courant du problème avec le syndicat, et pourtant, il m'avait laissée en plan, à écouter le personnel pendant qu'il disparaissait pour régler la situation. Je l'avais sous-estimé, pensant qu'il était sorti pour s'envoyer en l'air. Entre-temps, il avait pris de l'avance sur moi, et géré des choses que nous aurions dû faire ensemble. Spencer et mon père me mettaient en colère, mais ça ? J'étais *furieuse*.

— Tu as laissé un Lockwood s'occuper de ça tout seul ? cracha mon père. Mais qu'est-ce qui ne va pas chez toi ? Tu es totalement incompétente ?

Weston leva la main.

— Waouh ! Une minute. Baissez d'un ton, mon vieux. Vous n'avez aucune raison d'élever la voix. Ne parlez pas à Sophia comme ça.

— Ne me dis pas comment parler à ma fille !

Weston se redressa de toute sa taille.

— Je ne vais pas rester planté là à vous écouter lever la voix sur une *femme*. Je me fiche que ce soit votre fille ou non. Ayez un peu de respect !

Mon père se leva et jeta sa serviette sur la table.

— Mêle-toi de tes affaires.

Les choses dérapaient, et je n'aimais pas la direction que nous prenions. Je me levai à mon tour.

— Calmez-vous, tous les deux ! m'écriai-je avant de pointer un doigt vers mon père. Je ne tolérerai pas que tu hausses le ton et que tu me traites de tous les noms.

Puis je me tournai vers Weston et plantai mon doigt dans son torse.

— Quant à toi... je n'ai pas besoin que tu prennes ma défense. Je sais me débrouiller seule.

Weston secoua la tête.

— J'ai oublié quelle bande d'idiots vous êtes tous ! J'ai toujours su que le vieux était un sadique. Mais je ne savais pas que tu étais masochiste, Fifi. Profite de ton fichu repas.

Il se tourna et s'en alla.

Mon père et moi étions toujours debout ; j'ignorais pourquoi, mais je ne voulais pas être la première à me rasseoir.

— Je ne suis ici que depuis trente-six heures, dis-je. Laisse-moi un peu respirer. Si j'ai besoin d'aide, je te contacterai. Nous sommes tous du même côté, ici, et je considère que demander de l'aide quand c'est nécessaire est une qualité de bon dirigeant, pas un signe de faiblesse. Maintenant, si tu veux bien t'asseoir et discuter des problèmes, peut-être me donner des conseils issus de tes années d'expérience, je serai heureuse d'avoir cette conversation. Autrement, je me ferai servir dans ma chambre via le room service.

Mon père grommela quelque chose dans sa barbe que je ne compris pas, mais néanmoins, il récupéra sa serviette et s'assit.

— Merci, dis-je.

Le reste du dîner fut moins enflammé, cependant, plus j'informais papa des problèmes de l'hôtel, plus il lui était difficile de se retenir de m'écraser en envoyant Spencer me rejoindre pour prendre la direction. Comme d'habitude, mon demi-frère se contenta d'acquiescer et de répéter ce que mon père disait, mais il n'apporta aucune réelle valeur ajoutée.

Je déclinai café et dessert, espérant ne pas prolonger les choses plus qu'elles n'avaient déjà duré, et heureusement, ils m'imitèrent. Nous nous souhaitâmes bonne nuit dans le hall de l'hôtel, et en chemin vers l'ascenseur, je fus très tentée de m'arrêter au bar pour prendre un verre ou deux. Mais j'avais besoin de garder les idées claires pour mon prochain rendez-vous — celui que Weston ignorait que nous allions avoir.

— Je savais que tu serais incapable de résister à un deuxième round, lança Weston en ouvrant la porte de sa suite et en s'appuyant dessus.

Je passai devant lui et entrai directement dans sa chambre. Me retournant, je remarquai pour la première fois qu'il ne portait rien d'autre qu'une chemise déboutonnée et un boxer noir. J'indiquai sa tenue.

— Mais qu'est-ce que tu fabriques ?

Il baissa les yeux.

— Euh... je me déshabillais.

Je tournai la tête.

— Eh bien, va mettre des vêtements !

À ma grande surprise, il écouta. Il se dirigea vers le fauteuil sur lequel était posé son pantalon et le remit. Il remonta la fermeture éclair, mais laissa le bouton du haut et sa ceinture ouverts.

Me tournant pour lui faire face une fois qu'il fut décent, mes yeux se posèrent sur la fine rangée de poils qui couraient de son pantalon déboutonné jusqu'à son nombril. J'essayai de faire en sorte que cela ne me distraie pas, mais ces fichus *poils*... eh bien, c'était carrément sexy. Ce qui me mit encore plus en colère.

Clignant plusieurs fois des yeux, j'obligeai mon regard à remonter vers son visage tandis que mes mains s'agrippaient à mes hanches.

— C'était quoi, ça ? Tu étais au courant du problème avec le syndicat et tu es allé les voir aujourd'hui ? Quel genre de jeu de dupes es-tu en train de jouer ?

Weston haussa les épaules.

— Je n'ai pas vu mon téléphone sonner quand tu l'as apparemment découvert.

Je fronçai les sourcils.

— Je ne l'ai découvert qu'*aujourd'hui*, pendant que tu étais déjà en train de tenir cette réunion.

Il se rapprocha.

— Ton père est un vrai connard.

C'était évident. Tout le monde le savait, surtout moi. Et je pouvais me plaindre de lui autant que je le voulais, mais personne d'autre ne le pouvait — surtout pas un Lockwood.

— Ne parle pas de mon père.

Les yeux de Weston s'écarquillèrent, et il recula la tête.

— Sérieusement ? Tu vas le défendre après la façon dont il t'a parlé ?

— Sa manière de me parler ne te concerne pas du tout.

Il sourit, mais ne dit rien.

— Pourquoi tu souris ? grondai-je.

Weston tapota de son doigt sa dent de devant.

— Tu as un petit bout de quelque chose coincé juste ici. Épinard ou persil, peut-être ? Tu as pris les huîtres Rockefeller ? Elles sont bonnes, tu ne trouves pas ?

— Quoi ? Non ! Je n'ai pas pris d'huîtres !

Je levai la main pour nettoyer ma dent.

— Ça me rappelle l'époque où tu étais gamine. Tu te rappelles cet espace que tu avais entre les dents de devant ? Il aurait fallu quelque chose de sacrément gros pour qu'il reste coincé à cet endroit. Pourquoi tu t'en es débarrassé, d'ailleurs ? J'aimais bien.

J'avais des dents horribles quand nous étions gamins. J'avais passé un nombre incalculable d'heures sur le fauteuil de l'orthodontiste durant les cinq années où j'avais porté des bagues. Cependant, je fus étonnée qu'il s'en souvienne.

Weston me prit par surprise quand il se pencha en avant et me gratta la dent, ôtant ce qui y était resté coincé.

— Je l'ai, dit-il en levant son doigt.

J'ignore pourquoi, mais le simple geste sembla si intime qu'il me réchauffa un peu. Et donc, je contrai cela avec autant de froideur que je le pus.

— Pas touche ! grommelai-je en chassant sa main.

Weston fit un pas en avant.

— Tu en es sûre ?

Il tendit la main et la posa sur ma hanche.

— Tu as plutôt l'air d'avoir besoin de te défouler à nouveau.

Je détestai que mon corps réagisse immédiatement à son contact. Cela me mit en rogne plus que ce qu'il avait fait ou la façon dont il avait interféré avec mon père.

— *Va te faire foutre !*

Il se rapprocha encore et ses doigts s'enfoncèrent dans ma hanche.

— On est enfin sur la même longueur d'onde.

— Pourquoi ne m'as-tu pas dit que tu étais au courant du problème avec le syndicat ?

Il se pencha encore et inspira profondément.

— Quel parfum portes-tu ?

— Réponds-moi, enfoiré ! Pourquoi n'as-tu pas mentionné la grève ?

— Je vais te le dire, mais tu ne vas pas aimer la vérité.

— Je n'aime pas la plupart des choses qui sortent de ta bouche, mais ça ne t'a jamais empêché de parler.

— Le président du syndicat ne travaille pas bien avec les femmes. Si je t'avais dit qu'il y avait des problèmes, tu aurais insisté pour venir, et ce type est un vrai con. Il n'aurait absolument rien écouté de ce que tu aurais dit, et à la minute où tu aurais été hors de portée de voix, il m'aurait parlé de tes seins. Ce qui m'aurait grandement énervé et m'aurait fait le frapper. Il valait mieux éviter toutes ces conneries et simplement en finir.

— Le moyen de gérer un connard sexiste n'est pas de lui céder. C'est de l'aborder de front, de manière professionnelle.

Il sembla réfléchir à ce que j'avais dit, puis hocha la tête.

— D'accord. Mon instinct était de te protéger de ce connard, pas de te soumettre à ses merdes. Mais j'ai compris.

La tension sur mon visage diminua.

— Que ça ne se répète plus.

Le coin de ses lèvres se releva.

— Oui, m'dame.

Il baissa les yeux vers l'endroit où sa main reposait toujours sur ma hanche et mon regard le suivit. Lentement, sa main commença à remonter.

Merde ! Une pulsion naquit en moi. J'aurais dû chasser sa main et sortir de là. Mais au lieu de cela, je restai plantée là, le regardant me caresser la hanche, suivre le creux de ma taille et remonter vers ma cage thoracique. Quand il atteignit le renflement de l'extérieur de mon sein, il me regarda dans les yeux.

J'avais le sentiment qu'il me laissait du temps pour l'arrêter — et je voulais *vraiment vraiment* le faire. Du moins, ma tête le voulait. Mon corps... eh bien, pas tellement ! Cela ne faisait que vingt-quatre heures qu'il ne m'avait pas touchée, et pourtant, je me sentais en manque et désespérée. Ma respiration s'accéléra alors que je regardais sa main quitter mon flanc, caresser mon chemisier en soie, prendre ma poitrine et serrer.

— Seigneur, je te méprise vraiment ! sifflai-je en fermant les yeux.

— Oui, tes tétons qui pointent à travers ton haut ont l'air de me détester aussi.

Weston plongea la main à l'intérieur du haut de mon chemisier. Il baissa la dentelle de mon soutien-gorge et pinça l'un de mes mamelons. Je m'en voulus de pousser un petit geignement.

— Tu aimes que ce soit un peu rude, pas vrai ?

Je gardai les yeux fermés.

— Ne gâche pas cet instant en parlant.

La main à l'intérieur de mon chemisier bougea vers l'autre sein, tandis que la deuxième s'emparait des miennes. Encerclant fermement mes poignets, il se pencha à mon oreille.

— Peut-être qu'on devrait avoir un mot de sécurité.

Oh, Seigneur ! Mais qu'est-ce qui cloche chez moi ? Pourquoi l'idée d'avoir besoin d'un mot de sécurité m'excitait autant ?

Quand je ne répondis pas, Weston me mordilla l'oreille.

— Choisis un mot, beauté.

J'ouvris les yeux.

— *Connard.*

Son doux rire vibra contre ma peau.

— Je crois qu'il te faut un mot qui ne soit pas déjà le petit nom que tu me donnes — un mot que tu ne dises pas au moins dix fois par jour quand je suis près de toi.

— Je n'en ai pas besoin. Je ne suis pas dans ce genre de truc.

Weston releva la tête.

— Tu me méprises, et je m'apprête à t'attacher les mains derrière le dos afin que tu puisses évacuer ta journée avec une bonne partie de jambes en l'air. Appelle ça comme tu veux, mais tu as besoin d'un mot de sécurité, mon cœur.

Il retira sa main de mon chemisier et la dirigea vers son pantalon, attrapant la boucle de sa ceinture. D'un coup ferme, il fit sortir le cuir de tous les passants. Le bruit que cela fit était l'une des choses les plus érotiques que j'aie jamais entendues.

Il relâcha mes poignets et leva la ceinture pour me la montrer.

— Tourne-toi. Mets tes mains derrière ton dos.

Seigneur, sa voix était si rauque et grave ! Si le sexe avait un son, ce serait probablement ça. Pourtant, j'hésitai à me tourner. Cela semblait être un moment de vérité. Allais-je réellement laisser un homme que j'avais détesté ma vie tout entière me lier les mains et me faire tout ce qu'il voulait ? Voyant le doute dans mes yeux, Weston s'empara de ma joue.

— Je ne ferai rien que tu ne veuilles pas que je fasse.

— Donc, si je ne veux pas que tu m'attaches les mains ?

— Alors, je ne t'attacherai pas les mains.

Il étudia mon regard.

— Mais tu veux que je le fasse, pas vrai ? Arrête de réfléchir à ce qui semble bien ou mal et fais ce que tu veux, Soph.

Je ne manquai pas le fait qu'il m'ait enfin appelée par mon vrai prénom. Prenant une profonde inspiration, je fis le choix insensé de jeter tout bon sens par la fenêtre. Je levai un doigt en avertissement.

— Ne laisse pas de marques.

Un sourire malicieux étira les lèvres de Weston. Sans un mot de plus, il me guida pour que je me retourne. Tirant mes mains derrière mon dos, il passa la ceinture autour de mes poignets et l'attacha confortablement.

— Tire un peu, dit-il.

Je fis de mon mieux pour libérer mes poignets, mais ils ne bougèrent pas.

Weston me fit avancer vers un bureau en face de la fenêtre. J'avais supposé que les choses ressembleraient à la dernière fois que nous avions été ensemble — c'est-à-dire que je serai penchée en avant et qu'il me prendrait par-derrière. Mais une fois encore, j'avais mal supposé ce que Weston Lockwood manigançait. Il me fit pivoter, m'attrapa par la taille à deux mains et me souleva sur le bureau.

— Écarte.

— On a des règles, haletai-je. Uniquement par-derrière.

Weston saisit mes genoux.

— Ça s'applique à quand je te prends. Et je ne suis pas encore prêt pour ça.

Je déglutis.

Il écarta mes cuisses. Je ne tentai même pas de lutter contre lui.

— Dernière chance. Mot sécurité, Sophia ?

— Comtesse, chuchotai-je.

Il sourit.

— Bon choix.

Il recula. Avec mes jambes écartées et mes mains liées derrière mon dos, je me sentais incroyablement vulnérable. Essayant de me sentir un peu plus en contrôle, je soufflai :

— Passons à la suite. Finissons-en.

Weston se mordit la lèvre inférieure, et je jurai que je le ressentis entre mes cuisses. Il y avait quelque chose d'absolument sexy dans la façon dont il me regardait.

— Tu vas me fixer dans les yeux pendant que je te doigte.

Ma mâchoire se décrocha. Ce type avait du cran.

Amusé par mon expression, Weston se rapprocha à nouveau. L'une de ses mains s'insinua entre mes jambes écartées et se débarrassa de ma culotte. Deux doigts frottèrent contre mon sexe, puis un plongea à l'intérieur, exactement comme il l'avait fait la veille. Et pourtant, d'une certaine manière, je ne m'y étais toujours pas attendue.

Je hoquetai.

— Déjà si mouillée pour moi !

Il fit des va-et-vient avec son doigt, et mes yeux se fermèrent.

— *Tut ! tut ! tut !* As-tu oublié ce que je t'ai dit tout à l'heure ? Yeux ouverts, ma petite Fifi.

Je commençai à parler, à lui dire encore une fois d'arrêter de m'appeler comme ça, mais son doigt fit alors d'autres va-et-vient, et toutes mes pensées disparurent plus vite que mes inhibitions.

— Écarte davantage les jambes pour que je puisse t'en donner davantage. J'aime que tu sois aussi étroite.

Ma tête voulait que je resserre les cuisses, mais mon corps désirait plus de ce qu'il m'offrait. Sans aucune honte, j'ouvris les jambes.

Weston sourit. Il soutint mon regard tandis qu'il retirait son doigt et en insérait deux. Je me raidis une minute, puis me détendis alors qu'il continuait à bouger avec une précision méthodique.

— Un de plus.

J'étais si perdue dans cet instant que je ne savais pas trop à quoi il faisait référence, jusqu'à ce que je sente un troisième doigt entrer en moi. Je gémis, et mes yeux se fermèrent à nouveau.

Weston attendit quelques secondes, puis chuchota à mon oreille :

— Tu es si belle quand tu es excitée ! C'est vraiment dommage que tu veuilles seulement que je te prenne par-derrière. Je parie que te voir jouir avec mon sexe au lieu de ma main est absolument phénoménal.

Ma respiration se fit laborieuse. Son souffle chaud à mon oreille, accompagné de la caresse constante en moi me mit au bord du gouffre. Weston replia ses doigts et changea l'angle de ses mouvements, et je sus que mon orgasme n'était pas loin.

Il passa son autre main derrière moi et glissa ses doigts dans mes cheveux. Tirant ma tête en arrière, il suça mon cou exposé.

— Ohhh... Oh, Seigneur !

Il tira plus fort sur mes cheveux, au point que cela fit mal — mais pas assez pour que je le fasse arrêter —, puis son pouce s'étira pour caresser mon clitoris.

— Yeux ouverts quand tu jouis, gémit-il tandis qu'il s'éloignait pour me regarder.

Mais j'étais tellement perdue dans cet instant que je l'entendis à peine. Il répéta ses paroles, cette fois-ci sur un ton sérieux.

— Les yeux ouverts, Sophia.

Mes yeux s'ouvrirent immédiatement. D'instinct, je voulus m'accrocher à lui, oubliant que mes mains étaient liées dans mon dos. Le cuir autour de mes poignets n'avait aucun jeu, et plus je tirais, plus il s'enfonçait dans ma peau. Étonnamment, la sensation d'être contrainte ne m'effraya pas, en fait, elle semblait m'exciter. Alors, je luttai encore un peu en vain pour me libérer, jusqu'à ce que je sente mon corps s'approcher du précipice. *Oh, Seigneur !* Avec un son guttural qui était un mélange de gémissement et de hurlement, mon orgasme me dévasta. Nos yeux se croisèrent, et le feu dans ceux de Weston alors qu'il me regardait jouir me maintint rivée sur place. Quand la dernière vague passa, je me penchai en avant et posai ma tête sur son épaule, laissant mes paupières se fermer.

Il ne me fallut pas longtemps pour me sentir à nouveau vulnérable. Je gardai les paupières closes.

— Retire-la, chuchotai-je.

— Tu en es sûre ?

Je hochai la tête.

Weston passa la main derrière moi et déboucla la ceinture, libérant mes mains.

Je frottai l'un de mes poignets.

Il baissa les yeux. Ils étaient rouges à cause de la brûlure de la friction, bien que cela ne fasse pas vraiment mal.

— Tu veux que j'aille te chercher de la glace ?

Je secouai la tête.

— Ça va.

— De la crème ou quelque chose ?

Qu'il utilise ce ton doux m'effraya presque plus que ce que je venais de le laisser faire. J'appuyai ma main contre son torse et le poussai pour qu'il recule.

Rajustant ma jupe, je rétorquai :

— Ne sois pas gentil avec moi.

Les sourcils de Weston s'arquèrent.

— Tu veux que je sois un salaud ?

Il tendit le pouce derrière lui.

— Je suis sûr qu'il y a du sel quelque part que je pourrais te verser dessus. Ça provoquera une piqûre. Ça t'irait ?

Je plissai les yeux et sautai du bureau.

— Tu sais ce qui me va ? Que tu ne rencontres plus le syndicat sans moi. Nous possédons une part égale de cet hôtel, et tu as besoin de mon approbation pour ratifier les accords que tu passes avec eux, de toute façon.

— Vraiment ? Il y a deux minutes, tu gémissais, et maintenant, on reparle du syndicat ? Peut-être qu'on peut remettre ça à après.

Je lissai les plis de ma jupe. Je n'avais pas prévu de passer la porte en courant. Mais encore une fois, je n'avais pas non plus prévu ce qui venait de se passer. Cependant, je réalisai soudain que j'avais l'avantage, à présent — un moyen de faire que Weston se sente aussi mal qu'il m'avait fait me sentir la veille. Un sourire diabolique étira mes lèvres tandis que je haussais un sourcil.

— Après ?

Il baissa les yeux vers la bosse substantielle dans son pantalon et me regarda à nouveau.

— On n'a pas terminé.

— Vraiment ?

Je me dirigeai par la porte. L'ouvrant, je regardai par-dessus mon épaule.

— J'espère que tu te sens aussi merdique que moi hier. Fais de beaux rêves, *Weston*.

CHAPITRE 5

Weston

— Alors, comment allez-vous ? Je suis heureuse que vous n'ayez pas à nouveau annulé notre séance, cette semaine.

Le docteur Halpern croisa les jambes et posa son bloc-notes sur la table près d'elle.

Ce devait être la première fois que je n'avais pas à cacher que je matais ses chevilles fines. Et ce n'était pas parce qu'elle avait décidé de porter un pantalon pour changer. Elle exposait les mêmes longues jambes que d'habitude.

J'étais allongé sur l'habituel divan du patient comme je le faisais toujours, même si elle m'avait dit que ce n'était pas nécessaire et que la plupart des patients restaient assis. Apparemment, l'image du psy assis dans un fauteuil en face du fêlé qui vidait ses tripes était plus pour les films que pour la vraie vie. Cependant, puisque je devais venir ici, je me disais que je pouvais tout aussi bien en profiter pour me reposer.

— Je vous ai déjà parlé de la fois où j'ai eu le croup ? demandai-je. J'avais peut-être quatre ans, et Caroline en avait six environ.

— Je ne pense pas que vous l'ayez mentionné, non.

— Ma mère m'avait donné ce qui restait de crème glacée, et ma sœur n'en était pas ravie. Maman avait installé un humidificateur dans ma chambre. Alors, pendant que je profitais de ma glace, Caroline est allée pisser dans l'appareil. Quand ma mère m'a remis au lit, ma chambre était un brouillard d'urine.

Du coin de l'œil, je vis le docteur Halpern saisir son bloc-notes pour y griffonner quelque chose.

— Vous prenez des notes sur ça ? Est-ce parce que vous envisagez d'essayer cette blague sur quelqu'un, ou venez-vous juste de trouver la source de tous mes problèmes ?

Le docteur Halpern reposa son carnet et son stylo.

— J'ai écrit que vous avez parlé volontairement de votre sœur. Y a-t-il une raison pour que vous pensiez à Caroline aujourd'hui ?

Habituellement, je ne réfléchissais pas vraiment à ce que ce bon docteur demandait, mais aujourd'hui, je le fis.

— Pas que je sache.

— Parlez-moi de vos dernières quarante-huit heures. Même si des bouts de votre journée étaient banals, j'aimerais les entendre.

Je secouai la tête.

— Vous en êtes sûre ?

Le docteur Halpern croisa ses mains sur ses genoux.

— Oui.

— D'accord... Eh bien...

Pendant environ vingt minutes, je lui parlai de mes deux dernières journées, bien que je saute les rencontres privées avec Sophia, me disant que ces détails n'étaient pas nécessaires à ce qu'elle avait besoin de disséquer. Pourtant, elle sembla se concentrer malgré tout sur cette partie de mon histoire.

— Donc, Sophia et vous avez une sorte de passé commun.

— Nos familles, oui.

— À quand remonte la dernière fois que vous avez vu Sophia avant ces derniers jours ?

Je souris.

— Au bal du lycée.

— Elle était votre cavalière ?

Je secouai la tête.

— Non.

— Mais vous l'avez vue au bal ?

Je retournai douze ans plus tôt. Je pouvais encore voir Sophia dans sa robe. Elle était rouge et moulait chacune de ses courbes. Même si la plupart des filles étaient jolies, elles avaient également toutes l'air d'aller au bal du lycée. Mais pas Soph. Elle était élégante et ressortait du lot d'une manière qui m'avait rendu incapable de la quitter des yeux toute la soirée — même si ma cavalière me disait toutes les choses qu'elle avait hâte de me faire une fois que le bal serait terminé.

— Oui. Elle ne passait pas une si bonne soirée que ça.

— Pourquoi ça ?

— Son petit ami couchait avec sa cousine. Elle l'a découvert quand elle les a entendus en pleine action dans le vestiaire des filles.

— Oh ! Ça a dû jeter un froid sur sa soirée.

— Oui, en particulier quand j'ai mis un pain à cet enfoiré.

Me souvenant de la tête que faisait habituellement le docteur Halpern quand je jurais, j'ajoutai :

— Désolé. Quand j'ai cogné ce minable.

Le docteur Halpern sourit.

— Merci. Sophia et vous étiez bons amis, alors ?

Je souris.

— Non, on se détestait.

— Mais vous avez défendu son honneur.

Je haussai les épaules.

— Disons plutôt que je n'aimais pas son petit ami.

— Pourquoi ça ?

Je commençai à répondre, puis m'interrompis. Mais pourquoi donc parlions-nous d'il y a douze ans et de si j'aimais ce type ou non ? Me tournant pour regarder le docteur Halpern, je dis :

— Y a-t-il une raison à toutes ces questions ? Je crois qu'on a perdu le fil.

— Que considérez-vous comme le fil d'aujourd'hui ? Y a-t-il quelque chose de spécifique dont vous ayez envie de parler ?

Je passai une main dans mes cheveux.

— Ne m'en veuillez pas, mais si j'avais le choix, je ne serais pas du tout ici à vous parler. Donc, non... il n'y a rien de spécifique dont j'aie envie de discuter aujourd'hui.

Elle resta silencieuse un long moment.

— Continuons. Sophia et Caroline étaient amies ?

— Caroline n'avait pas beaucoup d'amies. Elle était très souvent absente de l'école et ne pouvait pas faire la majorité des choses que des gamins normaux faisaient.

— D'accord. Donc, reparlons un instant de Sophia et du bal du lycée. Quelle qu'en soit la raison, vous avez ressenti le besoin d'intervenir dans sa relation et avez eu une altercation avec son petit ami. Sophia en a été contrariée ?

Je haussai les épaules.

— À ce que j'en sais, elle n'était même pas au courant que ça arrivait. Elle s'est enfuie juste après les avoir surpris en train de s'envoyer en l'air dans les toilettes.

— Et c'est la dernière fois que vous l'avez vue ?

Je souris.

— Non. J'étais de mauvaise humeur. Tous mes amis se soûlaient et agissaient comme des idiots, et je ne pouvais pas boire, alors j'ai quitté la soirée plus tôt. Je suis tombé sur Sophia sur le parking.

— Pourquoi ne pouviez-vous pas boire comme vos amis ?

— J'avais une intervention programmée pour le lendemain. Caroline était à nouveau malade.

Le docteur Halpern fronça les sourcils.

— D'accord. Donc, vous est tombé sur Sophia sur le parking, et que s'est-il passé ?

Je souris.

— On s'est disputés. Comme d'habitude. Elle pensait que j'étais là pour jubiler parce que son petit ami était un crétin. Il ne lui avait même pas couru après. Nous avions tous les deux pris une limousine jusqu'au bal et y avions été déposés. J'ai appelé mon chauffeur et lui ai demandé de passer nous prendre.

— D'accord...

Je n'allais pas lui dire que pendant que Sophia était en train de m'engueuler, j'avais plaqué mes lèvres contre les siennes et que nous avions tous les deux fini par évacuer notre frustration d'une manière bien plus productive cette nuit-là.

— Nous... avons traîné un moment. Je me suis endormi chez elle à peu près à l'heure où le soleil se levait, et je me suis réveillé une demi-heure environ après celle à laquelle j'étais censé être à l'hôpital. J'ai pris un taxi et me suis pointé dans mon smoking froissé de la veille.

Je secouai la tête.

— Ma mère leur a demandé de me faire passer un test d'alcoolémie, parce qu'elle pensait que j'avais fait passer la fête avant Caroline. Elle ne m'a pas cru quand je lui ai dit que je n'avais pas bu une seule goutte d'alcool.

Le docteur Halpern prit son bloc-notes et son stylo et écrivit pendant une bonne grosse minute, cette fois-ci.

— Peut-être que voir Sophia vous a rappelé cette époque de votre vie... une époque où vous aidiez votre sœur.

Je supposai que c'était logique. Même si ma sœur avait été la dernière chose que j'avais en tête cette nuit-là, c'était certain. Je haussai les épaules.

— Peut-être.

Nous passâmes à autre chose après ce voyage dans le passé. Quand le docteur Halpern me demanda comment se passaient les choses au Comtesse, je faillis lui dire que j'avais royalement foiré en couchant avec l'ennemi. Mais je me dis alors qu'elle essaierait probablement de me garder ici tout l'après-midi pour disséquer les raisons *réelles* de mes actes.

Parce qu'aucun psy n'accepte que, parfois, on ne parvienne simplement pas à gérer le fait que des boutons beiges sur un chemisier de soie bleu roi vous rendent dingue. Ni que la couleur de ces boutons corresponde *exactement* à celle de la peau de son cou et que, comme vous ne pouvez pas mordre ledit cou comme vous voudriez vraiment le faire, vous devez vous contenter d'écouter ces petites perles beiges taper contre le carrelage.

Non, le docteur Halpern ne comprendrait absolument pas cela. Soyons francs, si c'était le cas, elle n'aurait plus fait ce travail. Parce que pour pouvoir garder cette résidence de luxe, il lui fallait analyser tout ce que nous faisions.

Mais la vérité sur le sujet est que parfois, on agit simplement comme un animal. Et cette fichue Sophia Sterling avait l'étrange capacité de faire ressortir le sauvage en moi.

CHAPITRE 6

Sophia

— Tu peux avoir six chambres, si tu veux. Dois-je faire la réservation à ton nom ? Ils prendront le même vol que toi ou embarqueront de leur côté ?

Scarlett m'avait envoyé un e-mail me demandant de réserver une deuxième chambre pour son futur voyage. Alors, j'avais décroché le téléphone pour l'appeler, puisque j'étais réveillée, de toute façon.

— Je n'en suis pas encore sûre. Mais si tu pouvais réserver la chambre au nom de Thomason, ce serait super.

— Pas de problème.

— Ce n'est pas le milieu de la nuit, là-bas ? Il est à peine sept heures du matin ici, alors il est quoi... deux heures à New York ?

Je soupirai.

— Oui. Je n'arrivais pas à m'endormir, alors je me suis dit que j'allais rattraper mon retard sur mes e-mails.

— Décalage horaire ?

— Pas vraiment.

— Ne me dis pas que tu perds le sommeil à cause de ce crétin de Liam.

— Non, ce n'est pas ça.

— Alors, qu'est-ce qui t'empêche de profiter d'une bonne nuit de sommeil ?

Je n'avais pas appelé mon amie pour raconter mes problèmes. Bon, peut-être que ce n'était pas tout à fait vrai et que, inconsciemment, j'avais espéré que nous aurions l'occasion de discuter. Cela faisait quatre heures que j'avais quitté la chambre de Weston et pourtant, la tête me tournait toujours à cause de ce qui s'était passé.

— J'ai... un petit problème.

— Tu ne peux *pas* porter de pantalon noir avec des chaussures marron, même si je ne suis plus là pour te sauver de toi-même.

Je ris.

— J'aimerais que ce soit aussi facile.

— Attends une seconde.

Scarlett couvrit le téléphone, mais j'entendis sa conversation étouffée.

— Qu'est-ce que c'est ? dit-elle d'un ton sec.

Une voix d'homme répondit. Il semblait nerveux.

— Euh... C'est... votre café. De la chaîne Cinnabon où vous m'avez demandé de le récupérer.

— Mais il y a quoi, là-dedans ? Il pèse une tonne.

— Votre roulé à la cannelle.

— *Quoi ?*

— Vous avez commandé un café avec un roulé à la cannelle dessus.

— J'ai commandé un café avec *de la cannelle dessus*. Quelle personne sensée irait croire qu'on veut un roulé à la cannelle *dans* un café ?

— Euh... désolé ! J'y retourne.

— Oui, faites donc.

Scarlett revint au téléphone.

— Tu as dit que *tu* avais un problème ? Quoi que ce soit, ça ne peut pas être pire que le nouvel assistant que l'agence d'intérim a envoyé.

— J'ai entendu. Parfois, je me dis que tu es trop dure avec les gens. Mais je te promets que ce n'est pas le cas aujourd'hui.

Elle soupira.

— Alors, dans quel genre de problème tu t'es fourrée, ma chérie ?

— Eh bien... tu te rappelles la famille dont je t'ai parlé ? Celle qui dirige la chaîne hôtelière concurrente et qui possède conjointement le Comtesse avec ma famille ?

— Bien sûr. Les Lock ou quelque chose comme ça ?

— C'est ça. Les Lockwood. Eh bien, je ne pense pas avoir déjà mentionné que j'avais accidentellement couché avec l'un d'eux... Weston. Lui et moi avons le même âge.

— Tu as *accidentellement* couché avec quelqu'un ? Tu es tombée sur son sexe et t'y es empalée ?

Je ris.

— Non. Je suppose qu'*accidentellement* n'est pas le bon mot. C'était plutôt une perte temporaire de bon sens, et j'ai couché avec lui. Quoi qu'il en soit, c'était il y a longtemps — le soir de mon bal du lycée, en fait. J'y suis allée avec quelqu'un d'autre et suis revenue avec Weston.

— Petite coquine ! Je ne savais pas que tu avais ça en toi.

Je souris.

— C'est une longue histoire. Mais je ne savais pas ce que je faisais. Ma mère était morte un peu plus tôt cette année-là. Et durant le bal, j'ai découvert que mon petit ami couchait avec quelqu'un d'autre ; ironiquement, c'était l'une de mes cousines. Ça semble être mon truc. Mon père n'était pas venu pour les photos gratuites d'avant-bal parce que c'était aussi celui de mon demi-frère, Spencer, et que sa soirée de fin de première était infiniment plus importante que mon bal de terminale. Quoi qu'il en soit, j'ai fini par quitter les lieux avec Weston. Il a largué sa cavalière, et ce n'était qu'un coup d'un soir. On se détestait, mais la partie de jambes en l'air... Disons juste que nous n'avions que dix-huit ans, mais c'était incroyable.

— Ah ! Coucher avec quelqu'un qu'on déteste. C'est ce que je préfère.

— Oui, eh bien, c'est apparemment mon problème ! C'est aussi l'une des choses que je préfère.

— Je ne te suis pas.

— Weston, le type du bal du lycée, il est au Comtesse. Sa famille l'y a envoyé, tout comme la mienne m'y a envoyée. Nous sommes tous les deux ici pour gérer l'établissement et faire une estimation de l'hôtel afin que l'un de nous essaye de racheter la part de l'actionnaire minoritaire et de prendre le contrôle des lieux.

— Et tu es attirée par lui, mais vous ne vous entendez toujours pas ?

— C'est ça, répondis-je dans un soupir en me tournant sur le côté. Mais j'ai aussi accidentellement recouché avec lui.

Scarlett cria si fort que je dus écarter le téléphone de mon oreille.

— C'est fabuleux !

— Non, pas du tout.

— Pourquoi pas ?

— Seigneur, pour tellement de raisons ! Premièrement, je ne l'aime pas du tout. Il est arrogant, prétentieux et il me tape sur les nerfs parce qu'il me donne ce nom stupide qu'il utilise depuis que nous sommes gamins. Et deuxièmement, il est l'ennemi ! Nos familles se détestent, et nous essayons tous les deux de faire une meilleure offre que l'autre, simplement pour prendre le contrôle et pousser l'autre famille dehors.

— Et malgré tout, tu es de nouveau accidentellement tombée sur son sexe ?

Je souris.

— Oui.

— Ça semble... incongru. C'est peut-être ce dont tu as besoin après le marasme de Liam Albertson durant l'année et demie qui s'est écoulée.

— Ce dont j'ai *besoin*, c'est de rester loin de Weston. Je ne sais pas ce qui m'arrive, mais chaque fois qu'on se dispute, on finit par se grimper dessus.

— Ça semble franchement divin.

Elle n'avait pas entièrement tort. Dans le feu de l'action, *c'était* franchement divin. Mais ce court frisson ne durait pas quand les nuages du plaisir commençaient à s'écarter. Et ensuite, je me sentais pire que jamais. De plus, j'étais ici pour faire un travail, pas pour pactiser avec l'ennemi.

— Ça se vend toujours, les ceintures de chasteté ? Je crois que j'en aurais besoin.

— Je pense que ce dont tu as besoin, c'est exactement ce que tu as obtenu — t'envoyer en l'air avec quelqu'un de plus excitant que Liam.

— Tu as déjà été attirée par quelqu'un dont tu sais qu'il n'est pas bon pour toi ?

— Tu ne te rappelles pas que je t'ai dit avoir couché avec mon quadragénaire de professeur de psychologie lors de ma première année d'université ? Il avait déjà divorcé trois fois, et sa dernière épouse était une ancienne étudiante. Ça a été la chose la plus stupide que j'aie jamais faite. Mais bon sang, c'était le meilleur coup que j'aie jamais eu ! Ce type était comme de l'herbe à chat. Chaque jour, j'entrais en classe et je me disais que je n'allais plus le faire. Puis il disait : « Mademoiselle Everson, pourrais-je vous voir un instant après les cours ? » Il le prononçait sur un ton qui donnait impression qu'il m'avait surprise en train de tricher et qu'il allait me gronder. Et c'était terminé. Mon cul rentrait à la maison avec des traces de marqueur noir parce qu'il aimait me plaquer contre le tableau.

— Comment tu y as mis fin ?

— Le semestre s'est terminé, et je n'ai pas continué la psychologie exprès. Tant que je ne le voyais pas, j'allais bien.

Je soupirai.

— Eh bien, ça ne va pas fonctionner dans mon cas ! Nous sommes coincés ici tous les deux pour au moins un mois.

— Ma foi, lutter est ce qui t'excite et t'ennuie chez ce mec, pas vrai ?

J'étais déçue de moi-même, mais c'était la vérité.

— Oui. C'est comme si je voulais passer physiquement ma colère sur lui.

— Alors, d'accord. Arrête juste de te disputer avec lui.

Je m'apprêtais à dire que ça ne marcherait pas, mais... *Hmm*. C'était une suggestion simple. Pourrait-ce être aussi facile ?

— Je ne suis pas sûre que nous puissions nous entendre, tous les deux. Nous n'avons jamais rien fait d'autre que de nous disputer.

— Ma foi, je dirais que c'est soit faire ami-ami, soit avoir un autre *accident*.

Je suppose que ça ne ferait pas de mal d'essayer.

— Je vais peut-être faire ça.

— Bien. Alors, c'est réglé. Tu vas reposer tes yeux quelques heures, et moi, je vais faire pleurer mon nouvel intérimaire avant la fin de la journée.

Je ris.

— Ça me va.

— Va te coucher. Appelle-moi la prochaine fois que tu replonges et que tu t'envoies à nouveau ce Weston.

— Avec un peu de chance, ça n'arrivera pas. Je te vois à la fin de la semaine prochaine.

— Salut, ma chérie !

Éteignant mon téléphone, je le branchai au chargeur sur la table de nuit avant de remonter les couvertures.

Scarlett avait raison. C'était simple, vraiment. Tout ce que je devais faire, c'était d'être sympa avec Weston. Ça ne devrait pas être trop difficile.

Pas vrai ?

CHAPITRE 7

Sophia

— Bonjour, Weston.

J'affichai mon sourire le plus radieux.

Apparemment, Weston n'avait pas l'habitude de me voir *radieuse*. Ses sourcils se froncèrent, et il m'étudia avec méfiance.

— Bonjour ?

Il était assis derrière la table de la pièce qui avait autrefois été le bureau de madame Copeland. J'étais certaine qu'il s'attendait à ce que l'on se dispute pour savoir qui aurait le droit d'utiliser le grand bureau d'angle avec vue sur le parc. Mais au lieu de cela, je me dirigeai directement vers la table de réunion ronde et maintins mon sourire fermement en place.

— Bien... J'aimerais te faire part des autres problèmes dont m'a parlé le directeur principal hier. Peut-être qu'on pourrait se partager la liste que j'ai faite et être la personne de référence pour différentes choses ?

— Euh... oui, c'est logique.

Weston attendait vraiment le revers de la médaille. Bien qu'il n'y en ait pas. J'avais beaucoup réfléchi à la conversation que j'avais eue avec Scarlett, tôt ce matin-là, et en étais arrivée à me dire qu'elle avait peut-être raison. Jusqu'à ces derniers jours, je m'étais considérée comme plutôt *vanille*, mais apparemment, une part sombre et noire de moi jaillissait lorsque je me disputais avec cet homme. Si Weston et moi nous entendions bien, j'aurais peut-être plus de chance de ne pas finir avec la culotte sur les chevilles.

Weston quitta le bureau et s'approcha de la table où je m'étais installée. Le matin, j'avais tapé une longue liste des problèmes dont Louis et moi avions discuté. Je fis glisser trois pages agrafées vers le côté opposé de la table et levai les yeux vers mon nouveau collègue.

— C'est une liste des choses dont nous devrions discuter. Je les ai classées par ordre de priorité, mais il faudrait qu'on les passe toutes en revue. Je vais aller chercher du café en bas. Peut-être pourrais-tu parcourir ce que j'ai tapé afin qu'on en discute quand je reviens ?

Je me levai de ma chaise.

L'expression de Weston était plutôt comique. Il s'attendait à ce que je fasse des difficultés. Ça n'arrivera pas aujourd'hui, mon pote. Je me dirigeai vers la porte, puis m'arrêtai et me retournai.

— Veux-tu que je te rapporte du café ? Peut-être un fruit ou un muffin, aussi ?

— Euh... oui, ce serait super. Je vais prendre un grand café noir et un muffin à la myrtille.

— Pas de problème.

Cette fois-ci, je réussis même à dévoiler mes dents avec mon sourire exagéré. Être gentille était presque une nouvelle forme de torture pour Weston. *Qui sait ?* Ce ne serait peut-être pas si mal que ça, après tout.

Alors que je me tournais pour sortir, il m'arrêta.

— Attends. Tu ne vas pas empoisonner mon café ou quelque chose comme ça, si ?

Je ris.

— Je reviens dans quelques minutes.

Mon comportement faussement sympathique semblait avoir fait son effet. En descendant jusqu'au *coffee shop*, je me surpris à siffloter. Non seulement j'avais aimé désarçonner Weston, mais ma nuque appréciait vraiment la perte de crispation. J'y avais eu un énorme nœud depuis que j'avais embarqué dans l'avion quelques jours plus tôt.

Quand je fus de retour au bureau, Weston était toujours installé à la table ronde. Il avait pris des notes sur la liste que je lui avais donnée et son grand bloc-notes jaune contenait à présent encore plus de choses griffonnées, et il scrollait sur son téléphone. Je lui tendis son café ainsi que le sachet contenant le muffin à la myrtille, le tout accompagné d'un sourire joyeux.

— Je leur ai fait réchauffer le muffin. J'espère que ça te va. Il y a des cubes de beurre dans le sac, si tu en veux.

Il plissa le front, confus.

— Oui, c'est super. Merci.

Je pris le siège en face de lui et retirai le couvercle en plastique de mon café avant de prendre mon stylo.

— Pourquoi ne pas commencer à parcourir la liste ? Et quand on aura fini, tu pourras me dire comment se sont déroulées les choses avec le syndicat hier et ce que je peux faire pour aider à ce sujet.

— D'accord...

Durant l'heure suivante, j'informai Weston des problèmes dont j'avais discuté avec Louis. Quand j'eus terminé, il s'affala sur sa chaise.

— On a du pain sur la planche !

— Oui, mais je pense qu'on fera une bonne équipe, et nous parviendrons à remettre cet établissement en état en un rien de temps.

— Vraiment ?

— Absolument. Si quelqu'un s'y connaît en hôtels, c'est nous. Nous avons grandi tous les deux dans ce milieu, avant même de commencer à travailler pour notre famille. C'est dans notre sang. J'ai déjà contacté deux des entrepreneurs avec qui nous avons déjà travaillé sur des propriétés Sterling, et j'ai organisé un rendez-vous avec l'un d'entre eux à quatorze heures cet après-midi pour discuter des travaux qui doivent être terminés dans la salle de bal.

— Pourquoi tes entrepreneurs ? J'étais dans l'un de vos bâtiments pour une réunion le mois dernier, et l'endroit n'était pas si génial que ça.

Ma réaction immédiate fut d'être sur la défensive, mais je me contrôlai et parvins à ignorer l'insulte, me concentrant plutôt sur notre travail ensemble.

— Eh bien, tu sais quoi... Il est évident qu'on va avoir besoin de devis, alors pourquoi n'appelles-tu pas une ou deux de tes équipes ? On verra ce qu'ils proposent tous, et à quelle vitesse chacun pense pouvoir terminer.

À nouveau, Weston hésita.

— Oui, d'accord.

Nous discutâmes d'autres problèmes prioritaires, y compris la façon de gérer un employé qui, d'après Louis, piquait dans la caisse, et de pourvoir cinq postes clés vacants, dont deux de sous-directeurs. Une équipe d'experts-comptables et d'avocats venait aussi dans l'après-midi pour commencer l'audit préalable du Comtesse afin que ma famille puisse formuler son offre pour racheter la part minoritaire.

Sans trop de désaccords, Weston et moi décidâmes même des salles de réunion dans lesquelles nous voulions installer nos équipes. Nous mîmes ensuite en place des contre-propositions à l'offre du syndicat dont nous avions discuté un peu plus tôt. L'un dans l'autre, ce fut une matinée sacrément productive.

— D'accord, eh bien...

Je rassemblai les papiers que j'avais étalés devant moi et les rangeai en piles nettes.

— C'était une bonne réunion. Je vais aller voir Louis pour qu'il m'installe dans un bureau quelque part, et je suppose que je te verrai en haut quand le premier entrepreneur arrivera.

— Tu ne veux pas ce bureau ? demanda-t-il.

Je me levai.

— Tu m'as l'air de t'être déjà installé. Je peux en trouver un autre. Ce n'est pas un problème.

Weston n'était pas loin de poser sa main sur mon front pour vérifier ma température. Soupçonnant que j'avais assez fait tourner sa tête pour la matinée, mon travail ici était terminé.

— On se revoit à quatorze heures ?

— Oui. Je risque d'être un peu en retard. Mais je te retrouverai là-bas.

Ce fut à présent mon tour d'être méfiante.

— Tu as quelque chose d'autre de prévu ?

Weston se leva et retourna à son bureau, évitant de me regarder.

— J'ai un rendez-vous. Mais je reviens ensuite.

— Un rendez-vous ? Quel genre de rendez-vous ?

— Un genre qui ne te concerne pas. Je reviendrai dès que je pourrai.

Incapable de cacher à quel point sa réponse m'énervait, je quittai le bureau. Je venais de révéler toutes mes cartes, et ce petit con manigançait probablement quelque chose dans mon dos.

Cette histoire d'être amicale n'allait pas être facile du tout.

Sam Bolton construisait des bâtiments à New York pour ma famille depuis que j'étais gamine — bien que j'ignore que *Bolton Contracting* s'appelait désormais *Bolton et Fils*. Travis, le fils de Sam, se présenta et me serra la main. Il était séduisant, plus dans le genre patron tiré à quatre épingles qu'entrepreneur qui manie un marteau, mais il était absolument charmant.

— Je suis ravi de vous rencontrer, dit-il. J'ignorais que William avait une fille.

Travis ne pensait pas à mal avec son commentaire, mais cela me blessa.

— C'est parce qu'il espère encore que je reprenne mes esprits, que j'enfile un tablier et que je reste à la maison, à me préparer pour le retour de mon mari après le travail, comme devrait le faire une femme.

Travis sourit.

— J'espère que ça ne vous gênera pas que je dise ça, mais j'ai travaillé avec Spencer, votre frère, et je crois qu'il existe aussi des tabliers à sa taille.

J'appréciais déjà Travis.

— *Demi-frère*, et je suis presque sûre qu'il ferait cramer tout ce qu'il essaierait de cuisiner.

Si je ne me trompais pas, j'aperçus *ce regard* dans les yeux Travis. Vous savez lequel, cette petite étincelle qui brille quand quelqu'un s'intéresse plus à vous qu'à votre affaire. Cependant, c'était un parfait gentleman, et il ne fit rien d'inapproprié tandis que je lui faisais visiter le lieu des travaux. Travis était venu en avance, alors quelques minutes plus tard, son père arriva. J'avais aussi invité Len, le responsable de la maintenance de l'hôtel, à se joindre à nous, et il mena la visite sur ce qui avait été fait et ce qui devait encore être terminé.

— Qu'est-il arrivé à l'entrepreneur d'origine ? demanda Travis.

— Apparemment, de multiples problèmes d'inspection sont apparus, répondit Len. Madame Copeland n'était pas ravie des retards fréquents, alors elle l'a renvoyé avec l'intention d'en embaucher un autre. À un moment donné, elle m'a dit qu'elle avait donné un acompte à une nouvelle équipe, mais rien n'a jamais commencé.

Génial ! Note pour moi-même : ajouter à ma liste de choses à faire : « découvrir si un entrepreneur a été payé pour commencer un travail et ne s'est pas présenté ».

— Tout s'est quasiment arrêté il y a quatorze mois quand la santé de madame Copeland a décliné.

— Et pour quand avez-vous besoin que tout cela soit fait ? ajouta Sam Bolton.

— Pour dans trois mois, répondis-je.

Les sourcils de Travis s'arquèrent tandis que son père poussait un long soupir et secouait la tête.

— Nous serions obligés d'avoir des équipes sur place vingt-quatre heures sur vingt-quatre. Ça veut dire passer en tarif de nuit, avec deux contremaîtres qui travailleraient en heures supplémentaires en roulement de douze heures, et toutes sortes d'avantages supplémentaires requis par le syndicat.

— Mais c'est faisable ? demandai-je. Nous avons des événements qui débutent dans trois mois et qui vont s'enchaîner, et je ne veux vraiment pas devoir les annuler.

Sam regarda autour de lui, se grattant le menton.

— Oui. Je ne vais pas mentir, je n'aime pas travailler comme ça. Je ne rognerai sur rien pour que les choses soient faites. Je suis très souvent à la merci de sous-traitants, alors il y a toujours aussi un risque que quelque chose se passe mal.

Il hocha la tête.

— Mais oui, avec ces suppléments, je pense qu'on peut être bons pour dans trois mois. Il faudrait nous rendre immédiatement au service du bâtiment pour voir quels étaient les problèmes lors des dernières inspections et aussi emporter les plans aujourd'hui. Mais on peut essayer.

— Dans combien de temps, au minimum, pouvez-vous me donner une estimation ?

— Quelques jours.

Je soupirai.

— D'accord. Eh bien, faisons ça !

Weston arriva juste au moment où nous finissions — plus qu'un *petit peu* en retard. Malgré tout, je restai calme et réussis même à sourire pendant que je faisais les présentations. Sam et lui entamèrent une discussion sur les gens qu'ils connaissaient tous les deux et sur les métiers qu'ils maîtrisaient bien. Je dis à Len qu'il pouvait partir, et il ne resta plus que Travis et moi pour discuter.

— J'entends une pointe d'accent anglais ? demanda-t-il.

Je ne pensais pas en avoir. Mais il n'était pas la première personne à me poser cette question. Je n'avais vécu à Londres que six ans.

— Vous êtes très perspicaces, dis-je en souriant. Je suis née et j'ai grandi à New York, mais j'ai passé les dernières années à Londres. Apparemment, j'ai attrapé quelques petits trucs quand j'étais là-bas.

— Qu'est-ce qui vous a emmenée à Londres ?

— Le travail. Nous avons des hôtels là-bas, et mon père et moi nous entendons mieux quand nous sommes sur des continents différents.

Il sourit.

— Qu'est-ce qui vous a fait revenir ?

— Cet hôtel. Et puis, le timing était le bon. J'étais prête pour un changement.

Travis hocha la tête.

— Et pas un changement qui implique un tablier autour de votre taille, si je comprends bien ?

Je ris.

— Absolument pas.

Du coin de l'œil, je surpris Weston en train de regarder dans notre direction. C'était la deuxième ou la troisième fois en cinq minutes. Il contrôlait vraiment notre discussion.

Après le départ des Bolton, Weston secoua la tête.

— Ces deux-là ne conviennent vraiment pas pour ce boulot.

— Quoi ? Qu'est-ce que tu racontes ? Ils ont dit qu'ils pourraient nous fournir une estimation dans quelques jours et respecter notre délai de dingue. Ma famille a travaillé de nombreuses fois avec eux au fil des ans. Ils sont totalement fiables. Que pourrions-nous espérer d'autre à ce niveau ?

— Je n'ai pas eu le bon feeling avec eux, c'est tout.

— Le bon feeling ? Quel feeling as-tu eu ?

— Je ne sais pas. Juste qu'ils ne sont pas dignes de confiance, je suppose.

— C'est stupide !

— Ils peuvent soumettre leurs devis. Mais je ne compterais pas sur mon vote pour leur offrir le travail.

Mes mains volèrent jusqu'à mes hanches.

— Et qui, exactement, penses-tu qui convienne pour ce travail ? Laisse-moi deviner, l'un de *tes* entrepreneurs ?

Weston haussa les épaules.

— Ce n'est pas ma faute si on utilise de meilleures équipes.

— Meilleures ? Et comment sais-tu qui est meilleur que qui, là ?

— Si tu faisais un peu plus attention à ce qui se passe autour de toi au lieu de mater le fils de ton entrepreneur, tu serais peut-être dans le même état d'esprit que moi.

Mes yeux s'écarquillèrent.

— Tu plaisantes !

Il haussa les épaules.

— Le désir est aveugle.

— De toute évidence ! Pour quelle autre raison j'aurais couché avec toi ?

Les yeux de Weston s'assombrirent, ses pupilles bloquant la presque totalité de la douce couleur bleue de ses iris. Je pouvais sentir mon visage s'échauffer de colère, et... *Oh, mon Dieu !* Mon fichu estomac fit une pirouette.

Mon corps est-il fou ?

Il devait l'être. Un film de sueur froide jaillit de mon front, et mon corps se mit à s'illuminer comme un sapin de Noël.

Quoi ?

Sérieusement ?

Non. Juste, non.

Alors que ma tête ne se remettait pas de la réponse dingue de mon corps, les yeux de Weston descendirent sur ma poitrine. Je fus mortifiée de découvrir que mes tétons pointaient. Les traîtres se tenaient au garde-à-vous, saluant ce crétin à travers mon chemisier. Je croisai les bras par-dessus, mais c'était trop tard. Mes yeux remontèrent pour découvrir un immense sourire mauvais sur le visage de Weston.

Prenant une profonde inspiration, je fermai les yeux et comptai jusqu'à dix. Quand je les rouvris,

Weston arborait toujours ce rictus satisfait, mais ses sourcils étaient froncés et son front plissé.

— Si tu espérais que je disparaisse, je suis désolé de te décevoir, dit-il.

Je sais que je n'ai pas autant de chance était au bord de mes lèvres. Mais au lieu de ça, j'y plaquai un sourire radieux.

Enfin... je le voulais radieux, mais l'expression de Weston m'indiqua que je ressemblais plus au Joker qu'à autre chose. Pourtant, je fis avec.

— Pourquoi voudrais-je que tu disparaisses ? demandai-je, les dents serrées. Tu es tellement utile ! J'ai hâte de rencontrer ton entrepreneur.

Comme je ne savais pas trop ce que je pourrais encore supporter sans perdre mon calme, je tournai les talons et me dirigeai vers la porte.

— Passe une bonne après-midi, Weston, lançai-je sans regarder derrière moi.

— Ce sera le cas. Et n'oublie pas notre dîner de ce soir, Fifi, hurla-t-il dans mon dos.

CHAPITRE 8

Sophia

J'arrivai au restaurant *Le Maison* avec volontairement quinze minutes de retard.

Weston se leva tandis que j'approchais de la table.

— Je commençais à me dire que tu n'allais pas te montrer.

Je m'assis et dépliai une serviette sur mes genoux.

— J'ai dit que je viendrais, alors, je suis là. Mais pourquoi ne pouvions-nous pas simplement dîner dans l'un des restaurants du Comtesse ?

— Celui-ci a une piste de danse. Je me suis dit que tu apprécierais peut-être de sentir mon corps contre le tien quand nous étions en public. Je veux dire, nous savons à quel point tu l'apprécies en privé.

— Je ne danse pas avec toi.

Au lieu d'être contrarié par mon refus, Weston afficha son sourire à un million de dollars. Il avait vraiment un sourire fantastique... ce qui était énervant au-delà du possible. Mais ce soir-là, j'étais déterminée à garder mon calme.

Un serveur arriva et demanda si nous désirions voir la carte des vins. Je la pris et y jetai un coup d'œil rapide, mais décidai de me rabattre sur une boisson pauvre en calories au lieu d'en prendre des centaines en vin pour me détendre. Je rendis ma carte au serveur.

— Je prendrai une vodka cranberry avec un citron, s'il vous plaît. Si vous avez du cranberry light, ce serait encore mieux.

— Je suis désolé, mais nous n'en avons pas. En voudriez-vous du classique ?

— Bien sûr. Merci.

Le serveur hocha la tête et se tourna vers Weston.

— Et pour vous, monsieur ?

— Je prendrai un Coca Light, s'il vous plaît.

C'était la troisième fois que nous étions ensemble et que je commandais une boisson alcoolisée, mais pas Weston. J'envisageai de lui poser la question, mais songeai que cela ne ferait que mettre en lumière le fait que je buvais en semaine, alors je me tus.

Lorsque le serveur disparut, Weston regarda dans ma direction.

— N'oublie pas le numéro deux de notre accord.

Il me fallut quelques secondes pour me rappeler les termes de notre stupide accord. Nous avions convenu que je l'appelle Weston, que l'on dîne ensemble une fois par semaine et que je... relève mes cheveux deux fois par semaine.

— Pourquoi la façon dont je me coiffe t'importe autant, de toute façon ?

— Parce que j'aime regarder ta nuque. Tu as la peau crème.

J'ouvris la bouche pour répondre, mais la refermai. Son commentaire semblait sincère. Je savais comment me battre avec cet homme. Je savais comment discuter affaires avec lui, même avec civilité. Mais je n'avais aucune idée de la façon d'accepter un compliment quand il se montrait gentil.

— Ne dis pas des trucs pareils, grommelai-je enfin.

— Pourquoi donc ?

— Ne le fais pas, c'est tout.

Puisque le travail était un sujet de conversation sûr, je croisai les mains sur la table.

— J'ai pris rendez-vous avec un deuxième entrepreneur pour demain matin, neuf heures.

— Brighton Contractors vient demain à huit heures. Je suis sûr qu'on pourra annuler ton rendez-vous une fois qu'on aura rencontré Jim Brighton.

— Je pense que je m'abstiendrai de prendre cette décision avant d'avoir rencontré les deux. Contrairement à toi, j'ai l'esprit ouvert et je n'ai aucun problème à envisager tous les entrepreneurs compétents, peu importe qui les fait venir.

Weston fit tomber sa serviette sur la table et se leva. Il tendit la main.

— Danse avec moi.

— Je te l'ai dit, je ne danse pas.

— Juste une danse.

— Non.

— Donne-moi *une* bonne raison de ne pas le faire, et je me rassois.

— Parce que ce n'est pas professionnel. C'est un dîner d'affaires, pas un rencard.

— Tout comme te doigter alors que ma ceinture entourait tes poignets. Et tu ne semblais pas désapprouver ça pour manque de professionnalisme. Pourtant, si tu me demandes mon avis, me laisser dans l'état où tu m'as laissé l'autre soir était loin d'être professionnel de ta part.

Le serveur arriva avec nos boissons. Weston resta planté là, debout, et attendit que j'accepte.

— J'ai clairement eu quelques instants de folie, déclarai-je quand nous fûmes à nouveau seuls. Mais c'est du passé, et dorénavant, j'ai l'intention de garder des relations professionnelles entre nous.

Weston m'étudia un instant. Je fus surprise lorsqu'il se rassit sans argumenter davantage. Son pouce fit des va-et-vient sur sa lèvre inférieure tandis qu'il continuait à m'observer de l'autre côté de la table. Une minute plus tard, son visage s'illumina. La seule chose qui manquait était une ampoule au-dessus de sa tête.

Il sourit.

— Tu penses que si on se la joue sympa, tu ne finiras plus avec ma queue en toi.

Je gigotai sur mon siège.

— Dois-tu être aussi vulgaire ?

— Qu'est-ce que j'ai dit ?

Il semblait sincèrement confus. Je me penchai vers lui et baissai la voix.

— *Queue*. Je dois le dire comme ça ?

Il sourit.

— Pardon. Tu peux répéter ? Je n'ai pas entendu.

Je plissai les yeux.

— Tu m'as entendue. Je le sais.

Il s'avança et baissa la voix.

— Peut-être. Mais j'aime vraiment t'entendre dire *queue*.

Un commis passa devant notre table juste au moment où Weston parlait. Le garçon regarda dans notre direction et sourit, mais poursuivit son chemin.

— Parle à voix basse.

Inutile de dire qu'il ne le fit pas.

— Est-ce juste de *ma queue* que tu n'aimes pas parler ? Ou est-ce de *toutes les queues* en général ?

Je levai les yeux au ciel.

— Seigneur, tu agis comme un ado de douze ans !

Il haussa les épaules.

— Peut-être. Mais je sais à quel jeu tu joues, maintenant. Tu penses que pas de dispute signifie pas de partie de jambes en l'air.

— Pas du tout, mentis-je. J'essaie simplement de maintenir une relation professionnelle qui a démarré du mauvais pied.

Weston saisit un gressin au centre de la table.

— J'aime le pied par lequel elle a démarré.

— Néanmoins, nous allons faire les choses à ma manière.

Il mordit dans le gressin avant de l'agiter devant moi.

— On verra.

Durant le dîner, je parvins à rediriger notre conversation vers les affaires. Alors que nous attendions l'addition, je dis :

— J'ai invité Len, le responsable de la maintenance, à se joindre à moi pour faire visiter l'entrepreneur cet après-midi. Il était parti avant que tu n'arrives, mais j'étais contente de l'avoir convié. Il a été capable d'indiquer où avaient cessé les travaux d'électricité et de système d'extinction des incendies, ce que je n'aurais pas su. Je lui ai demandé de se joindre à nous demain pour l'autre entrepreneur que je fais venir. Peut-être que tu devrais lui proposer d'en faire autant pour le rendez-vous de huit heures.

— D'accord, je le ferai.

Parler de cet après-midi-là me rappela à quel point Weston était en retard pour le rendez-vous. Puisque nous nous entendions bien et parvenions à partager des informations, je me dis que je pouvais insister.

— Au fait, pourquoi étais-tu aussi en retard cet après-midi ? Tu n'as jamais dit qu'elle était la nature de ton rendez-vous.

Weston me dévisagea avant de détourner le regard.

— Tu as raison. Je ne l'ai pas fait.

— Peu importe, soupirai-je. J'espère juste que tu ne joues à rien, comme lorsque tu es allé voir le syndicat dans mon dos.

— Ce ne sera pas un problème.

Le Comtesse était à cinq pâtés d'immeubles du restaurant, alors nous y retournâmes à pied, côte à côte. En chemin, nous passâmes devant un bar nommé *Caroline*. Je le remarquai, et regardai immédiatement sur le côté pour voir si Weston l'avait remarqué lui aussi. Je le découvris en train d'observer le nom illuminé au-dessus du bar. Ses yeux se plantèrent dans les miens lorsqu'ils se baissèrent. C'était étrange, pour ne pas dire autre chose.

— J'ai vraiment été désolée quand j'ai appris pour ta sœur, dis-je doucement.

Il hocha la tête.

— Merci.

Caroline Lockwood avait deux ans de plus que Weston, mais était seulement dans la classe au-dessus de la nôtre parce qu'elle était fréquemment absente. Elle souffrait de leucémie depuis notre enfance. Je savais qu'il existait différentes sous-catégories de cette maladie, et je ne savais pas trop quel type elle avait, mais elle avait toujours l'air fatiguée et trop mince à l'époque où nous étions à l'école. Quand nous avions eu dix-huit ans environ, juste après notre diplôme, je me rappelais avoir entendu dire qu'elle avait eu une greffe de rein. Sa famille et ses amis semblaient très optimistes, pensant que les choses iraient mieux par la suite. Mais à peu près cinq ans plus tôt, alors que je vivais à Londres, j'avais entendu dire qu'elle était décédée.

Weston s'arrêta quand nous arrivâmes devant le Comtesse. Il leva les yeux vers la magnifique façade et sourit.

— Caroline aurait aimé cet endroit. Elle étudiait l'architecture à l'université de New York et avait obtenu un emploi au sein de la Société de préservation historique de New York. Elle pensait que c'était son devoir personnel de protéger le caractère des plus vieux bâtiments de la ville.

— Je l'ignorais.

Il hocha la tête, les yeux toujours en l'air.

— Elle était obsédée par Noël, aussi — elle pensait que c'était son boulot de le saupoudrer partout pendant deux mois entiers chaque année. Si elle était ici, elle nous ferait déjà planifier des réunions sur la façon dont nous allons décorer le Comtesse pour les fêtes.

— En fait, je connais quelques anecdotes sur la période de Noël au Comtesse. Et ça implique nos familles. Quand je faisais des recherches sur l'hôtel, je suis tombée sur de vieilles photos où un gigantesque sapin de Noël trônait dans le hall d'entrée. J'ai lu également des centaines d'avis sur l'hôtel sur TripAdvisor afin d'avoir une idée de ce que pensaient les gens de leur séjour récent, et j'ai remarqué que pas mal de commentaires rédigés en décembre pointaient le fait que l'hôtel n'avait pas de sapin et très peu de décorations de fêtes. J'ai interrogé Louis à ce sujet, et il a dit que les premières années suivant l'ouverture, nos deux grands-pères sortaient chercher le plus grand arbre qu'ils pouvaient trouver, et que tous les trois le décoraient personnellement de haut en bas. C'était l'une des activités préférées de madame Copeland. Après ce qui s'est passé entre eux en 1962 et leur séparation, personne n'a plus jamais installé de sapin illuminé dans le hall. Grace aimait avoir un grand arbre, mais ne supportait pas d'en mettre à cause des souvenirs que cela faisait resurgir. Elle se sentait toujours mal d'avoir causé la destruction de l'amitié de nos grands-pères et espérait qu'un jour, ils enterraient la hache de guerre et qu'un sapin illuminerait à nouveau le hall d'entrée.

— Tu déconnes ?

Je secouai la tête.

— Non. C'est pour ça qu'on n'a plus vu ni sapin ni vrai esprit de Noël ici depuis avant notre naissance.

Weston resta silencieux pendant un moment tandis qu'il continuait à regarder vers le haut.

— Je suppose que Grace et moi avons quelque chose en commun, alors.

— Que veux-tu dire ?

— Je n'ai pas installé de sapin ni de décorations depuis la mort de Caroline, moi non plus. Quand nous étions gamins, elle me faisait passer des heures à l'aider à décorer la maison. Plus grande, elle me faisait venir chez elle pour son anniversaire, le 2 novembre, pour que je passe la journée tout entière à l'aider à décorer. Elle le faisait le jour de son anniversaire, parce que c'était plus difficile pour moi de refuser.

Je souris.

— J'aime la relation que vous aviez tous les deux. Au lycée, je me rappelle vous avoir vus tout le temps rentrer ensemble à pied, ou alors je vous voyais rire ensemble dans le couloir du lycée. Ça me donnait envie d'avoir un frère.

Weston me regarda avec un sourire chaleureux.

— Quoi ? Ce bon vieux Spencer ne compte pas ?

Je ris.

— Aucune chance. De plus, même si nous nous entendions bien, il a grandi en Floride, où mon père avait installé sa seconde famille. Alors, je n'ai pas trop eu l'occasion de bien le connaître. Et peut-être qu'il n'a jamais eu sa chance avec moi à cause de la façon dont il est entré dans ma vie.

Weston sembla réfléchir un moment à quelque chose.

— Ça t'aiderait de connaître des ragots sur lui ?

— M'aider ? Je ne suis pas sûre. Mais est-ce que ça me plairait ? Absolument !

Il sourit et se pencha un peu vers moi, même s'il n'y avait personne d'autre que nous sur le trottoir.

— Ton demi-frère avec sa douce fiancée sudiste et les fiançailles annoncées par son pasteur de père dans le *New York Times*... Eh bien, il s'envoie en l'air avec une strip-teaseuse de Las Vegas qui est une dominatrice réputée.

Mes yeux s'écarquillèrent.

— Je savais que tu avais des trucs sur lui après le repas de l'autre jour.

— Ils résident dans un petit hôtel casino aux abords de la ville. Je suppose que c'est pour que personne ne les remarque. Je ne pense pas que Spence sache que je suis un bailleur de fonds du Ace. Je les ai vus ensemble de mes propres yeux. Puis j'ai posé des questions autour de moi. Ça dure depuis un moment.

Je secouai la tête.

— Je suppose que la pomme ne tombe pas loin de l'arbre.

Puisque Weston s'était épanché, je songeai à lui faire connaître l'un de mes secrets.

— Tu veux savoir un truc que la plupart des gens ignorent ?

Weston sourit.

— Absolument.

— Spencer et moi n'avons que six mois d'écart. À l'école, il était dans la classe inférieure, alors les gens ne s'en rendaient pas compte. Mon intègre de père a mis enceintes sa femme et sa maîtresse au même moment.

Il secoua la tête.

— Je n'ai jamais aimé ton père. Même quand on était enfants, il me semblait louche. Ton grand-père, par contre, m'a toujours semblé être un homme correct.

Je soupirai.

— Oui. Grand-père Sterling est vraiment spécial. Je ne le vois plus aussi souvent maintenant qu'il a déménagé en Floride. Quand mon père a quitté ma mère, il s'est vraiment impliqué pour nous. Il n'a jamais raté un récital de l'école ou un match de tennis. Plusieurs après-midi par semaine, je le suivais dans l'un de ses hôtels après les cours. Même à cette époque-là, je voyais la différence entre la façon dont mon grand-père et mon père traitaient le personnel et celle dont le personnel les traitait. Les employés de grand-père Sterling le vénéraient, exactement comme ceux de Grace Copeland semblent l'avoir aimée. Alors que le personnel craignait mon père plus qu'il ne le respectait.

— Je suppose que chaque famille a son mouton noir.

Je hochai la tête.

— C'est certain.

Me rendant compte que j'avais partagé bien plus sur ma famille tordue qu'il ne l'avait fait lui, je demandai :

— Qui est le mouton noir de la tienne ?

Weston fourra ses mains dans ses poches et baissa les yeux.

— Moi.

Je faillis rire.

— Toi ? Tu es le prince de la famille Lockwood.

Weston frotta la barbe sur sa joue.

— Tu veux connaître un secret sur les Lockwood ?

Je souris.

— Absolument.

— Je n'ai jamais été le prince de la famille Lockwood. Ils ne m'ont eu que pour les pièces de rechange.

Mon sourire faiblit.

— Que veux-tu dire ?

Weston secoua la tête.

— Rien. Oublie ça.

Il s'interrompit, puis montra la porte d'un mouvement de tête.

— Je vais vérifier quelque chose au bureau avant d'en rester là pour ce soir. Je te vois demain matin ?

— Hmm... Oui. Bien sûr. Bonne nuit.

CHAPITRE 9

Sophia

La matinée suivante fut chargée. Weston et moi fîmes visiter ensemble le lieu des travaux aux deux entrepreneurs, puis je descendis à la salle de réunion où était installée notre équipe de juristes et de comptables. Le sourire sur mes lèvres pendant que j'ouvrais la porte se fana presque immédiatement lorsque je la franchis. Mon père était assis en bout de table. Je ne savais même pas qu'il était de retour en ville... ou peut-être qu'il n'était jamais parti.

— Je croyais que tu étais retourné en Floride ?

Mon père me regarda sévèrement.

— De toute évidence, on a besoin de moi ici.

— Ah oui ? fis-je en croisant les bras sur ma poitrine. Quelqu'un t'a dit ça ?

Je me rendis compte qu'il y avait une salle pleine d'hommes dont les têtes passaient d'un côté à l'autre, regardant l'échange entre mon père et moi. J'indiquai la porte d'un mouvement de tête.

— On pourrait... discuter dehors une minute ?

Mon cher vieux papa avait *vraiment* l'air de vouloir dire non, mais au lieu de ça, il poussa un soupir exaspéré et se dirigea à grands pas vers la porte.

Dehors, il parla avant que j'aie l'occasion de le faire.

— Sophia, tu es dépassée par tout ça. Tu ne peux pas diriger un hôtel *et* mener une équipe pour effectuer un audit préalable afin que nous puissions faire la meilleure offre à cet actionnaire.

Je secouai la tête.

— Je croyais qu'on avait discuté de ce sujet pendant le dîner. Si j'ai besoin d'aide, je t'appellerai.

Comme d'habitude, mon père m'ignora.

— Tu devrais te concentrer pour soutirer des informations aux Lockwood.

— Quelles informations ?

Il soupira, comme s'il n'arrivait pas à croire qu'il devait tout m'expliquer.

— Nous avons accepté un procédé d'enchères sous plis cachetés. Mais cela nous aiderait de savoir à quelle hauteur les Lockwood vont enchérir afin de pouvoir battre leur offre sans perdre notre chemise.

— Et comment voudrais-tu que je fasse ça ?

— Ce jeunot qui est venu prendre ta défense l'autre jour te prend pour une demoiselle en détresse. Utilise ça contre lui.

— De quoi tu parles ?

Je voulais penser que je ne le comprenais pas, parce qu'il m'était impensable qu'un père suggère une telle chose à son enfant. Ou peut-être que je ne voulais pas croire que le mien se souciait plus de l'argent que de prostituer sa seule fille.

— Utilise tes charmes féminins, Sophia. Dieu sait que tu les as hérités de ta mère !

Je sentis mon visage s'échauffer.

— Tu es sérieux ?

— Nous devons tous faire des choses à un certain moment pour le bien de la famille.

Je serrai les dents et pris une profonde inspiration avant de répondre.

— Pour quelle famille fais-tu les choses aujourd'hui, père ? Celle que tu as quittée quand j'avais trois ans ou celle où ta maîtresse avait *dix-neuf ans* quand elle est tombée enceinte ?

— Ne sois pas impertinente, Sophia. C'est très malvenu de ta part.

Comme d'habitude, essayer d'avoir une conversation professionnelle avec mon père s'avéra inutile. J'avais mieux à faire que de rester plantée là à me disputer avec lui, alors je cédai... pour l'instant. Il ne pouvait pas gagner cette bataille, mais je savais exactement ce que je devais faire pour gagner la guerre. De plus, l'estimation de cet hôtel allait prendre plusieurs semaines, et l'épouse de mon père ne tolérerait jamais qu'il soit absent aussi longtemps. Je tiendrais certainement plus longtemps que lui.

— Tu sais quoi ? Va travailler avec l'équipe chargée de l'estimation. J'ai plein d'autres choses pour me tenir occupée.

Il m'adressa un hochement de tête sec.

— Bien. Je suis heureux que nous nous comprenions.

J'affichai un sourire artificiel, bien que mon père n'ait jamais passé suffisamment de temps avec moi pour comprendre mon sarcasme.

— Oh, je te comprends parfaitement, papa ! À plus tard.

— J'ai vu que Billy Boy était de retour.

Je travaillais derrière le comptoir du bureau de réception de l'hôtel quand Weston s'avança derrière moi. Il se plaça un peu trop près, alors je me décalai vers un ordinateur à trois postes de là et tapai sur la barre d'espacement pour réveiller le système d'exploitation.

— Tu sembles avoir beaucoup de temps libre pour errer dans l'hôtel et surveiller ce que ma famille et moi manigançons, rétorquai-je. Dommage que tu n'utilises pas ce temps-là pour faire quelque chose d'utile. Pendant que Louis travaille à pourvoir les postes vacants, le personnel est en manque de bras. Je suis sûre qu'ils pourraient te faire nettoyer les toilettes, si tu n'as rien à faire.

Weston me suivit jusqu'à mon nouveau poste de travail et posa un coude sur le comptoir, me faisant face pendant que je pianotais sur le clavier.

— Tu ne sembles pas trop occupée, toi non plus, à passer d'un ordinateur à un autre.

Je soupirai et fis un signe de la main.

— Tu vois quelqu'un d'autre ici ? Je donne un coup de main afin que Louis puisse faire passer les entretiens à l'étage pour les postes de sous-directeur. L'une des deux réceptionnistes s'occupe d'assigner les chambres aux nouveaux arrivants dans le bureau de derrière, et l'autre est partie déjeuner.

— Tu essaies déjà de gagner le badge d'employée du mois ? plaisanta-t-il. Quelle lèche-cul !

Renée, l'hôtesse qui gérait le bureau de réception, revint de derrière. Elle nous regarda tous les deux et dit :

— Pardon. Je peux revenir.

— Non, non. Tout va bien, lui assurai-je. Vous n'interrompez rien du tout. Que puis-je faire pour vous ?

Elle me tendit l'un de ces petits porte-clés en carton avec une carte plastique à l'intérieur.

— Je vous ai changée de chambre. Voulez-vous que je fasse monter le service d'entretien pour déplacer vos affaires ?

Je secouai la tête et pris la clé, la glissant dans ma poche.

— Non, c'est bon. Je ferai mes bagages et déménagerai plus tard. Merci, Renée.

Une fois qu'elle fut partie, Weston me regarda, les yeux plissés.

— Pourquoi tu changes de chambre ?

— J'en voulais une plus grande. Quand je suis arrivée, aucune suite n'était disponible.

— Il n'y en avait pas non plus quand je suis arrivé. Où tu déménages ?

Je savais que ma réponse n'allait pas lui plaire.

— Dans l'une des suites présidentielles.

— J'ai demandé une suite quand je suis arrivé, moi aussi. Combien sont disponibles ?

— Juste celle-ci.

— Alors, pourquoi l'as-tu obtenue ?

— Parce que je suis l'employée la plus assidue et que j'ai fait un suivi ce matin à la première heure. Où étais-tu ? Je t'ai vu disparaître de bonne heure par la grande porte.

— J'avais un rendez-vous.

Je haussai un sourcil.

— Un autre rendez-vous ? Laisse-moi deviner. C'est aussi un secret ?

Weston pinça les lèvres.

Je lui offris un sourire entendu avant de retourner à l'autre bout du comptoir.

— C'est ce que je pensais.

Il me suivit à nouveau.

— Si deux clients arrivaient et que tous deux demandaient un surclassement, comment déciderais-tu à qui le donner ?

— Je le donnerais à celui qui l'a demandé en premier.

— Exactement. Alors, c'est ce qu'on devrait faire ici.

Après notre vol, j'avais dû attendre mon bagage placé en soute tout en regardant Weston franchir directement les portes de JFK. Par la suite, je ne l'avais plus revu jusqu'au lendemain matin, alors je supposais sans trop de risques d'erreur qu'il s'était présenté ici en premier. Il avait techniquement raison sur ce qui *aurait dû* arriver. Mais j'avais eu beaucoup de mal à m'endormir et à rester endormie la semaine précédente, et je pensais qu'avoir des pièces séparées pour travailler et dormir pourrait aider mon cerveau à se détendre. Chaque fois que je regardais ma pile grandissante de travail ou mon ordinateur portable, je pensais à dix autres choses qui me poussaient à quitter mon lit pour pouvoir les noter sur ma liste de tâches.

Je soupirai.

— Pourrait-on au moins alterner ? Une semaine chacun, peut-être ?

— Ou... nous pourrions la partager. Nous savons tous les deux à quel point tu aimes être seule avec moi dans une chambre.

— Je ne pense pas, ricanai-je.

Il haussa les épaules.

— Comme tu veux. Tant pis pour toi.

Je secouai la tête.

— Je suis sûre de m'en vouloir à mort d'avoir refusé une offre aussi généreuse.

Weston vint se placer directement derrière moi tandis que je baissais les yeux pour pianoter sur l'ordinateur de la réception.

— Au fait, tu es magnifique avec les cheveux relevés. Merci. J'apprécie.

Il était tellement près que je pouvais sentir la chaleur de son corps dans mon dos.

— Je ne l'ai pas fait pour que tu l'apprécies. Je respecte juste ma part de notre accord — peu importe combien je trouve ça stupide.

Weston se rapprocha encore. Son souffle effleura ma nuque quand il parla encore.

— Alors, tu ne pensais pas du tout à moi quand tu t'es regardée dans le miroir pendant que tu te préparais ce matin ? Je crois que si.

J'avais effectivement pensé à lui pendant que je relevais mes cheveux. Il m'avait dit qu'il aimait regarder ma nuque, et l'idée que cela puisse lui faire prendre son pied aujourd'hui m'avait donné envie de le voir toute la matinée. Mais je ne l'aurais jamais admis.

— Contrairement à ce que tu crois, le monde ne tourne pas autour de toi. En particulier le mien.

— Tu veux savoir pourquoi j'aime autant ta nuque ?

Oui.

— Je m'en moque.

— J'aime ta peau. Quand tu relèves tes cheveux, je peux observer ta nuque sans que tu saches que je te regarde. Comme ce matin, pendant que tu prenais ton café à six heures vingt.

Cela aurait peut-être dû me déranger un peu d'entendre qu'il m'avait regardée prendre mon café du matin, mais étrangement, ce ne fut pas le cas. Bizarrement, je trouvais cela un peu érotique qu'il m'observe à la dérobée quand il le pouvait. Cependant, j'étouffai ce sentiment.

— Je pense que tu as besoin d'un hobby, Weston.

— Oh, j'en ai un qui me plaît beaucoup !

Il se pencha en avant et baissa la voix.

— La prochaine fois, je pense que je te prendrai pendant que tu regarderas dans le miroir que tu utilises pour relever tes cheveux. Comme ça, chaque fois que tu observeras ton reflet, tu seras incapable de voir autre chose que moi te regardant jouir pendant que je suis enfoui profondément en toi.

Si je reculais de quelques centimètres, j'étais certaine de tomber directement sur une érection d'acier. Et comme j'avais actuellement les cheveux relevés en raison d'un accord conclu pour garder secret ce qui s'était passé entre nous, j'avais une immense envie de reculer pour le découvrir, même si nous étions en public et visibles de tous.

Heureusement, un couple franchit les portes tournantes et se dirigea droit vers le bureau de réception, me sortant de mon moment de presque folie. Weston fit quelques pas en arrière lorsqu'ils approchèrent, puis disparut pendant que je les enregistrais. Je pris une profonde inspiration et essayai de me concentrer, puisque la courte formation que Louis m'avait donnée le matin sur le système d'enregistrement des clients de l'hôtel semblait s'être perdue dans le brouillard de plaisir de mon cerveau, et je dus aller chercher Renée derrière pour m'aider à terminer.

Peu de temps après, je repris le cours normal des choses. Je passai quelques heures supplémentaires à travailler à la réception, puis montai retrouver l'équipe de ma famille qui travaillait sur l'estimation dans la salle de réunion. À mon agréable surprise, mon père n'était plus là. Je m'installai avec Charles, le cadre supérieur de l'équipe d'audit, qui s'occupait du projet. Trois hommes et une femme étaient installés autour de la table, plongés dans les papiers tandis qu'ils épluchaient les finances de l'hôtel. Charles me dit qu'il ferait venir quelques experts en art pour estimer la valeur marchande de quelques peintures accrochées çà et là dans l'hôtel, ainsi qu'un expert en antiquités. Cette conversation d'une heure ajouta une dizaine d'autres choses à ma liste de tâches, et quand je baissai les yeux pour regarder l'heure sur mon téléphone, j'eus du mal à croire qu'il était presque dix-huit heures.

— Mon père a-t-il dit s'il revenait ce soir ou demain ?

Charles secoua la tête.

— Je ne pense pas qu'il prévoyait de revenir aujourd'hui. Mais il a dit qu'il me verrait demain matin.

Je soupirai.

— Génial !

Charles sourit avec compassion.

— Si ça peut vous aider, vous vous débrouillez très bien toute seule. Il n'a pas posé une seule question que vous n'ayez pas abordée avec nous hier.

Cela me fit sourire un peu à la fin d'une longue journée.

— Merci, Charles.

Puisqu'il se faisait tard et que je savais que le personnel d'entretien se réduirait bientôt au strict minimum, j'envisageai de déménager dans ma nouvelle chambre afin que l'ancienne puisse être nettoyée et remise à disposition au cas où nous aurions des clients imprévus pour le soir. L'hôtel n'était pas complet, mais il n'y avait pas tant de chambres libres que cela.

Au huitième étage, je rangeai mes vêtements, mes affaires de toilette et tout le travail que j'avais étalé sur le bureau. Attrapant tout ce qui se trouvait sur les cintres du placard, je déposai les housses à vêtements sur mon bras. Je referais un saut par ici pour les remplacer par des housses vides provenant de ma nouvelle chambre lorsque je descendrais informer la réception que j'avais fait l'échange.

Chargée de mon sac à main, mon ordinateur portable, une grosse et une petite valises, des dossiers et une dizaine de cintres, j'aurais probablement dû faire deux voyages au lieu d'un seul. Accéder aux étages supérieurs de l'hôtel requérait l'insertion d'une clé sur le panneau de contrôle de l'ascenseur, alors, une fois à l'intérieur, je tentai de tout équilibrer pendant que je sortais ma nouvelle carte de ma poche.

Le trente-deuxième étage était le dernier de l'hôtel et ne disposait que de suites. Les deux plus grandes, les suites présidentielles, étaient situées à chaque extrémité du bâtiment. Une pleine rangée de suites de luxe s'étirait entre elles. Trouvant la chambre trente-deux douze, je fis tomber un dossier par terre en essayant de scanner la carte sur le lecteur électronique de la porte. Alors que je me penchai pour le ramasser, deux robes se détachèrent de leur cintre. Je réussis à peine à m'en sortir pour rentrer alors que plus de choses commençaient à me glisser des bras. Utilisant ma hanche pour maintenir la porte ouverte, je tirai chacune de mes valises à l'intérieur et laissai par terre tout ce qui y tombait. Soupirant, j'abandonnai tout devant l'entrée et traversai le couloir pour pénétrer dans la suite.

Waouh ! Cela valait totalement la peine de changer de chambre.

À ma droite se trouvait un vrai séjour, avec une cheminée, une vue sur Central Park du sol au plafond, deux canapés et deux fauteuils, et une immense télévision à écran plat. Des portes-fenêtres menaient à un petit bureau, et une autre porte à gauche menait à la chambre à coucher. J'y pénétrai en premier, et fus accueillie par un immense lit double avec des draps duveteux. Sur un côté se trouvaient un joli sofa, une causeuse et une autre cheminée. L'autre côté de la pièce bénéficiait des mêmes fenêtres panoramiques que le séjour, et... *C'était quoi dans le coin sur un autre fauteuil ?*

Ça ressemblait un bagage.

Je me rapprochai, et mes yeux s'écarquillèrent, confirmant que c'était effectivement un bagage.

Oh, mon Dieu !

Ils m'avaient assigné une suite qui n'était pas encore vide !

Je n'avais remarqué aucun bruit depuis que j'avais passé la porte, mais soudainement, j'entendis la douche couler, clairement.

Oh, mon Dieu ! Je suis dans la suite de quelqu'un.

Pendant que le locataire était sous la douche !

Je me figeai quelques secondes, puis me précipitai vers la porte. Dans ma panique, je fis tomber la moitié de mes affaires alors que j'essayais de toutes les jeter dans le couloir avant que le client ne sorte de la salle de bain.

Mais malheureusement, je fus trop lente.

Une voix grave me stoppa net.

— Tu vas quelque part ?

Cependant, ce n'était pas n'importe quelle voix.

Non. *Bien sûr que non !*

Un seul homme avait ce ton dur et confiant qui, simultanément, m'énervait plus que tout et me donnait envie de faire glisser ma culotte humide de long de mes jambes vacillantes.

Je n'eus même pas à me retourner et voir son visage pour confirmer qui c'était.

En fait, j'aurais probablement dû juste finir de jeter mes affaires dans le couloir et m'enfuir.

Mais je ne le fis pas.

Au lieu de ça, je pris une profonde inspiration et me tournai très lentement.

Uniquement pour trouver Weston planté là, ne portant rien d'autre qu'une serviette autour de la taille.

Cette vue fit buguer mon cerveau.

— Je savais que tu finirais par venir, dit-il avec un sourire satisfait. Tu aurais dû me rejoindre sous la douche. Même si j'aime vraiment te déshabiller moi-même.

Je n'avais pas eu un bon aperçu de Weston entièrement dévêtu. La première fois que nous avions été ensemble, il était derrière moi la plupart du temps. Et la deuxième fois, il portait une chemise déboutonnée et un pantalon. J'avais bien évidemment senti son torse contre moi, alors je savais que son corps était ferme, mais voir de près sa chair sculptée était une expérience tout à fait différente. Des gouttelettes d'eau s'écoulaient le long de ses pectoraux ciselés vers ses tablettes de chocolat, et j'eus envie de rattraper chaque goutte avec ma langue. C'était presque impossible de lever les yeux et de les priver d'une vue aussi magnifique. Mais je me forçai à détourner le regard.

— Mais qu'est-ce que tu fous dans ma chambre ? Je croyais que Renée m'avait accidentellement assigné une suite qui n'avait pas encore été libérée.

— *Ta* chambre ? On a décidé d'alterner les semaines.

— Oui, mais la première semaine était à moi !

— Qui a dit ça ? Tu étais d'accord que le premier client à avoir demandé un surclassement serait celui qui aurait la chambre.

— Mais j'avais déjà la clé. Tu le savais ! Tu as vu Renée me la donner tout à l'heure.

Au lieu de me répondre, Weston fit descendre son regard vers ma poitrine. Je ne savais pas du tout comment cet homme faisait ça, mais j'avais l'impression que ses doigts effleuraient ma peau alors que son regard voyageait le long de mon corps.

S'était-il mis à faire chaud tout à coup ?

Mon cœur tambourina dans ma poitrine tandis que les émotions envahissaient ma tête. Du dégoût — un peu de lui et beaucoup de moi —, de la colère, du conflit, de la confusion, et une bonne dose de *Bon Dieu, si ce n'est pas la chose la plus sexy que j'aie jamais vue !*

Weston fit quelques pas lents dans ma direction. Agissant par instinct de survie, je levai une main et lui montrai ma paume.

— Stop. N'approche pas plus.

Il se figea à mi-chemin et releva les yeux jusqu'aux miens. Cette magnifique mer d'iris bleus disparut tandis que des pupilles noires tempétueuses prenaient le relais. Nous restâmes plantés là un long moment dans une observation intense. Weston semblait hésiter sur son prochain mouvement — jusqu'à ce que ses yeux s'accrochent à quelque chose à ma droite. Ils s'attardèrent là quelques secondes, et quand ils glissèrent à nouveau vers les miens, l'atmosphère changea. Il put à peine contenir le sourire qu'il tentait de cacher, et son regard pétilla d'une hilarité renouvelée. Je me tournai pour voir ce qui avait causé un tel changement et me découvris en train d'observer mon propre reflet. Un miroir géant était accroché dans le couloir, au-dessus d'une table en forme de demi-lune.

Merde ! Je fermai les yeux.

Le bruit de quelque chose de doux tombant au sol me fit inspirer vivement. Je n'eus pas besoin de regarder pour savoir ce que c'était.

La serviette de Weston.

— Tourne-toi. Mains sur la table. Cul en l'air, chérie.

Je ne bougeai pas. Une guerre faisait rage en moi. Étais-je vraiment en manque au point qu'un corps ferme puisse me forcer à écouter des ordres aboyés par un homme que je ne supportais pas ? *Encore une fois ?* Mais qu'est-ce que je fichais ? La porte n'était qu'à trois pas de là. J'étais très certainement capable de mettre un pied devant l'autre et d'abandonner ce crétin avec sa confiance mal placée et une érection douloureuse dont il devrait s'occuper. Et pourtant… je ne pouvais nier que mon corps le désirait lui. *De façon scandaleuse.* J'avais l'impression que ma peau était en feu, se languissant de son contact.

Il se rapprocha, la chaleur de son corps irradiant derrière moi. Incapable de prendre la décision de fuir, mais également peu prête à céder, je gardai les yeux fermement clos.

Weston saisit ma hanche et ses doigts s'enfoncèrent dans ma peau.

— Tu vas devoir me donner quelque chose. Un hochement de tête, un oui, te pencher en avant et me montrer ce que tu veux, un gémissement — j'accepterais quelques clignements d'yeux, si c'est tout ce que tu peux faire. Je suis partant pour faire semblant de croire que tu ne veux pas que je te touche, si ça t'excite. Mais uniquement quand je serai sûr que tu m'en donnes la permission, Soph.

L'autre main de Weston se posa sur mon cou. Il fit glisser son doigt sur ma gorge et retraça ma clavicule. Je perdis le peu de résolution auquel je m'accrochais.

Ouvrant les yeux, je regardai dans les siens, orageux.

— D'accord. Mais c'est tout. Je ne plaisante pas, Weston. Il faut que ça s'arrête.

— Tout ce que tu veux.

— Je suis sérieuse.

— Moi aussi. Maintenant, tourne-toi. Accroche-toi à la table. Les yeux dans le miroir tout le temps.

C'était assez difficile de feindre la juste indignation quand on était sur le point de se pencher et de laisser un homme profiter de soi. Mais j'étais une combattante. Je gardai un visage stoïque.

— Hé, Soph ?

Mes yeux croisèrent ceux de Weston dans le miroir. Il sourit.

— *Jouir ou ne pas jouir, telle est la question.*

Je fis de mon mieux pour ne pas sourire.

— Finissons-en, c'est tout.

Deux fois.

Je soupirai, lissant mes cheveux. Pour un homme qui avait voulu si farouchement que je les relève, il n'avait certainement aucun problème à les détacher. Weston aimait vraiment tirer dessus. Et à mon plus grand dégoût, j'aimais ça. Cependant, c'était l'instant que je détestais ; deux minutes après qu'il avait remis ma jupe en place et disparu dans la salle de bain, l'air frais de la rationalité remplaça la chaleur de l'absurdité. Dans l'intensité du moment, je n'en avais jamais assez. C'était comme si mes poumons ne pouvaient plus recevoir assez d'air quand Weston venait près de moi avec cette noirceur dans le regard. Mais dès que c'était terminé, une vague d'oxygène faisait à nouveau fonctionner mon cerveau.

Je me précipitai pour rassembler mes affaires avant qu'il ne sorte de la salle de bain, mais n'y parvins pas vraiment. Debout dans le couloir, je tendais la main vers ma valise quand Weston la couvrit de la sienne sur la poignée.

— Donne-moi deux minutes, et je m'en vais.

Je me tournai.

— Tu vas me donner la suite ?

Il hocha la tête.

— J'ai juste besoin d'emballer mes affaires.

J'étudiai son visage.

— Tu es sûr ?

Weston sourit.

— Je suis partant pour partager, si tu préfères.

Je levai les yeux au ciel, retrouvant les Weston et Sophia avec lesquels j'étais plus à l'aise.

— Va emballer tes affaires.

Il sourit et disparut dans la chambre tandis que je faisais rouler ma valise vers la chambre. Quelques minutes plus tard, il sortit avec son bagage fermé dans une main et sa chemise dans l'autre. Posant la valise, il leva les bras pour enfiler son vêtement, et je remarquai pour la première fois une grande cicatrice sur le côté de son corps. Elle était invisible, d'un ton légèrement plus clair que sa peau bronzée. Un peu plus tôt, tout ce que j'avais été capable de voir était une masse de muscles parfaits, alors je supposai que ces derniers surpassaient tout défaut mineur.

— Ça provient d'une opération chirurgicale ? demandai-je.

Weston fronça les sourcils.

Il baissa les yeux et commença à boutonner sa chemise.

— Ouaip.

Il ne voulait clairement pas en parler. Mais j'étais curieuse.

— Quel genre d'opération était-ce ?

— Un rein. Il y a longtemps.

— Oh !

Je hochai la tête.

Il souleva sa valise, ne se donnant pas la peine de finir de boutonner ou de ranger sa chemise dans son pantalon.

— J'ai laissé quelque chose dans la salle de bain.

— Quoi ?

— Tu verras.

Weston ne semblait pas sûr de la façon de dire au revoir. En fin de compte, il dit :

— Tu sais que je me dépêche uniquement parce que je comprends les allusions et que je sais que tu ne me veux pas ici après, pas vrai ?

— J'apprécie.

— Pendant que j'y suis, j'adore ton cul, mais ça ne me dérangerait pas de te regarder quand je serai en toi, à l'avenir. Peut-être même goûter à ces lèvres qui aiment me crier dessus.

Il fit un clin d'œil.

— Ou les mordre à plusieurs reprises.

Je soupirai et détournai le regard.

— Il ne peut pas y avoir de prochaine fois, Weston. Ça doit vraiment s'arrêter.

Je n'avais pas besoin de lever les yeux pour savoir qu'il souriait. Sa voix disait tout.

— Bonne nuit, Feef.

CHAPITRE 10

Weston

— Comment allez-vous, vieil homme ?

Monsieur Thorne grommela.

— J'ai une hémorroïde de la taille d'une balle de golf dans le cul, je ne me suis pas envoyé en l'air depuis l'administration Clinton et la seule personne qui vient me rendre visite, c'est toi. Comment crois-tu que je vais ?

Je souris et tirai une chaise jusqu'à son lit.

— Je pourrais me passer de deux informations sur les trois. Mais la dernière... vous avez beaucoup de chance.

Il balaya ma remarque d'un mouvement de main.

— Tu m'as apporté ce qu'il fallait ?

Je secouai la tête, sortis dix tickets à gratter de la poche intérieure de ma veste et attrapai une pièce dans mon pantalon. Saisissant un livre sur sa table de nuit, je le posai sur ses genoux afin qu'il puisse s'affairer sur ses billets de loterie.

Monsieur Thorne commença à gratter la couche grise et indiqua la table de nuit sans lever les yeux.

— Assure-toi de prendre le billet de dix qui est juste là.

— D'accord.

Depuis mon retour à New York, nous avions la même conversation chaque fois que je venais, et je n'étais même pas sûr qu'il sache que je ne lui avais jamais pris un seul dollar. Dix dollars, c'était le moins que je puisse faire pour lui pour le remercier de m'avoir écouté tout au long des dernières années.

Pendant qu'il se débattait avec ses tickets de loterie, je m'emparai de la télécommande posée à côté de lui sur le lit et mis CNN.

— Hé ! Je regardais ça.

Je haussai un sourcil.

— Vraiment ? Laissez-moi vous faire gagner du temps. Ce ne sont pas les gamins du gros type au crâne rasé. C'est la progéniture du maigrichon avec le mulet et les dents de travers.

Monsieur Thorne passait la plus grande partie de la journée à regarder Jerry Springer et d'autres programmes similaires. Je ne savais pas du tout si cet épisode en particulier parlait de paternité, mais toutes ces émissions stupides semblaient finir de la même manière.

— Impertinent ! grogna-t-il.

— Vous savez ce qu'ils devraient faire dans l'une de ces émissions ? dis-je. Avoir des invités ayant un revenu minimum d'un million de dollars par an. Changer un peu de cadre. Je pourrais peut-être enrôler quelques membres de ma famille. Diffuser le linge sale de connards riches est tout aussi distrayant que celui de personnes n'ayant pas un pot dans lequel pisser.

Monsieur Thorne ricana.

— Comme si quelqu'un pouvait s'identifier à tes problèmes, gosse de riche gâté.

Une personne extérieure aurait pu penser que j'aurais raison d'être insulté par la façon dont le vieil homme me parlait. Mais c'était juste sa manière de me rappeler que mes problèmes pouvaient être bien pires.

Il finit de gratter ses tickets et m'en tendit un.

— J'ai gagné cinq dollars. Ça ne m'en a coûté que dix. Rends-moi mon billet de dix et prends ça avec un billet de cinq. Tu pourras l'échanger la prochaine fois que tu t'arrêteras pour m'acheter mes tickets. Rapporte-m'en un à dix dollars la prochaine fois, au lieu de dix à un dollar.

Je fourrai le ticket gagnant dans la poche de ma veste. Nous restâmes assis en silence durant les dix ou quinze minutes suivantes, regardant une histoire sur CNN à propos d'une compagnie pharmaceutique faisant l'objet d'une enquête pour avoir vendu du Viagra contrefait à cause duquel certains hommes étaient apparemment restés en érection pendant quatre jours. Je n'étais pas impressionné ; Sophia avait fait bien mieux en n'utilisant rien d'autre que son comportement.

Monsieur Thorne éteignit la télé.

— Bien, parle-moi, gamin. Comment sont les envies, ces jours-ci ?

Ma réaction instinctive fut de répondre de la même manière que je l'aurais fait si c'était mon père ou mon grand-père qui avaient posé la question : mentir et dire que j'allais super bien. Il y avait un vieux dicton concernant les quatre personnes à qui on disait toujours la vérité : son épouse, son confesseur, son médecin et son avocat.

Mais c'était bon pour les hommes sobres. Nous autres en avions une cinquième : notre parrain.

— J'ai eu mes moments. J'ai donné cent dollars à la femme de ménage de l'hôtel où je réside pour qu'elle retire toutes les bouteilles d'alcool de ma chambre, l'autre jour.

Il hocha la tête.

— Tu vas aux réunions ?

Je secouai la tête.

— Pas ces deux dernières semaines, mais je suis allé plusieurs fois chez la psy que mon grand-père m'oblige à voir.

Monsieur Thorne agita ses doigts crochus devant moi.

— Ramène tes fesses à une réunion. Tu connais le truc. Tu n'as pas à parler, mais il te faut au moins écouter. Ce rappel est la clé de ta rémission.

J'essayais de le prendre à la légère.

— Je suis là et je vous écoute. Pourquoi ça ne peut pas compter comme torture quotidienne d'écoute ?

Mais monsieur Thorne prenait sa sobriété très au sérieux.

— Parce que je suis clean depuis quatorze ans, et que mon seul moyen de m'offrir un verre, c'est en faisant sortir mon corps ratatiné de ce lit et en traînant ces jambes inutiles dans une boutique. Ce dont je n'ai plus la force, nous le savons tous les deux. Mais toi, la tentation est partout autour de toi. La tentation est au bout de tes doigts. Bon sang, tu n'as même pas besoin de lever tes fesses pour obtenir un verre ! Juste à t'allonger dans ton lit de riche, dans ta chambre d'hôtel de riche, et à décrocher le téléphone pour appeler le room service.

Je fis courir une main dans mes cheveux et hochai la tête.

— Oui. D'accord. Je trouverai une réunion.

Walter Thorne et moi nous connaissions depuis longtemps. Neuf ans plus tôt, j'étais entré, soûl, dans sa chambre d'hôpital un soir où j'avais voulu rendre visite à ma sœur. J'avais trébuché et je l'avais réveillé, riant de manière hystérique alors que j'étais par terre à côté de son lit. Il s'était avéré que je n'étais pas au bon étage de l'hôpital. Mais ce vieux ronchon s'était malgré tout redressé et m'avait demandé quel était mon problème.

J'avais passé les trois heures suivantes à lui déballer des trucs que je n'avais jamais dits à voix haute à personne. Quand j'avais terminé, j'étais relativement sobre et monsieur Thorne avait fini par me dire qu'il était à l'hôpital pour sa sixième intervention chirurgicale en cinq ans depuis qu'il était devenu paraplégique après avoir encastré sa voiture dans un arbre alors qu'il était soûl.

Je n'avais pas rendu visite à ma sœur ce jour-là. Mais j'étais revenu le lendemain, sobre, et je m'étais assis avec monsieur Thorne quelques heures après ma visite à Caroline. En fait, je lui avais rendu visite pendant dix jours après que ma sœur était sortie. Il passait la moitié de notre temps ensemble à me raconter des blagues salaces et l'autre moitié à me faire la leçon pour que je devienne sobre. Ça aurait été une bien meilleure histoire si j'avais pu dire que cela avait été un tournant pour moi. Mais ce n'était pas le cas.

Quelques semaines plus tard, je refaisais la fête, et j'avais balancé au fond d'un tiroir le numéro de téléphone que monsieur Thorne m'avait donné. Puis, cinq ans plus tôt, je l'avais ressorti et l'avais appelé la nuit où Caroline était morte. Nous nous étions mis à discuter, et en fin de compte, je l'avais laissé m'aider à devenir sobre.

— Comment vont les choses entre ton crétin de grand-père et toi ?

Je me forçai à sourire.

— Tout va plutôt bien. Tant qu'il continue à obtenir de superbes rapports de la psy et que je respecte les vingt autres choses que j'ai acceptées afin de récupérer mon travail.

— Il veille juste sur toi.

C'était bien plus compliqué que ça ; ça l'était toujours avec ma famille.

— Et comment ça se passe avec cette amie que tu as mentionnée il y a quelque temps ?

Je n'avais aucune idée de qui il parlait, mais ce n'était pas utile pour lui répondre. Je haussai les épaules.

— C'était juste un rencard. Rien de plus.

— Gamin, quand j'avais ton âge, j'étais marié avec deux enfants.

— C'est probablement pour ça que vous étiez divorcé quand vous en avez eu trente-cinq.

— Non. Mon Eliza a divorcé parce que j'étais un alcoolique qui ne pouvait pas garder un travail plus de trois mois. Je ne peux pas lui en vouloir. Une femme bien mérite un homme bien, et en fin de compte, elle a démasqué un imposteur.

Son commentaire me fit penser à Sophia. Même si je ne voulais pas du tout y penser — parce que cela rendait ma situation plus facile —, c'était une femme bien. Monsieur Thorne était la seule personne à qui je pouvais avouer mes côtés détestables sans qu'il me regarde de haut ou me juge. Peut-être que c'était parce qu'il avait son propre côté détestable ou parce qu'il était confiné dans ce lit et que les seules personnes qui lui rendaient visite étaient l'infirmière qui était payée pour prendre soin de lui et moi. Mais quelle qu'en soit la raison, j'avais une confiance absolue en lui. De bien des façons, il avait pris la place de Caroline. Elle était la seule personne avec qui je m'étais senti moi-même.

Poussant un long soupir, je dis :

— En fait, j'ai commencé à voir une autre femme. Enfin... elle n'est pas vraiment nouvelle, vu que nous nous connaissons depuis que nous sommes gamins. Et je suppose que, techniquement, nous ne nous voyons pas, mais peu importe. Il y a une femme.

Monsieur Thorne hocha la tête.

— Continue.

— Il n'y a pas grand-chose à dire. Elle s'appelle Sophia, et à l'origine, c'est mon ennemie.

— Alors, tu me dis que tu couches avec l'ennemi, comme le film ?

Je ris.

— Un genre différent d'ennemis. À l'origine, ma famille et la sienne se détestent.

— Et tous les deux, vous vous entendez bien ?

Je secouai la tête.

— Pas exactement. La plupart du temps, elle est à cinq secondes de me donner un coup de pied dans les couilles.

Les sourcils broussailleux de monsieur Thorne se froncèrent davantage.

— Je suis perdu. Donc, tu ne couches pas avec cette fille ?

— Si.

— Même si elle veut te donner un coup dans les couilles ?

Je souris.

— Oui.

— Et ça te fait sourire ? Je ne comprends pas du tout cette génération.

— Elle ne m'apprécie pas. Mais son corps, si. Nous sommes comme une tornade et un volcan. C'est rare que les deux se rencontrent. Mais quand c'est le cas, c'est explosif.

— Explosif, hein ? Je dirais destructeur, plutôt.

Il avait raison. Mais ce n'était pas grave. Sophia ne serait pas blessée, puisque c'était elle la tornade, et que ces dernières avaient tendance à bouger rapidement. C'était le volcan qui, lui, restait dormant pendant des années, finalement.

— Sois prudent. Ça semble être le genre de chose qui peut mettre en danger ta rémission.

— Ne vous inquiétez pas pour moi, j'ai tout sous contrôle.

Nos yeux se croisèrent un instant, et nous sûmes tous les deux que ce n'était pas la première fois que je prononçais ces paroles et me trompais. Cependant, j'appréciai qu'il ne me le rappelle pas.

Je me levai.

— Et si nous mettions votre cul de feignant sur un fauteuil roulant et que je vous emmenais dehors pour une promenade ? Il fait beau.

Monsieur Thorne hocha la tête et sourit.

— J'aimerais beaucoup.

Plus tard cet après-midi-là, je contactai une association d'alcooliques anonymes en retournant au Comtesse. Puis je m'installai dans mon bureau pour réfléchir à ce que monsieur Thorne avait dit. Je lui avais assuré que je contrôlais les choses, et c'était exact concernant mon addiction à la boisson, mais la vérité sur le sujet était que Sophia Sterling m'obsédait. Si je ne la regardais pas de loin, je cherchais des excuses pour aller lui parler, ce qui menait inévitablement à une dispute que je provoquais. Mes journées tournaient autour de mes observations et de mes interactions avec elle, et nos nuits ensemble exauçaient mes fantasmes. Si je n'arrivais pas à provoquer une dispute qui enflammait les choses entre nous, je restais seul dans ma chambre, à me branler sur mes souvenirs. Quand j'avais quitté la suite présidentielle, je m'étais même arrangé pour emménager dans la chambre qu'elle venait de libérer et avais refusé le ménage. Alors, à présent, mes draps sentaient comme elle, et chaque fois que j'allais sous la douche, je l'imaginais se tenir au même endroit pendant qu'elle se procurait un orgasme. Entre ça et la façon dont j'aimais la regarder secrètement quand elle faisait la queue au *coffee shop* ou travaillait derrière le comptoir de la réception, je me transformais en vrai type louche.

Alors, quand Sophia frappa à ma porte ouverte, je me sentis comme un gamin pris la main dans le sac.

Je me raclai la gorge.

— Oui, Fifi ?

Elle leva les yeux au ciel et entra.

— Pourquoi as-tu commencé à m'appeler comme ça au lycée, d'abord ?

Je m'adossai à mon fauteuil et jetai mon stylo sur le bureau.

— Je ne sais pas. Je l'ai dit une fois et j'ai vu que ça te mettait dans tous tes états, alors, c'est resté.

Elle soupira.

— Certaines choses ne changent jamais, hein ?

— Eh bien, techniquement, si. Ces jours-ci, c'est toi qui me mets dans tous mes états.

Je lui fis un clin d'œil.

Sophia afficha un rictus, mais ignora mon commentaire. Elle s'installa sur une chaise de l'autre côté de mon bureau et croisa les jambes.

Était-ce moi, ou sa jupe remontait un peu plus ce jour-là ? Le matin, quand je l'observais de loin au *coffee shop*, elle avait les cheveux détachés, mais ils avaient été ramenés sur le côté, alors j'avais eu une vue magnifique de sa nuque. Alors qu'elle se tenait debout dans la file d'attente, ses ongles parfaitement manucurés parcouraient délicatement son cou de la base de ses cheveux jusqu'à son chemisier en soie. J'avais supposé que cela venait de mon imagination débordante et qu'elle n'essayait pas intentionnellement de me rendre dingue, mais la jupe de cet après-midi était un peu courte.

Quand mes yeux se levèrent pour croiser les siens, j'aurais juré y voir une étincelle. Et pourtant, elle était parfaitement professionnelle quand elle parla.

— J'ai reçu les deux devis de mes entrepreneurs. Les estimations sont très proches, mais un seul d'entre eux se sent capable d'effectuer les travaux dans le temps imparti. Des chances que ton devis soit arrivé ?

— En fait, oui. Je les ai juste survolés vite fait, donc que dirais-tu de les regarder tous les trois pour comparer ?

Nous nous déplaçâmes vers la table de réunion ronde pour nous étaler, et Sophia et moi échangeâmes les devis. Il ne me fallut qu'un rapide coup d'œil pour me rendre compte que ses deux devis étaient considérablement inférieurs au mien. Même si mon entrepreneur se sentait capable de s'engager pour effectuer le travail en trois mois, il avait inclus un certain nombre de frais d'urgence tout le long. Les seuls surcoûts que faisaient payer les entrepreneurs de Sophia concernaient les heures supplémentaires et le travail de nuit.

Pendant que nous passions les devis en revue, le téléphone portable de Sophia sonna. Elle envoya rapidement l'appel sur la messagerie, mais pas avant que nous ayons tous les deux vu le nom de son correspondant.

Je sentis une pointe de jalousie dans ma poitrine.

— Je croyais que les choses étaient terminées entre le Britannique ennuyeux et toi ?

Elle soupira.

— On pourrait tous les deux prétendre que tu ne viens pas de le voir ?

Mes mâchoires se crispèrent.

— Si c'est ce que tu veux.

Sophia hocha la tête et se remit à lire les devis. Quelques minutes plus tard, elle poussa les papiers sur le côté.

— Eh bien, je pense que le choix de ceux que nous devrions engager coule de source.

Sur le papier, peut-être. Mais je n'avais pas oublié la façon dont Travis Bolton l'avait regardée.

— Il ne s'agit pas toujours de prendre le moins cher.

— Je le sais, dit-elle, sur la défensive. Mais les Bolton sont aussi les plus confiants concernant l'exécution de ce travail, ils ont une excellente réputation et n'ont jamais laissé tomber ma famille.

— J'aurais besoin de passer des coups de fil pour me renseigner sur eux.

Sophia plissa les lèvres.

— Comme tu veux. Mais tu sais bien que plus tôt nous nous déciderons, mieux ce sera.

Merde ! Je voulais sucer ces lèvres pulpeuses. Il était évident que notre attirance s'intensifiait quand nous étions en colère, mais à cet instant, j'étais confus quant à la raison même de ma colère. Était-ce parce que mon devis était clairement le plus merdique ? Ou parce que son connard d'ex venait de l'appeler ? Ou était-ce l'idée que Travis Bolton traîne autour d'elle pendant les travaux qui me rendait un peu dingue ?

Le téléphone portable de Sophia interrompit à nouveau mes pensées. Nous lûmes simultanément le nom de Liam, et je tendis la main, paume vers le haut.

— Et si je répondais ?

Ses yeux s'écarquillèrent, et elle se mordit la lèvre inférieure.

— Que dirais-tu ?

— C'est terminé ?

Elle hocha la tête.

— Je veux enterrer son corps six pieds sous terre.

Je lui adressai un sourire malicieux. J'aurais très facilement pu m'emparer du téléphone sur la table, et je doutais qu'elle m'ait arrêté. Mais je voulais qu'elle me le donne.

— Passe-moi le téléphone.

Ma main était toujours tendue, dans l'attente.

Je ressentis une bouffée de fierté quand elle le fit tomber dans ma paume. L'appareil sonna pour la troisième fois, alors je décrochai et portai l'appareil à mon oreille.

— Allô.

— Qui est-ce ?

— C'est l'homme qui couche avec ton ex-petite amie. Et elle est occupée, pour l'instant. Alors, que puis-je faire pour toi, *Liam* ?

Les yeux de Sophia avaient l'air d'être prêts à sortir de sa tête. Elle se couvrit la bouche des deux mains.

L'idiot à l'autre bout du fil eut le culot de paraître indigné.

— *Passe-moi Sophia.*

Je me redressai.

— Impossible. Elle est un peu retenue pour l'instant, si tu vois ce que je veux dire.

— C'est une blague ?

— Une blague ? Non, c'est toi, la blague. Je parie que tu ne savais même pas que notre meuf aime être attachée, pas vrai ? Quel dommage ! Peut-être que si tu avais pris le temps d'explorer ce que cette femme magnifique désire, elle ne gémirait pas mon nom, la nuit. Mais ce n'est pas ton truc, pas vrai ? Tu ne fais que satisfaire tes propres besoins. Tu sais, comme avec sa cousine.

Je restai silencieux quelques secondes et attendis de voir ce que ce bon vieux Liam avait à dire à ça. Cependant, apparemment, j'avais mouché cet idiot. Je ne pouvais que l'entendre respirer fort. Alors je me dis que je devais finir sur une note amusante.

— Bon, c'était sympa de discuter avec toi. Et, Liam, oublie le numéro de Sophia.

Je mis fin à l'appel et rendis le téléphone à une Sophia complètement abasourdie. Elle continua à me dévisager, les yeux écarquillés, alors même qu'elle prenait son téléphone. À son expression, je me dis qu'une diatribe était probablement en route une fois qu'elle aurait réussi à reprendre ses marques.

— C'était trop ? demandai-je, un sourcil arqué.

La bouche de Sophia s'ouvrit en grand. Mais ensuite, ses lèvres s'ornèrent d'un immense sourire.

— Oh, mon Dieu ! C'était génial !

— Heureux que tu le penses. Je commençais à me dire que tu allais me sauter dessus. Cela dit, ça se serait transformé en immense bagarre, et nous savons tous les deux où ça semble nous mener. Alors, ça ne serait pas si mal que ça.

Nous rîmes de bon cœur, puis Sophia récupéra tous les papiers sur la table et les rassembla en une pile nette. Je pensais que nous allions revenir au travail.

— Puis-je te demander quelque chose ? lança-t-elle.

Je hochai la tête, et une fois encore, elle mâchouilla sa lèvre inférieure.

— Comment savais-tu que Liam ne m'avait jamais attachée ?

— À la façon dont tu as réagi quand je t'ai demandé la permission d'utiliser ma ceinture. Tu voulais que je le fasse, mais tu n'étais pas à l'aise en l'admettant. Si ça n'avait pas été la première fois, tu aurais réagi différemment.

Elle hocha la tête, mais se tut à nouveau.

— Et comment as-tu su que je voulais que tu le fasses ? reprit-elle enfin.

Bon sang, ce Liam était vraiment un crétin ! Cet idiot n'avait-il jamais deviné ce qu'elle voulait ni essayé de la satisfaire ? Je n'arrivais pas à croire qu'elle soit obligée de me poser cette question. Cependant, je ne voulais pas la faire passer pour une idiote, alors, je fis de mon mieux pour répondre sans aucune trace de jugement dans ma voix.

— C'est juste quelque chose que j'ai senti en toi.

Elle secoua la tête.

— Comment ? Je parais faible ou un truc comme ça ?

— Bien au contraire. Tu sembles absolument avoir le contrôle, c'est la raison pour laquelle je me suis dit que te laisser un peu aller te conviendrait. Ce que tu aimes au lit ne reflète pas du tout qui tu es en tant que femme d'affaires.

Sophia se tut à nouveau.

— C'est ton truc ? Tu es un dominateur ?

Je secouai la tête.

— Non. Ce n'est pas *mon truc*.

— Oh ! D'accord.

Je me penchai vers elle et enroulai une mèche de ses cheveux autour de mon doigt jusqu'à ce qu'elle me regarde. Puis je souris et tirai fermement.

— Mais il semble que ce soit *le tien*.

CHAPITRE 11

Sophia

Je ne savais pas trop ce qui me tracassait le plus — le fait que, en trois courtes rencontres intimes, Weston ait deviné quelque chose dont Liam n'avait aucun soupçon après plus de dix-huit mois ensemble, ou qu'il ait compris quelque chose dont je n'étais même pas consciente moi-même. Mais dans un cas comme dans l'autre, il avait raison. Alors que je voulais me battre avec Weston concernant les affaires et le défier sur tout, dans la chambre à coucher, je semblais aimer la façon dont il prenait les rênes. La sexualité avec lui était à des années-lumière de ce qu'elle avait été entre Liam et moi. Je l'avais mis sur le compte de l'étincelle provoquée par nos disputes, mais il y avait plus que ça, et cette révélation me fichait la frousse.

Aussi, au cours des vingt-quatre heures suivantes, je fis de mon mieux pour éviter Weston. Et j'y réussis. Jusqu'à ce que je sorte du magasin de fournitures de bureau à quelques pâtés d'immeubles de l'hôtel à presque huit heures du soir, et que je voie Weston de l'autre côté de la rue. Comme il marchait dans la direction que je devais suivre, je le gardai en ligne de mire sur les deux pâtés d'immeubles suivants. Je me disais qu'il retournait à l'hôtel, comme moi, mais quand il tourna à droite au lieu de tourner à gauche au coin de rue suivant, je me rendis compte que ce n'était pas le cas.

Plantée à une intersection, je regardai à gauche et vis le Comtesse un bloc plus loin. À ma droite, Weston continuait à marcher. Déchirée, je tournai plusieurs fois la tête de gauche à droite avant de soupirer et de décider qu'une petite promenade tardive me ferait du bien.

Je laissai une plus grande distance entre nous tandis que je le suivais sur le trottoir opposé. Alors qu'avant, nous marchions tous les deux en direction de l'hôtel et que, si je me faisais surprendre derrière lui, j'avais une vraie excuse, à présent, je n'étais qu'une stalkeuse. Je le suivis à la trace pendant dix bonnes minutes, tournant à gauche et à droite sans avoir la moindre idée de l'endroit où nous allions. Finalement, il pénétra dans un immeuble de bureaux. J'accélérai et, depuis l'autre côté de la rue, le regardai franchir les portes vitrées et se diriger directement vers l'ascenseur. Le spectacle étant terminé, j'aurais probablement dû faire demi-tour et retourner au Comtesse. Mais ma curiosité prit le dessus.

Regardant des deux côtés, je traversai la route encombrée hors passage piéton en direction du bâtiment. Mon cœur accéléra tandis que je me rapprochais des portes vitrées. Weston avait disparu dans l'ascenseur, et je n'avais absolument aucune idée de ce que je cherchais.

Pourtant, pour une raison stupide, je désirais me faire surprendre pour voir si je pouvais deviner où il allait.

Dans le hall d'entrée, j'étudiai la plaque du bâtiment. C'était un gratte-ciel typique de Manhattan, avec des dizaines de médecins, d'avocats et de bureaux de sociétés. Weston ne s'était pas arrêté pour lire la plaque, alors il était clairement déjà venu ou, du moins, il savait où il allait. Déçue — bien que j'ignore totalement pourquoi je l'avais suivi en premier lieu —, je pivotai pour partir. La dernière chose que je voulais était de me faire prendre alors que ma curiosité n'avait même pas pu me procurer de bonnes informations. Alors que je retournais vers la porte d'entrée du bâtiment, mon portable vibra. Je le sortis donc de mon sac à main tout en continuant à marcher.

Mes pieds s'immobilisèrent quand je lus le message qui était arrivé.

Si tu voulais savoir où j'allais, tu n'avais qu'à le demander.

Oh, mon Dieu ! Je me sentis nauséeuse.

Mais cela ne pouvait pas venir de Weston. À ma connaissance, il n'avait pas mon numéro de téléphone portable. Je me creusai le cerveau pour essayer de deviner qui d'autre aurait pu m'envoyer un tel message. Tous ceux que je connaissais étaient dans mes contacts, et ce message provenait d'un numéro inconnu. C'était *forcément* Weston. Rien d'autre n'était logique. Cependant, j'étais tellement paniquée que je m'accrochais à cet espoir.

Mes mains tremblèrent lorsque je répondis.

Qui est-ce ?

Je retins mon souffle tandis que de petits cercles s'affichaient, attendant que la réponse arrive. Quand elle le fit, ma bouche s'asséja.

Tu sais qui je suis. Retrouve-moi dans ma chambre dans une heure.

Je retournai presque en courant à l'hôtel. Tout ce que je voulais, c'était me cacher. Dans ma suite, je baissai les yeux vers mon téléphone et me rendis compte que quinze minutes s'étaient écoulées depuis que le message était arrivé, et pourtant, je ne me souvenais pas du tout du chemin du retour.

M'asseyant sur le lit, je lus encore et encore le message de Weston.

Retrouve-moi dans ma chambre dans une heure.

Était-il fou ? Je n'allais *pas* aller dans sa chambre. Quel était l'intérêt ? Qu'il puisse me torturer plus facilement parce que je m'étais fait prendre la main dans le sac ? Et d'ailleurs, comment savait-il que je le suivais ? Même s'il m'avait vue, j'aurais pu avoir un rendez-vous dans le même immeuble. Tout cela aurait pu être une vraie coïncidence. J'aurais très bien pu me rendre à un rendez-vous sans même remarquer qu'il se trouvait de l'autre côté de la rue. Son fichu ego était si grand qu'il *supposait* simplement que je le suivais ?

Oui, c'était exactement ce qui s'était passé. Du moins, c'était ma version, et je m'y tiendrais.

En fait, plus j'y pensais, puis cela me contrariait que ce salaud arrogant pense que je le suivais. Il n'en avait absolument aucune preuve. Ressentant une forte montée de colère et d'anxiété, je décidai de prendre un bain pour me détendre. Weston Lockwood était un fichu égoïste, et je n'avais aucune raison de me mettre dans tous mes états à cause de lui. Il avait un sacré culot de m'ordonner de venir dans sa chambre.

Faisant couler l'eau, je relevai mes cheveux en queue-de-cheval et quittai mes vêtements pendant que la baignoire se remplissait. Un bon long bain me ferait oublier toute la stupidité de cette soirée.

Sauf que, une fois installée dans l'eau chaude, je ne pus me détendre le moins du monde. Je ne cessais de marmonner différentes plaintes, encore et encore, concernant Weston. Non seulement il était un idiot prétentieux d'imaginer que je le suivais, mais à présent, que j'y réfléchissais, je décidai qu'il avait aussi eu un sacré culot de me dire ces choses hier dans son bureau. Cet homme avait fait beaucoup de suppositions qui étaient fausses.

Retrouve-moi dans ma chambre dans une heure.

Que pensait-il qu'il allait se passer ? Que je me pointerais et écarterais les cuisses parce que j'étais tellement folle de lui que je devais lui obéir ?

Je pariais que c'était exactement ce qu'il pensait.

Et cela me mit encore plus en colère.

Tellement que je décidai de me pointer devant sa porte — pour lui dévoiler le fond de ma pensée, pas mes fesses. Sortant brusquement de la baignoire, j'inondai le sol d'eau. Je me séchai et enfilai un jean et un tee-shirt. Attrapant mon téléphone et la carte de ma chambre sur le comptoir, je ne me donnai pas la peine de vérifier l'heure. Cela m'était complètement égal d'être en avance ou en retard à son rendez-vous.

Dans l'ascenseur, j'appuyai sur les boutons du panneau de contrôle et descendis au huitième étage. L'adrénaline courait dans mes veines tandis que je levais la main et frappais à sa porte. J'étais tellement remontée et prête à attaquer que je commençai à râler avant même que celle-ci ne s'ouvre entièrement.

— Tu as un sacré culot. Comment oses-tu...

Oh, merde !

Cet homme n'était absolument pas Weston.

Il portait une robe de chambre et des pantoufles, devait avoir dans les soixante-dix ans, et ses sourcils blancs étaient froncés.

— Puis-je vous aider ?

— Euh... je pense que je me suis trompée de chambre. Je cherchais Weston ?

L'homme secoua la tête.

— Je crois que vous avez trouvé la mauvaise personne.

— Je suis désolée de vous avoir dérangé.

Il haussa les épaules.

— Pas de problème. Mais allez-y doucement avec votre Weston quand vous le trouverez.

Il sourit.

— La plupart du temps, nous, les hommes, avons de bonnes intentions. Parfois, c'est juste difficile de le voir quand on a trop la tête dans le cul.

Je souris.

— Merci. Et encore désolée.

Une fois que l'homme eut fermé la porte, je vérifiai à nouveau le numéro de la chambre. C'était clairement celle que Weston occupait quand nous étions au même étage. J'en étais certaine, parce qu'elle était à deux portes de la mienne. Mais peut-être qu'une autre suite s'était libérée et qu'il avait déménagé lui aussi.

Alors que j'attendais à nouveau l'ascenseur, je décidai que c'était probablement pour le mieux, de toute façon. Pas besoin de perdre mon temps et mon énergie avec Weston. Autant retourner dans ma chambre. Quand les portes de l'ascenseur s'ouvrirent, je fus saluée par Louis.

— Hé ! Vous êtes là tard, ce soir, fis-je remarquer.

Louis sourit.

— Je suis sur le départ.

J'entrai dans la cabine de l'ascenseur.

— Oh, bien !

— Êtes-vous sortie au mauvais étage ? Avez-vous oublié que vous avez changé de chambre ?

Je secouai la tête.

— Non, en fait, j'étais censée retrouver Weston. Mais il a dû changer de chambre également. Je pense qu'une suite s'est peut-être libérée. Je sais qu'il attendait lui aussi une chambre plus grande.

Louis hocha la tête.

— Il a une nouvelle chambre. J'étais en bas quand il est descendu changer de clé l'autre jour. Mais il n'a pas profité d'un surclassement. Il est juste à deux portes d'ici, à cet étage, dans votre ancienne chambre.

— Mon ancienne chambre ?

Je plissai le front.

— Sa chambre a été réassignée quand il l'a quittée ?

Louis secoua la tête.

— Pas que je sache. Il a juste demandé à occuper la chambre que vous veniez de laisser. Je lui ai dit que le service d'entretien n'était pas encore passé, mais il a dit de ne pas s'inquiéter, qu'il s'en occuperait. J'ai supposé que vous étiez au courant.

Les portes de l'ascenseur avaient commencé à se refermer, mais je glissai ma main entre les deux à la dernière seconde, les stoppant.

— Ohhhh, c'est vrai ! J'avais complètement oublié. Désolée, Louis, ça a été une longue journée. Je vais descendre ici pour aller le voir, après tout. Passez une bonne soirée.

Je longeai le couloir jusqu'à mon ancienne chambre, me sentant complètement perdue. Pourquoi avait-il changé de chambre ? La colère qui avait commencé à se dissiper revint en force.

Cette fois-ci, je frappai à la porte de toutes mes forces. *Bam ! Bam ! Bam !*

Weston ouvrit la porte, un sourire en coin, et fit immédiatement un pas sur le côté.

— Quelqu'un est nerveux, ronronna-t-il.

— Mais pourquoi es-tu dans mon ancienne chambre ? demandai-je en entrant comme une tornade.

— Je crois que la bonne question est : pourquoi me suivais-tu ?

— Je ne te suivais pas, espèce d'égoïste !

Le sourire de Weston s'élargit.

— C'est ça.

— Je ne te suivais pas !

Ma voix devint si aiguë qu'elle grinça un peu à la fin.

— Assieds-toi, Sophia.

Je l'ignorai.

— Pourquoi es-tu dans mon ancienne chambre ?

Weston s'appuya contre le bureau et croisa les chevilles.

— Je te le dirai quand tu m'auras dit pourquoi tu me suivais.

— Je ne te suivais *pas*. Et tu te fais carrément des films sur mes raisons de faire les choses. Il se trouve que j'étais dans le même immeuble que toi parce que j'avais un rendez-vous. Pendant que j'y pense, je n'ai pas non plus couché avec toi parce que j'aime quand tu me donnes des ordres.

Ce salaud sembla amusé. Il croisa les bras sur son torse.

— Ah non ?

Je croisai mes propres bras.

— Non.

Nous nous dévisageâmes. Weston avait une lueur dans les yeux, et je pouvais voir les rouages tourner dans sa tête tandis que nous menions une bataille muette pour savoir qui clignerait des yeux en premier.

— Assieds-toi, Sophia.

— Non.

Il sourit.

— Tu vois ? Ce n'est pas parce que tu aimes que je contrôle tout quand on couche ensemble que tu veux que je te donne des ordres dans d'autres circonstances. L'un n'implique pas l'autre. Je te le promets, aimer être dominée sexuellement ne te rend pas faible à mes yeux.

— Je n'aime pas ça.

Weston s'écarta du bureau et s'avança vers moi. L'air de la chambre commença à crépiter. Aussi énervée que je le sois ou que je veuille l'être, je ne pouvais nier que j'étais incroyablement attirée par cet homme, d'une manière que je n'avais jamais ressentie auparavant. Quelque chose dans sa présence près de moi me donnait l'impression que je risquais de m'enflammer s'il ne me touchait pas.

Il attrapa ma hanche d'une main et leva les yeux vers moi. Bien qu'il me tienne fermement, je savais sans l'ombre d'un doute que si je lui disais de retirer sa main, il le ferait. Nos interactions étaient bizarres et déconcertantes.

— Si je te disais d'ôter ta main maintenant, que ferais-tu ?

Il me regarda droit dans les yeux.

— J'ôterais ma main.

— Alors, comment peux-tu dire que je veux que tu me domines ?

— Tu confonds la domination et le contrôle. Tu peux vouloir être dominée, tout en gardant le contrôle. En fait, tu as été la seule à contrôler les choses dans ce qui s'est passé entre nous.

Je luttai pour accepter cela, et Weston le vit sur mon visage.

— Arrête simplement d'y penser et profites-en, si ça te plaît.

Je détournai le regard, mais revins vers lui et le fixai dans les yeux. Je ne savais pas pourquoi c'était aussi important, mais je devais demander.

— Où allais-tu, ce soir ? Qu'y avait-il dans cet immeuble ?

Weston resta silencieux un instant.

— Je vois une psy. Son cabinet se trouve dans cet immeuble.

Oh, waouh ! C'était la *dernière chose* que je m'attendais à entendre de lui.

Il me regarda digérer sa réponse. Après m'avoir laissé une minute, il pencha la tête sur le côté.

— D'autres questions ?

— Non.

— Bien, alors, c'est mon tour. Tu me suivais ?

Comment pouvais-je ne pas être honnête alors qu'il venait de m'avouer quelque chose d'aussi personnel ?

Je souris avec gêne.

— Oui.

— Pourquoi ?

J'y réfléchis. Ma réponse sortit dans un rire.

— Je n'en ai pas la moindre idée. Je t'ai vu dans la rue quand je suis sortie de la boutique et je l'ai fait, c'est tout.

Weston sourit, et mes entrailles se liquéfièrent un peu,

— Où étais-tu toute la journée ? demanda-t-il. Je t'ai cherchée, mais tu n'étais pas dans ton bureau. Je n'ai même pas pu t'observer correctement ce matin pendant que tu attendais ton café.

Je souris.

— Je me suis cachée dans ma chambre une bonne partie de la journée afin de ne pas être obligée de te voir.

Le plus grand et honnête sourire étira les lèvres de Weston. On aurait cru que je venais de lui dire à quel point il était génial, et non que j'avais passé la journée à l'ignorer.

Nous nous dévisageâmes encore un peu, mais cette fois-ci, Weston céda. Il baissa la main pour déboucler sa ceinture. Le bruit du métal qui raclait atteignit directement mon entrejambe.

— À genoux, Sophia.

Oh, Seigneur !

Il posa ses mains sur mes épaules et poussa légèrement, m'encourageant à m'agenouiller. À mon plus grand dégoût, je m'exécutai. Je tombai et tendis la main vers sa fermeture éclair.

— Hé, Soph ? dit Weston.

Je relevai les yeux.

Il sourit.

— J'ai attendu un moment avant d'utiliser celle-là. *Se quitter est un si doux* mandrin.

CHAPITRE 12

Weston

— Je suis heureuse que vous ayez accepté de revenir aujourd'hui afin de pouvoir reprendre où nous en étions restés hier par manque de temps. Comment s'est passée votre soirée ? demanda le docteur Halpern.

— Je n'ai rien bu ni rien fait de stupide, si c'est ce que vous demandez. Je suppose que vous devez inclure ça dans votre rapport hebdomadaire à mon grand-père ?

En fait, je supposais que la stupidité était subjective. Certains pouvaient penser que coucher avec l'ennemi était stupide, mais il se trouvait que je pensais que ce qui se passait entre Sophia et moi était sacrément phénoménal.

— Les rapports que j'envoie à votre grand-père chaque semaine se concentrent sur vos progrès et votre stabilité mentale. Je sais que vous avez signé une renonciation de confidentialité, mais cette renonciation est très contraignante. Vous devriez savoir que je ne peux légalement pas, ni ne le ferai, procurer de détails sur nos discussions. Je mentionne simplement vos progrès et mon avis concernant les risques de rechute auxquels peut vous amener votre état émotionnel.

En vérité, je ne le *savais pas*. J'avais signé sans le lire tout le jargon légal que mon grand-père avait mis devant moi le jour où il avait accepté de me donner une nouvelle chance. Si ça se trouvait, il avait le droit de garder mon premier-né. J'avais passé plus de temps à me demander si je désirais faire des tests d'urine toutes les semaines ou si je préférais voir un psy. Quand j'avais accepté les conditions de mon grand-père pour pouvoir retrouver mon travail, j'avais cru que ce serait la partie facile : aller dire à un psy une tonne de conneries chaque semaine, rencontrer régulièrement mon parrain et aller à des réunions des alcooliques anonymes. Je pouvais revenir dans les bonnes grâces de mon grand-père en un rien de temps. Je n'avais pas compté sur l'envie réelle de discuter avec cette femme.

— Comment est-ce, de voir Sophia chaque jour au travail ? La dernière fois que nous avons parlé d'elle, j'ai cru qu'elle pourrait être un rappel de certaines périodes difficiles de votre vie.

Si Sophia m'avait initialement rappelé Caroline, ce n'était carrément pas ce à quoi je pensais ces jours-ci quand je la voyais. En fait, il était presque impossible de penser à autre chose qu'à la vue d'elle à genoux devant moi la veille. Ce matin-là, je m'étais presque provoqué un coma diabétique à cause de la quantité de sucre que j'avais mis dans mon café. Habituellement, je mettais deux morceaux, mais ce matin-là, pendant que je la matais en train d'attendre son café, je n'avais pu m'empêcher de me rappeler les bruits qu'elle avait faits avec ma verge dans sa gorge. C'était un mélange de fredonnement et de gémissement, et chaque fois que j'y pensais, mes testicules se contractaient. Même maintenant, je dus discrètement me rajuster.

— Travailler avec Sophia s'est avéré... intéressant.

— Oh ? Comment ça ?

Je levai les yeux vers le docteur.

— Vous ne pouvez vraiment rien répéter à mon grand-père de ce dont nous discutons pendant ces séances ?

Le docteur Halpern secoua la tête.

— Rien. Je rapporte seulement votre stabilité mentale globale.

Je pris une profonde inspiration.

— D'accord. Eh bien, Sophia et moi... nous avons trouvé un moyen productif d'utiliser l'énergie que nous créons en nous détestant l'un l'autre.

Le docteur Halpern écrivit quelque chose sur son bloc-notes. Je me demandai si cela pouvait être *coucher avec l'ennemi*. Quand elle eut fini, elle croisa ses mains sur ses genoux.

— Donc, Sophia et vous avez une relation personnelle ?

— Quelque chose comme ça.

— L'avez-vous informée de votre passé ?

— Vous allez devoir être plus précise, doc. De quel passé parle-t-on ? Du fait que j'ai couché avec la moitié des strip-teaseuses de Vegas ? De l'abus d'alcool ? Du fait que ma famille en a assez de moi à moins que je reprenne le dessus ? Ou parlez-vous du fait que j'ai des baby-sitters qui rapportent mes faits et gestes à mon grand-père chaque semaine ?

J'aimais que le docteur Halpern réagisse rarement — pas même à mes questions sarcastiques. Au lieu de ça, elle se contenta de répondre sans jugement.

— Je faisais référence à votre lutte contre l'alcool.

Je secouai la tête.

— Non, ça ne s'est pas présenté.

— Êtes-vous inquiet que ça puisse être un problème pour elle, et est-ce pour ça que vous ne l'avez pas mentionné ?

— Ce n'est simplement pas le genre de relation que nous avons.

— Eh bien, de nombreuses relations débutent d'une certaine manière et évoluent en autre chose. Parfois, quand les gens attendent trop longtemps pour partager quelque chose, il y a du ressentiment quand ça sort enfin. La personne qui était dans l'ignorance peut ressentir une forme de méfiance.

— Croyez-moi, notre relation n'évoluera pas en quelque chose d'autre.

— Pourquoi ça ?

— C'est une gentille fille — le genre à fréquenter des auteurs dramatiques dans le besoin, pas d'anciens alcooliques qui ont laissé tomber leur famille et ne peuvent même pas se souvenir du nom de la moitié des femmes qui se sont retrouvées dans leur lit.

— Quand vous dites que vous avez laissé tomber votre famille, voulez-vous dire professionnellement, parce que votre problème de boisson interférait avec votre travail ? Ou faites-vous référence à Caroline ?

— Les deux.

Le docteur Halpern reprit son fidèle carnet et prit à nouveau quelques notes.

— Et si je voulais les voir ?

— Mes notes ?

Je hochai la tête.

— Vous écrivez tout le temps, et ça me rend curieux.

Le docteur Halpern sourit. À nouveau, elle croisa les mains sur ses genoux.

— Vous pouvez consulter mes notes si ça vous stresse de ne pas savoir ce que j'écris. Mais je ne suis pas sûre que les lire vous renseignera sur la raison pour laquelle j'ai trouvé important tel ou tel point. Si vous êtes curieux, pourquoi ne pas simplement me le demander ? Et je vous les lirai et vous expliquerai pourquoi.

— D'accord... qu'avez-vous écrit quand j'ai dit que j'avais laissé tomber ma famille ?

Elle baissa les yeux sur son carnet, puis les releva vers moi.

— J'ai noté *culpabilité déplacée due à la mort de Caroline*. Et je l'ai fait parce que ce qui semble être au centre de vos problèmes est votre sœur.

Je secouai la tête.

— Vous avez tort.

— Ce qui veut dire que vous ne pensez pas que certains de vos problèmes aient un rapport avec la mort de Caroline ?

— Oh non ! Je ne voulais pas dire ça. J'ai vraiment des problèmes avec la mort de ma sœur. Ce que je voulais dire, c'était que vous aviez tort d'écrire *culpabilité déplacée*. Ma culpabilité est exactement où elle doit être.

Les lumières du couloir des bureaux de la direction étaient sur minuterie. Après dix-neuf heures, des capteurs installés à différents endroits les activaient uniquement quand un mouvement était détecté. Comme j'avais eu un après-midi absolument peu productif, je décidai d'en rester là et d'aller manger quelque chose à 19 h 30. Fermant mon bureau, je remarquai que le couloir ne s'illumina pas immédiatement, et ce fut facile de voir que dans tous les bureaux, soit les portes étaient fermées, soit les lumières étaient éteintes. Alors, en me dirigeant vers l'ascenseur, je supposai que Sophia n'était plus dans le sien. Mais tandis que je passais devant, je surpris quelque chose du coin de l'œil qui me fit retourner vers sa porte.

— Tu es toujours là ?

Les lumières du bureau de Sophia se mirent en route. Elle devait être tellement immobile que les capteurs de mouvement ne l'avaient pas détectée.

— Tu dormais ?

Les yeux de Sophia semblèrent se reconcentrer.

— Non, je suppose que j'étais perdue dans mes pensées et que je ne me suis pas rendu compte que les lumières étaient éteintes.

Oui, je connais ce sentiment.

Je hochai la tête.

— J'ai passé quelques coups de fil aujourd'hui, l'informai-je, et je me suis renseigné sur ton entrepreneur. Engageons les Bolton.

— Oh, super ! J'allais justement te poser la question. Travis m'a appelée aujourd'hui pour prendre des nouvelles.

Entendre dire que ce crétin l'avait appelée me donna envie de changer d'avis.

— À quelle heure a-t-il appelé ?

— Je ne sais pas, peut-être onze heures. Pourquoi ?

— Pourquoi ne m'as-tu pas posé la question, alors ?

Les lèvres de Sophia se firent boudeuses, alors que les miennes arboraient un sourire.

— Tu m'évites à nouveau ?

— Je suis juste occupée, Weston. Juste une fois, peux-tu ne pas tout ramener à toi ?

— Bien sûr, quand je pense que ça n'a pas lieu d'être.

Sophia leva les yeux au ciel.

— C'est difficile de trimballer un ego de cette taille-là ? Ça doit être lourd.

Je ris. Montrant l'ascenseur d'un mouvement de tête, je dis :

— Je descendais prendre quelque chose à manger. Tu as déjà dîné ?

Sophia secoua la tête.

— Tu veux te joindre à moi ?

Elle se mordilla cette lèvre pulpeuse.

— J'ai encore beaucoup de travail.

— Je ne te demande pas ta main, Fifi. Deux personnes qui travaillent ensemble peuvent partager un repas. Si ça te rassure, on peut discuter boulot pendant qu'on mange. J'ai de nouveau parlé au syndicat aujourd'hui et je peux te mettre à la page.

Elle hésita, mais finit par soupirer.

— D'accord.

Je secouai la tête.

— Quel sacrifice ! Tu iras probablement au paradis pour avoir été aussi bonne avec moi.

Sophia tenta de dissimuler son sourire, mais échoua.

— Je dois aller aux toilettes, d'abord. Je te retrouve en bas.

— D'accord. Si tu veux éviter d'être seule avec moi dans l'ascenseur, je peux le comprendre.

Je fis un clin d'œil.

— Je vais nous prendre une table au Prime.

— Alors, Londres te manque ? demandai-je, prenant mon verre d'eau.

Le serveur avait déposé la carte des vins, et Sophia était en train de la parcourir.

Elle leva les yeux et soupira.

— Oui, de nombreuses façons. Mais étonnamment, ça ne me manque pas non plus. Et toi ? Vegas te manque ?

Je secouai la tête.

— Pas du tout. Vegas et moi ne faisions pas bon ménage.

Sophia rit.

— Pas même les fêtes non-stop ? Je sais que New York est la ville qui ne dort jamais, mais c'est différent de Las Vegas. C'est peut-être parce que je n'ai passé du temps que dans les zones touristiques, mais tout le monde à Vegas semble être en vacances et passer du bon temps. Alors qu'ici, les gens se baladent en costume pour aller travailler.

Je fis courir mon doigt sur la condensation de mon verre.

— Surtout les soirées.

Sophia baissa à nouveau les yeux vers la carte des vins et me l'offrit.

— Tu veux partager une bouteille ?

J'hésitai, mais nos regards se croisèrent, et étrangement, la vérité se déversa de ma bouche.

— Je suis alcoolique, et je suis abstinent.

Les sourcils de Sophia se haussèrent brutalement.

— Oh ! Waouh ! Je suis vraiment désolée d'avoir demandé. Je n'en avais aucune idée.

— C'est bon. Inutile de t'excuser. Et commande ton vin. Ne te prive *pas* à cause de moi. Ça ne me dérange pas d'être assis avec quelqu'un qui boit sans que j'en fasse autant.

Elle parut hésitante.

— Tu es sûr ? Je peux ne pas en prendre.

Juste à ce moment-là, le serveur arriva.

— Puis-je vous apporter quelque chose à boire ou un verre de vin pour commencer ?

Je regardai Sophia, qui semblait déchirée. Alors je lui pris la carte des mains et la rendis au serveur.

— Elle prendra un verre de merlot Merryvale 2015, et je prendrai une eau gazeuse avec un citron, s'il vous plaît.

Il hocha la tête.

— Très bien. Je vous laisse quelques minutes de plus pour regarder la carte des plats.

Lorsqu'il fut parti, Sophia continua à me regarder.

— Je vais bien, vraiment. Arrête de penser que tu vas me provoquer une rechute ou autre chose.

Elle sourit.

— Tu m'accordes bien trop de crédit. Je ne m'inquiétais pas du tout pour ta sobriété. Je me demandais en fait comment tu savais quel vin j'aimais.

— Tu as laissé une bouteille à demi pleine dans ta chambre quand tu as déménagé dans la suite.

Elle hocha la tête.

— Ça me fait penser que tu ne m'as jamais dit pourquoi tu as emménagé dans ma chambre, quand je t'ai posé la question l'autre jour.

Je souris.

— Tu as raison, je ne l'ai pas fait.

Elle gloussa.

— Sérieusement, quelque chose n'allait pas avec la tienne ?

— Non. Ma chambre était très bien.

— Elle était trop bruyante ?

— Non. C'était plutôt paisible.

— Pourquoi en changer, alors ?

— Ça va te rendre dingue si je ne te le dis pas, pas vrai ? Un peu comme la raison pour laquelle tu me suivais l'autre jour. Tu es un peu curieuse, pas vrai, Fifi ?

Elle plissa les yeux.

— Et tu es un peu énervant. Alors, crache le morceau. Pourquoi as-tu changé ?

Mes yeux se posèrent quelques secondes sur ses lèvres avant de regarder à nouveau ses yeux.

— Je me suis dit qu'elle aurait ton odeur.

Sophia expira vivement.

— C'est pour ça que tu leur as dit de ne pas faire la chambre ?

Je me penchai vers elle.

— Les draps portent toujours ton odeur. J'aime imaginer que tu es allongée là, complètement nue avec tes doigts en toi.

Sophia rougit. Ses lèvres s'écartèrent et sa respiration se fit un peu plus rapide et erratique. Cette vision était foutrement sexy. Cela me fit réfléchir à toute allure, et je me demandai si elle m'arrêterait si je glissais ma main sous la table et la doigtais.

Heureusement pour nous deux, le serveur revint. Ignorant la tension, il posa le vin de Sophia ainsi que ma boisson.

— Alors, avez-vous décidé ? Quelque chose a-t-il aiguisé votre appétit, ou préféreriez-vous que je vous annonce les spécialités ?

Mes yeux s'ancrèrent dans ceux de Sophia.

— Oh, mon appétit est parfaitement aiguisé ! déclarai-je.

Une étincelle luisit dans son regard, mais elle se racla la gorge et croisa les mains.

— En fait, j'aimerais entendre les spécialités.

Le serveur parla d'un ton monocorde pendant quelques minutes... du poisson... du bœuf japonais... des noms chics pour justifier le prix excessif. Mais en gros, ce qu'il dit entra par une oreille et sortit par l'autre. Mon cerveau était trop occupé pour saisir les mots alors que j'imaginais Sophia essayant de garder un visage sérieux pendant que mes doigts bougeraient en elle et que le serveur se tiendrait là à parler. À un moment donné, la voix masculine s'arrêta et une voix aiguë prit le relais, puis ce fut le silence. Il me fallut quelques secondes pour me rendre compte que Sophia et le serveur me regardaient tous les deux.

— Euh... je prendrai la même chose.

Le serveur hocha la tête.

— Très bien, monsieur.

Quand il eut disparu, Sophia porta son verre de vin à ses lèvres, cachant un sourire.

— Tu n'as aucune idée de ce que tu viens de commander, pas vrai ?

Je secouai la tête.

— Pas la moindre.

Quelques interruptions supplémentaires suivirent. Le commis apporta du pain, du vinaigre balsamique et de l'huile d'olive, et le directeur du restaurant s'approcha pour se présenter. Tout le monde dans l'hôtel nous reconnaissait, à présent. Malheureusement — ou peut-être heureusement pour Sophia —, le moment avait disparu lorsque nous fûmes à nouveau seuls. Et même si ce n'avait pas été le cas, la direction que fit prendre Sophia à la conversation y aurait très certainement mis fin.

— Puis-je demander depuis combien de temps tu es abstinent ?

— Quatorze mois.

Elle hocha la tête.

— C'est bien. Je n'en avais sincèrement aucune idée. Et moi qui pensais que nos familles étaient douées pour traquer toutes les rumeurs sur l'autre !

— C'est vrai uniquement pour les choses qu'elles veulent que les gens sachent. Mais nous enfouissons tous les choses qui semblent beaucoup trop ternir notre nom.

Je pris le citron sur le bord de mon verre et le pressai dans mon eau gazeuse.

— Aux yeux du monde, ta mère et ton père ont divorcé à l'amiable. Si nous n'avions pas passé cette nuit-là ensemble après le bal du lycée, je n'aurais même pas su qu'il vous avait quittées.

Sophia pencha la tête sur le côté et m'étudia un moment.

— Tu n'as jamais raconté à personne de ta famille ce que je t'ai dit ce soir-là, pas vrai ? Je ne pense pas avoir réalisé jusqu'ici que tu aurais pu faire fuiter la vérité sous forme de rumeur. Je suis sûre que ton père ou ton grand-père l'auraient diffusé si tu le leur avais raconté.

Je sirotai mon eau gazeuse.

— Tu me l'as dit quand nous étions allongés dans ton lit. Accorde-moi un peu plus de crédit que ça.

Sophia détourna le regard, mais hocha la tête.

— Donc... la psychiatre que tu vas voir, ça fait partie de ta rémission ?

Je hochai la tête.

— Ça fait partie du plan de rémission qu'a mis en place mon grand-père pour moi, en tout cas.

— Que veux-tu dire ?

— Si je veux garder mon travail, je dois faire ce qu'il veut. Il y a quatorze mois, j'ai fini aux urgences parce que j'étais presque ivre mort. J'ai fait trente jours de cure de désintoxication pour décrocher. Durant cette période-là, mon père et mon grand-père se sont personnellement investis pour prendre le relais des biens que je gérais. Les hôtels de Las Vegas doivent être surveillés comme du lait sur le feu. Beaucoup d'employés ont tendance à être des joueurs ayant des problèmes d'argent, et le vol et le détournement de fonds peuvent devenir monnaie courante si personne ne dirige la boutique.

Je secouai la tête avant de continuer.

— Ils ont dû faire le ménage pendant mon absence. J'étais trop soûl la plupart du temps pour remarquer que les gens se servaient juste sous mon nez. Une femme avec qui je couchais a essayé de faire chanter ma famille avec des vidéos de moi faisant des trucs stupides, comme pisser dans la fontaine de l'hôtel. C'était moche. Le jour où je suis sorti de cure, mon grand-père m'a lancé un ultimatum : « Fais exactement ce que je dis ou tu te retrouves tout seul ». Psychiatre, réunion des alcooliques anonymes, test d'urine aléatoire — fais ton choix. Je suis une marionnette, et il tire les ficelles.

— Waouh ! Eh bien, si ça te rassure un peu, je suis à peu près sûre que si j'avais perdu le contrôle et fini aux urgences, mon père aurait raccroché au nez de la personne qui l'aurait prévenu et ne serait jamais venu.

Je me forçai à sourire. En vérité, son père m'énervait plus que ma propre famille. Au moins, la mienne avait des raisons de me traiter comme de la merde. J'étais un raté.

Le serveur arriva avec notre nourriture, et je fus heureux de changer de conversation. Je me mis à couper mon steak et orientai les choses dans une direction tout à fait différente.

— Alors, tu as eu des nouvelles de ton auteur depuis que lui et moi avons eu une petite discussion ?

— Il m'a envoyé un message me disant, en gros, que j'avais un sacré culot de laisser un autre homme répondre à mon téléphone. J'ai bloqué son numéro.

Je souris.

— Bravo.

— Et toi ? Des relations désastreuses depuis qu'on s'est quittés après le bal du lycée ?

— Je crois que c'est le seul genre de relation que j'ai eu au cours des douze dernières années.

— Pas de petite amie sérieuse du tout ?

— Il y en a eu une. Brooke. On a été ensemble pendant un peu plus d'un an.

Sophia s'essuya la bouche avec une serviette.

— Que s'est-il passé ?

— J'ai merdé. Nous étions ensemble depuis quelques mois quand Caroline est morte. J'ai perdu tout contrôle par la suite. À la fin, elle n'avait plus envie de supporter mes conneries.

Je haussai les épaules.

— Je ne lui en veux pas.

Je vis de la compassion dans les yeux de Sophia et détestai ça. Je supposai que je ne nous avais pas menés dans la bonne direction, après tout.

— Je ne veux pas changer des sujets joyeux que nous venons d'aborder, mais il ne nous reste plus que deux problèmes avec le syndicat — le nombre de jours de congés maladie et le nombre de chambres que le service d'entretien doit faire par tournée.

— Oh, c'est super ! Je peux faire quelque chose pour aider ?

— J'ai une réunion prévue pour la fin de la semaine.

Je débattis pour savoir comment gérer ça.

— Si tu souhaites te joindre à moi, tu es la bienvenue.

Sophia sourit.

— J'aimerais beaucoup. Oh, et aussi, j'ai une amie qui vient de Londres. Scarlett va rester ici. Elle arrive vendredi, alors avoir parlé de la réunion avec le syndicat me l'a rappelé. Si tu vois une femme avec un rouge à lèvres rouge vif assorti à la semelle de ses chaussures et ayant l'air de sortir tout droit d'un *Vogue*, ce sera elle.

— Ça semble intéressant.

— Oh, elle l'est !

Sophia leva son verre et le pencha vers moi.

— Tu sais, maintenant que j'y pense, d'une certaine manière, elle est un peu ton équivalent féminin.

— Comment ça ?

— Elle est arrogante et confiante. La mer s'ouvre devant elle quand elle entre dans une pièce.

J'arquai un sourcil.

— Tu devrais faire gaffe, ça ressemble presque à un compliment.

Sophia secoua la tête.

— Ne soyons pas bêtes. Mais comme tu sembles être de plutôt bonne humeur, je pourrais garder la suite un peu plus longtemps que ma semaine ? Au moins jusqu'à ce que Scarlett s'en aille ? Ensuite, on pourra échanger et tu pourras la garder aussi longtemps que je l'aurai fait. Scarlett et moi aimons nous installer et discuter tard le soir, alors ce serait agréable d'avoir le séjour pendant qu'elle est en ville.

— Aucun problème. Je ne prévoyais pas de te faire alterner avec moi, de toute façon.

— Ah non ?

Je secouai la tête.

— Je n'ai jamais demandé de surclassement quand je me suis enregistré. J'ai dit ça simplement pour t'emmerder.

Les yeux de Sophia s'écarquillèrent.

— Oh, mon Dieu ! Tu es un vrai salaud !

Je gloussai.

— Tu dis ça comme si tu étais surprise. Mais tu ne peux honnêtement pas me dire que c'est nouveau pour toi.

— Non, vraiment pas ! Quoi qu'il en soit, merci d'être sincère et de me laisser la suite pendant que Scarlett sera là.

Après le dîner, nous marchâmes jusqu'à la cage d'ascenseur ensemble. Je gardai mes distances de l'autre côté de la cabine et fourrai mes mains dans les poches de mon pantalon. Nous avions passé une bonne soirée. C'était la première fois que j'avais l'impression que Sophia avait baissé sa garde. Alors, malgré mon envie de la plaquer contre la paroi de la cabine et d'appuyer sur le bouton d'arrêt d'urgence, cela me paraissait mal de prendre ce chemin-là alors qu'elle semblait vulnérable.

Au huitième étage, je sortis avec hésitation — en particulier après avoir regardé Sophia et pu jurer qu'elle avait l'air un peu déçue de la façon dont notre soirée se terminait. Je dus m'obliger à mettre un pied devant l'autre pour me faire sortir de ce fichu ascenseur.

Regardant derrière moi, je croisai ses yeux une dernière fois.

— Fais de beaux rêves, Fifi.

Elle secoua la tête.

— Bonne nuit, Weston.

CHAPITRE 13

Sophia

Je ne cessai de me retourner dans le lit, incapable de m'endormir après une demi-heure.

Cela me tracassait que Weston n'ait même pas essayé de me convaincre de retourner dans sa chambre ou de s'insinuer dans la mienne. Je savais que c'était stupide de perdre le sommeil à cause de ça, mais je ne pouvais m'empêcher de me demander pourquoi. Il aurait simplement pu être fatigué ou pas d'humeur, mais aucune de ces deux hypothèses ne lui semblait convenir. Alors la seule conclusion logique à laquelle je pouvais arriver était qu'il avait fini par se lasser.

Cela n'aurait pas dû être une surprise de me rendre compte qu'il faisait partie de ce genre d'hommes — celui qui apprécie la chasse plus que le trophée lui-même. En fait, maintenant que j'y pensais, c'était parfaitement logique. Nous avions eu un agréable dîner, une conversation sympathique — oserais-je dire que la soirée avait été amicale ? J'avais confondu l'attirance de Weston pour la chasse avec une attirance pour moi.

Mais ce n'était pas grave. Vraiment pas — même si accepter cela me fit un peu mal au cœur. Absolument rien de bien ne pouvait ressortir de cette folie entre nous, de toute façon. Dans ma tête, je savais qu'il valait mieux que nous gardions nos distances.

Et pourtant, je n'arrivais pas à m'endormir.

Alors, plutôt que d'analyser davantage notre attirance dangereuse, je repensai aux choses que Weston m'avait dévoilées. Il était alcoolique. Et si je lisais correctement entre les lignes, les choses avaient mal tourné après la mort de sa sœur. Ces deux-là avaient été comme larrons en foire. Je me considérais comme une enfant unique, puisque je ne comptais pas mon demi-frère, Spencer, alors je n'avais pas aucune expérience du type de relation que tous les deux avaient eue. J'imaginais que grandir dans l'une de nos grandes familles, malgré tout solitaires, pouvait rapprocher les frères et sœurs — nous contre eux. Ajoutez à cela la maladie de Caroline, et il était facile de voir comment Weston avait endossé le rôle du grand frère protecteur, même s'il était le plus jeune. Perdre cela après la mort de sa sœur ne semblait pas être une chose négative. Il y avait quelque chose de beau dans le fait de tenir si profondément à quelqu'un que, après sa mort, on en devienne autodestructeur. D'une manière étrange, j'enviais un peu ce genre d'amour et de dévouement à une autre personne. J'avais été proche de ma mère, mais elle était morte avant que je ne sois vraiment adulte.

Penser à ce côté de Weston me réchauffa le cœur. Et me déstabilisa également un peu. Alors, il était peut-être mieux qu'il semble perdre son intérêt pour moi. Parce que la dernière chose dont j'avais besoin était de développer des sentiments pour un membre de la famille Lockwood.

Le lendemain, je venais tout juste de raccrocher mon téléphone quand Weston passa la tête dans mon bureau.

— La réunion avec le syndicat est vendredi à quatorze heures.

— Oh, d'accord ! C'est super. Merci. Je m'apprêtais à venir te voir dans ton bureau.

Il sourit.

— Je te manque déjà ?

— Comment pourrais-tu me manquer alors que je t'ai vu il y a quelques heures planqué derrière le pilier du hall d'entrée à me regarder attendre mon café ?

Plutôt que de le nier, Weston sourit encore plus.

— Un type se trouvait dans ma planque habituelle.

— Je trouve ça intéressant que tu n'essaies même pas de cacher le fait que tu me surveilles. C'est un passe-temps pour toi ? *Stalker*, je veux dire.

— Tu es ma première, déclara-t-il avec un clin d'œil. Petite chanceuse !

Je secouai la tête.

— Bref, j'ai parlé aux Bolton tout à l'heure, et ils ont réussi à régler tous les problèmes de permis pour pouvoir commencer. Ils veulent discuter de quelques points aujourd'hui pendant le déjeuner, si tu es libre.

Weston se frotta la lèvre inférieure de son pouce.

— Ils t'ont appelée, hein ?

— Oui.

Il inclina la tête.

— Lequel l'a fait ? Sam ou Travis ?

Je savais où il voulait en venir, mais je n'allais pas lui faciliter les choses.

— Travis.

— Donc il t'a appelée, mais il t'a spécifiquement demandé de m'inviter aussi ?

Je levai les yeux au ciel.

— Arrête un peu, Weston. Ton gros ego ne devrait pas se froisser aussi facilement si quelqu'un préfère m'appeler plutôt que toi. C'est logique puisque ma famille a déjà travaillé avec lui.

— Oui... c'est ça...

Je soupirai.

— Tu te joindras à nous ou pas ? Je m'apprête à descendre pour réserver une table pour treize heures. Je la prends pour deux ou trois ?

— Pour trois, bien sûr. J'adore par-dessus tout être la troisième roue.

Il frotta ses articulations contre ma porte.

— À tout à l'heure, Fifi.

Quelques heures plus tard, j'avais perdu toute notion du temps et arrivai au restaurant avec dix minutes de retard. Travis et Weston étaient déjà installés. Ils se levèrent quand je m'approchai de la table.

— Pardon pour mon retard. Je ne sais pas trop où a filé cette matinée.

Les deux hommes tendirent le bras pour tirer la chaise entre eux en même temps. C'était bizarre, mais Travis se retira.

— Merci, dis-je en m'asseyant. J'espère ne pas avoir raté grand-chose.

— Pas du tout, m'assura Travis en souriant. Ça nous a donné l'occasion, à Weston et moi, d'apprendre à nous connaître un peu.

Mes yeux s'ancrèrent dans ceux de Weston. Il prit un verre d'eau et le porta à ses lèvres.

— Ça a illuminé ma journée.

Je lui jetai un regard noir. Heureusement, Travis ne sembla pas remarquer son sarcasme, ou alors il était suffisamment professionnel pour deux et l'ignora.

— Je commençais juste à dire à Weston que nous pouvons démarrer dès demain, si ça vous convient à tous les deux. Tous les problèmes en cours avec le service du bâtiment ont été réglés, et les papiers manquants remplis. J'ai dû renouveler les permis parce qu'ils avaient déjà expiré, mais j'ai pris la liberté d'inscrire demain comme date de démarrage. Alors, nous sommes prêts à y aller, si vous nous donnez le feu vert.

Weston et moi convinrent que le plus tôt était le mieux, et nous discutâmes ensuite du nombre d'équipes que nous voulions voir travailler et des dates auxquelles Travis pensait que nous pourrions laisser ouvertes les chambres situées directement sous les travaux en raison du fort niveau sonore. Nous passâmes notre commande, et lorsque notre repas arriva, l'attitude de Weston sembla s'être légèrement détendue.

Travis prit le ketchup et dévissa le bouchon. Retirant le pain de son hamburger, il dit :

— Vous savez, ma fiancée et moi avions regardé le Salon Impérial après nos fiançailles.

Il sourit.

— Après avoir eu une estimation du prix, nous nous sommes rendu compte que nous aurions dû diviser par deux la liste de nos invités pour pouvoir faire notre mariage ici. Mais je crois que si le toit avait été ouvert à l'époque où nous faisions nos recherches, ma fiancée m'aurait convaincu de prendre un prêt pour le réserver. Je pense vraiment que ça va être magnifique, une fois que ce sera fait.

Weston reprit du poil de la bête.

— Où avez-vous fini par vous marier ?

Travis secoua la tête.

— Nulle part. Les choses... ne se sont pas déroulées exactement comme prévu.

Weston envoya un sourire triomphant dans ma direction.

— Vous appréciez la vie de célibataire, alors ? Certaines personnes ne sont simplement pas du genre à se marier.

— Oh, non ! Je suis vraiment du genre à me marier. Je déteste traîner dans les bars et je préfère une soirée tranquille chez moi après une longue journée de travail. Ma fiancée, Alana, est décédée.

Il secoua la tête.

— Cancer du sein.

Je posai ma main sur le bras de Travis.

— Je suis vraiment désolée. Je l'ignorais.

Je ne ratai pas la façon dans les yeux de Weston se posèrent sur ma main.

— Toutes mes condoléances, marmonna-t-il entre ses dents.

Un peu plus tard, nous abordâmes le sujet de l'université, et Travis mentionna qu'il avait laissé tomber. À nouveau, Weston sembla se requinquer et fit un commentaire sur le fait que tout le monde ne pouvait pas terminer ses études avec succès. Travis répondit alors qu'il avait abandonné pour aider son père, qui devait se faire opérer du dos.

Il y eut quelques échanges supplémentaires étranges comme celui-là, et j'aurais pu jurer que Weston aimait entendre un élément potentiellement négatif sur Travis et que cela l'énervait que, chaque fois, il s'avère avoir une raison noble.

Quand nos assiettes furent retirées, le serveur arriva et tendit la carte des desserts.

— Nous avons également tout un assortiment de cafés arrangés — *Irish coffee* avec du Bailey, cappuccino français au Grand Marnier et un classique italien aromatisé à l'amaretto.

N'ayant plus faim, je passai mon tour sur la carte des desserts, mais commandai un cappuccino. Weston prit un café normal et le serveur se tourna vers Travis.

— Et vous ? Les cafés arrangés sont délicieux. Puis-je vous tenter ?

Travis leva une main.

— Non, pas de tentation pour moi. Merci. Je prendrai un café normal.

— Je suppose que ce n'est pas une très bonne idée de prendre de l'alcool au déjeuner quand on travaille au milieu de machines aussi lourdes, dit Weston.

Travis hocha la tête.

— En fait, je ne bois pas du tout. J'ai vu bien trop de types s'égarer à cause de l'alcool. C'est juste un choix personnel.

La mâchoire de Weston se crispa. Il jeta sa serviette sur la table.

— Vous savez quoi ? Je viens de me rappeler que j'ai un autre rendez-vous. Je vous vois demain, Travis.

Il hocha la tête dans ma direction.

— Je m'occuperai de la note en chemin. Amusez-vous bien, tous les deux.

CHAPITRE 14

Sophia

— Oh, mon Dieu, c'est pire que ce à quoi je m'attendais !
C'est quoi, cet horrible machin que tu as sur les bras ?

— Scarlett ! Tu es en avance !

Je quittai précipitamment le bureau de réception et
passai mes bras autour du cou de mon amie. Après notre
étreinte, celle-ci s'écarta et m'attrapa par les épaules.

— C'est du *marron* ?

Je baissai les yeux vers la veste que je portais.

— Ça fait partie de l'uniforme de l'hôtel. Je la porte
quand je suis à l'accueil. Qu'est-ce qui ne va pas ?

Scarlett sembla perturbée par ma question.

— C'est *marron*.

Je ris. Comme attendu, mon amie donnait
l'impression de sortir d'un magazine de mode et non
d'un vol de sept heures de long. Ses cheveux blonds
à hauteur d'épaule étaient coiffés en vagues de style
années vingt. Elle portait un pantalon crème à jambes
larges avec un simple chemisier en soie bleu marine,

mais les six ou sept rangées de perles autour de son cou, la Rolex pour homme trop grande à son poignet et ses chaussures pointues rouge vif faisaient hurler *fashionista* à la tenue. Scarlett mesurait dix bons centimètres de moins que moi, avec son mètre soixante, mais je doutais que quiconque le sache, puisque ses talons étaient toujours hyper hauts. Sa peau était aussi pâle que la mienne, et pourtant, elle portait le rouge à lèvres rouge vif comme personne d'autre. Je crois que quand votre mère vous appelle Scarlett, vous n'avez pas vraiment d'autre choix.

— On ne peut pas tous être aussi parfaits que toi. Comment s'est passé ton vol ? Je croyais que tu venais avec quelqu'un d'autre ?

— C'est le cas. Il a dû aller directement à une réunion. Je lui ai dit que j'avais un rendez-vous urgent et qu'il allait devoir la gérer seul.

Je boudai.

— J'espère que tu ne seras pas absente trop longtemps. J'avais hâte d'aller prendre un verre. Je n'ai pas encore trouvé de compagne pour l'*Happy Hour* du vendredi soir.

Scarlett passa son bras autour de mon cou.

— C'est *toi*, mon rendez-vous urgent. Pour quoi d'autre j'aurais pris un vol aussi affreusement tôt ?

Je souris.

— Oh, super ! C'est exactement ce dont j'ai besoin.

C'était la première fois depuis plusieurs jours que je retrouvais un peu le moral. Je détestais l'admettre, mais le manque d'attention de la part de Weston m'avait laissée un peu mélancolique. C'était stupide, je le savais, mais la logique ne me redonnait pas la pêche. Malheureusement, nos disputes — et ce qui s'ensuivait — avaient été le point d'orgue de mes dernières semaines. Depuis notre déjeuner avec Travis deux jours plus tôt, Weston se faisait rare. Il gardait même la porte de son bureau fermée, ce qu'il n'avait jamais fait auparavant.

Bien sûr, nous étions tous les deux très occupés. Entre les travaux, la réunion que nous avions eue avec le syndicat, nos équipes juridiques planquées dans les salles qui leur étaient dédiées nous demandant constamment de nouvelles choses pour continuer leur audit, et les contraintes générales qu'impliquait la gestion d'un hôtel avec lequel on était à peine familiers, c'était étonnant que l'un de nous ait assez de temps pour remarquer l'absence de l'autre. Je détestais vraiment que cela me contrarie.

La visite de Scarlett n'aurait pas pu arriver à un meilleur moment. Il n'existait pas de meilleur remède contre la déprime qu'une bonne dose du sarcasme de Scarlett.

J'attrapai l'une de ses deux immenses valises à roulettes.

— Combien de temps restes-tu ? Tu ne m'as fait réserver que quatre nuits. On dirait que tu as des bagages pour deux mois.

— Chérie, j'aurais besoin d'un avion à part pour mes bagages si je restais deux mois.

Je ris.

— Viens, je vais te montrer ta chambre. Je t'ai déjà enregistrée. Je vais te laisser t'installer et ensuite, nous pourrons profiter de notre Happy Hour dans le bar principal à l'étage. Il a un panorama magnifique sur la ville.

— Viens faire connaissance avec mes nouveaux amis.

Scarlett pivota sur son tabouret alors que je revenais dans le bar. J'avais été appelée au sous-sol pour gérer un tuyau cassé. Quand je revins, deux hommes très séduisants étaient assis à sa gauche, et tous les deux se levèrent.

— Vous devez être Sophia.

Le plus grand des deux sourit, tendant la main.

— Je suis Ethan, et voici mon associé, Bryce.

Je regardai Scarlett pour qu'elle remplisse les blancs. Je ne m'étais absentée qu'une vingtaine de minutes. Peut-être étaient-ce des personnes qu'elle connaissait d'ici pour le défilé de mode.

— Ravie de vous rencontrer.

— Ethan et Bryce sont aussi dans le milieu du voyage, dit Scarlett. Ils possèdent des avions privés qu'ils louent à des personnes qui ne sont pas satisfaites des vols commerciaux en première classe. Je leur ai dit qu'ils pouvaient nous payer notre prochaine tournée.

Elle prit son verre et joua avec sa paille.

— De quoi d'autre a besoin une fille à part d'une meilleure amie qui possède de magnifiques hôtels et de deux nouveaux amis qui possèdent des avions privés ? C'est comme un mariage au paradis, si vous voulez mon avis.

Il n'y avait plus de sièges libres au bar, alors Bryce indiqua de la tête celui sur lequel il était assis.

— Je vous en prie, asseyez-vous.

Scarlett croisa mon regard et agita discrètement les sourcils. Ces hommes étaient beaux et avaient de toute évidence du succès, mais j'avais hâte de passer un peu de temps seule avec mon amie. Cependant, celle-ci semblait excitée par ses nouveaux compagnons, alors je souris et m'installai.

— Que puis-je vous offrir à boire ? demanda Bryce.

À ce moment-là, le barman, Sean, s'approcha. Il posa une serviette sur le comptoir devant moi.

— Vous voulez une vodka cranberry light, madame Sterling ?

— Ohhh ! Ça me semble parfait. Vous avez du cranberry light, aujourd'hui ?

Il hocha la tête.

— Absolument. Monsieur Lockwood s'est assuré que nous en commandions une caisse l'autre jour.

— Vraiment ? Entre-t-il dans la composition d'une boisson spéciale que nous ajoutons à la carte ?

— Pas que je sache, répondit-il en haussant les épaules. Il nous a juste dit de nous assurer d'en avoir en stock à présent, parce que c'est ce que vous aimez.

Cela me sembla étrange de m'asseoir et d'accepter de prendre un verre avec ces deux hommes. Mais je mis rapidement cela sur le compte d'un manque de pratique. Liam et moi étions ensemble depuis longtemps, et je n'étais pas encore revenue dans le monde des rencards. Enfin, pas vraiment. À l'évidence, Weston et moi avions eu une histoire de fesses. Mais que le barman mentionne le fait que celui-ci fasse quelque chose d'aussi simple, et pourtant adorable me fit comprendre que la raison pour laquelle je me sentais mal à l'aise de partager un verre avec un homme n'avait rien à voir avec un manque de pratique.

Chassant cette idée de ma tête, je dis :

— Une vodka cranberry light me semble parfait, Sean. Merci.

Bryce sourit.

— Je suppose qu'il est difficile d'offrir un verre à une femme dans un hôtel qu'elle possède, pas vrai ?

Je souris, et nous entamâmes tous les quatre une conversation tranquille. Finalement, le siège à ma gauche se libéra, alors Bryce s'assit à mes côtés. Cela permit à la conversation à quatre de se transformer en deux conversations plus intimes à deux.

— Alors, j'en déduis que vous vivez ici, à New York ? demanda-t-il.

— Pour l'instant, je vis ici, dans cet hôtel. Ma famille est devenue récemment propriétaire partielle du Comtesse. Je vivais à Londres ces dernières années et je suis revenue pour aider à faire la transition ici.

— Ça signifie que vous retournerez à Londres une fois que les choses seront réglées ?

Je secouai la tête.

— Non, je ne pense pas.

Bryce sourit.

— Je suis heureux de l'entendre. New York est aussi ma ville natale.

Son flirt était innocent, et pourtant, je me sentais coupable d'y participer. De toute évidence, Weston et moi n'avions pas parlé de voir d'autres personnes. Non pas que lui et moi nous fréquentions vraiment. Je n'étais pas assez naïve pour m'imaginer qu'il existait autre chose qu'une relation physique entre nous, et même cela semblait s'être fané dernièrement. Alors, je me forçai à garder l'esprit ouvert, même si tout ce que je désirais vraiment était de retourner dans ma suite avec Scarlett et de tout lui raconter sur Weston et moi.

Je sirotai ma boisson.

— Votre bureau est ici à New York, alors ?

— Juste à quelques pâtés d'immeubles. Cependant, je n'avais jamais mis les pieds dans cet hôtel.

Il regarda autour de lui et de l'autre côté de la grande baie vitrée pas loin.

— La vue est formidable. Je dois l'avouer : Ethan voulait venir ici prendre un verre pour célébrer un nouveau contrat que nous venons de signer, et je n'en avais pas trop envie. Maintenant, je suis heureux de l'avoir fait.

Bryce et moi restâmes assis ensemble pendant une demi-heure, notre conversation se déroulant plutôt tranquillement. J'appris que, six mois plus tôt, il était sorti d'une relation de deux ans, et je lui indiquai que ma longue relation avait aussi pris fin récemment.

— Nous avions un chien ensemble, continua Bryce. Ou plutôt elle avait choisi un chien, et j'ai dû le nourrir et le promener.

— Quelle race était-ce ?

— *Est*, pas était. J'ai récupéré le chien dans notre rupture. Sprinkles est un shih tzu. C'est elle qui voulait ce chien, et pourtant, elle s'est pointée à mon appartement avec des vêtements que j'avais laissés chez elle et le chien. Elle a dit que si je ne le prenais pas, elle irait chez le vétérinaire pour le faire euthanasier. Quel genre de personne fait ça ? Bref, maintenant, j'ai un chien qui ressemble à une fille et qui s'appelle Sprinkles.

Je ris.

— Ne vouliez-vous pas du chien, au début ?

— Je voulais un chien, mais j'envisageais plutôt un labrador noir nommé Fred.

Il haussa les épaules.

— Ce petit gars n'arrête pas d'aboyer, mais il a su se faire aimer. Il dort sur mon oreiller juste à côté de ma tête et aime me lécher l'oreille à cinq heures du matin. Pour être honnête, c'est à peu près la seule interaction que j'ai depuis un moment.

Bryce rit.

J'eus le sourire aux lèvres jusqu'à ce que je voie l'homme qui s'avançait vers nous. Weston ne semblait *pas* du tout heureux. Ses longues enjambées dévorèrent la distance entre nous.

— La réception a dit que tu étais ici. Je ne savais pas que tu avais un *rencard*.

Il cracha le mot rencard plus qu'il ne le prononça.

— Je ne suis pas... je veux dire, je n'étais pas... nous ne sommes pas...

Je secouai la tête. Indiquant Scarlett, qui s'était retournée, je dis :

— Scarlett et moi sommes venues pour l'Happy Hour.

Weston jeta un coup d'œil à mon amie, lui adressa un hochement de tête sévère et reporta son regard noir vers moi.

— C'est toi qui t'es occupée du tuyau pété dans la buanderie ?

— Oui, pourquoi ? Une fois que le plombier est arrivé, je suis revenue finir mon verre avec Scarlett. Tout va bien ?

Les yeux de Weston passèrent de Bryce à moi.

— Le plombier veut que tu signes le devis pour la réparation vu que c'est toi qui l'as engagé. Je lui ai dit que je pouvais m'en charger, mais apparemment, tu es la seule capable de prendre une telle décision à ses yeux.

Je me levai.

— Oh ! D'accord. J'arrive.

Weston regarda une nouvelle fois notre groupe, et sa mâchoire se crispa.

— Scarlett.

Il hocha la tête, pivota et sortit à grands pas du bar.

— Euh... fis-je en me levant. Je reviens dès que je peux.

Bryce se leva aussi.

— C'était votre gérant ? Il était un peu rude dans sa façon de vous parler. Voulez-vous que je vous accompagne jusqu'au plombier ?

Je levai les mains.

— Non, c'est bon. Ça ne devrait pas prendre trop longtemps.

Weston n'était nulle part en vue lorsque je descendis à la buanderie. Au début, quand il était entré et m'avait trouvée assise au bar à discuter avec un autre homme, je m'étais sentie coupable. Mais alors que j'étais dans l'ascenseur, mon état d'esprit avait commencé à changer.

Quel crétin !

Comment ose-t-il entrer comme ça dans un bar et me prendre de haut ?

Il ne m'avait même pas parlé ces derniers jours.

Il avait été le contraire de professionnel.

Au moment où les portes de l'ascenseur s'ouvrirent, toute culpabilité déplacée que j'avais ressentie s'était transformée en colère. Mes talons résonnèrent lourdement sur le sol tandis que je m'approchais de la buanderie et ouvrais la porte en grand.

Trouvant Weston à l'intérieur, je lui jetai un regard noir et m'avançai vers le plombier, arborant le faux sourire que je réservais habituellement à mon père.

— Bonjour. Monsieur Lockwood a dit que vous vouliez mon approbation sur le devis ?

Le plombier était agenouillé par terre et remballait ses outils. Il referma le haut de sa caisse à outils métallique et se leva, me tendant un morceau de papier.

— J'ai coupé l'eau qui va jusqu'aux deux machines du fond pour l'instant, mais vous avez des tuyaux salement rouillés au-dessus de vos têtes.

Il indiqua du doigt le plafond, à l'endroit où quelques carreaux avaient été enlevés, exposant la plomberie.

— Il semblerait que vous ayez les tuyaux d'origine. Ils auraient dû être remplacés il y a vingt ans. Vous avez de la chance. Je vous ai fait un devis pour refaire toute la tuyauterie des machines et un autre pour simplement remettre en route les deux machines du fond.

Génial ! Des conduites rouillées !

Baissant les yeux, je jetai un coup d'œil rapide à la dernière ligne des devis. Ma famille gardait une base de données du prix approximatif de la plupart des réparations. Les gérants pouvaient approuver jusqu'à cinq pour cent de plus que la moyenne, basée sur le travail à faire. Quand le tuyau avait éclaté un peu plus tôt, j'avais vérifié le coût moyen d'un remplacement de conduite dans la buanderie, et le devis dans ma main s'y alignait. Mais je n'avais pas regardé ce que cela coûterait de refaire toute la tuyauterie de la pièce.

Je regardai Weston.

— Tu as un avis sur le sujet ?

Il me répondit sans même me regarder.

— J'ai grimpé sur une machine et j'ai regardé les tuyaux du plafond. Je ne vois aucun intérêt à faire une simple réparation alors que tout est rouillé là-haut. C'est un prix honnête.

Je hochai la tête et m'adressai au plombier.

— Quand pouvez-vous commencer à refaire la tuyauterie ?

— Mardi. Vous pouvez vous débrouiller en travaillant avec deux machines en moins jusque-là, ou vous avez besoin que tout fonctionne demain quand le magasin de fournitures ouvrira ?

Je secouai la tête. Le Comtesse avait au moins vingt machines à laver et autant de sèche-linge.

— Nous devrions nous en sortir jusqu'à mardi.

Il hocha la tête.

— Alors, d'accord. Je vous verrai la semaine prochaine.

Weston ouvrit la porte de la buanderie au plombier et tendit la main pour le faire sortir en premier, cependant, il ne le suivit pas. Au lieu de ça, il indiqua le bout du couloir.

— L'ascenseur est juste au fond à votre droite. Bonne soirée.

Il attendit à peine que le type commence à s'éloigner avant de fermer la porte.

Avec seulement nous deux dans la buanderie, la grande pièce me sembla soudain très petite. Weston se tenait dos à moi, faisant face à la porte, pendant un long moment. Aucun de nous ne dit mot. Le sous-sol était tellement silencieux que je pouvais entendre la pendule sur le mur faire tic-tac. C'était comme si j'écoutais le compte à rebours d'une bombe sur le point d'exploser.

Tic. Tac. Tic. Tac.

Plus de silence.

Tic. Tac. Tic. Tac.

Je n'avais pas réalisé que je retenais mon souffle jusqu'à ce que Weston pose sa main sur la poignée de la porte. Je poussai alors un soupir de soulagement.

Mais j'avais respiré trop tôt...

Au lieu de tourner la poignée, il actionna le verrou.

Le clic sonore du loquet se mettant en place résonna dans la pièce, et mon pouls s'emballa.

Weston pivota. Sans un mot, il retira sa veste de costume, la jeta sur l'un des sèche-linge et commença à relever ses manches. Mon regard était cloué sur ses avant-bras musclés tandis que mon cœur faisait des ricochets contre ma cage thoracique.

Il finit une manche et commença à faire l'autre.

— Tu prévois de t'envoyer en l'air avec l'homme sympa avec qui tu buvais, Fifi ?

Je le fusillai du regard.

— En quoi ça te regarde, si c'est le cas ?

— Je suis pourri gâté. C'est toi-même qui l'as dit, non ? Eh bien, nous, les gens pourris gâtés, n'aimons pas partager nos affaires.

— Tu insinues que je suis une *chose* ? Tu es un vrai connard !

Weston finit calmement de relever la seconde manche et leva les yeux vers moi. Le sourire qui étirait ses lèvres ridiculement magnifiques ne pouvait être que décrit que comme sinistre.

— Tu es bien plus qu'une chose. En fait, tu es *tout*. C'est pour ça que je n'ai aucune intention de te partager.

Je croisai les bras sur ma poitrine.

— Le choix ne t'appartient pas vraiment.

Il fit quelques pas dans ma direction, et mon corps se mit à vibrer.

— Non, tu as raison. Le choix de celui à qui tu veux donner ton corps ne m'appartient pas.

Il enroula une mèche de mes cheveux autour de son doigt et tira fort dessus. Son regard s'ancra au mien.

— Mais tu ne veux pas vraiment quelqu'un d'autre que moi.

Je m'apprêtais à le contredire, mais nous savions tous les deux où cela nous mènerait. Alors, à la place, je me redressai et décidai de rendre la conversation utile.

— Pourquoi tu m'as évitée, ces derniers jours ?

Weston détourna le regard. Il sembla réfléchir à ma question.

— Parce que tu es une fille bien et que tu mérites mieux qu'un play-boy alcoolique.

— Tu n'es pas alcoolique. Tu as arrêté de boire il y a quatorze mois.

Il secoua la tête.

— Ce n'est pas exactement comme ça que ça fonctionne. Alcoolique un jour, alcoolique toujours.

— C'est un détail, la définition d'un mot. Tu ne bois plus. C'est ce qui est important, non ?

Il me regarda dans les yeux. La tension sexuelle irradiait entre nous, mais il semblait m'écouter. Et j'avais d'autres choses à dire.

— Quant à être un play-boy, couches-tu actuellement avec d'autres femmes ?

Weston secoua la tête.

— Eh bien, d'accord ! Tu n'es donc actuellement ni un play-boy ni un ivrogne. Maintenant qu'on a établi ça, y a-t-il d'autres raisons pour lesquelles tu m'évites ?

Il me dévisagea.

— Tu mérites mieux.

— Peut-être que je n'ai pas envie de mieux. Tu sais, je suis plus ou moins enfant unique. Alors si quelqu'un est égoïste, c'est moi. Tu ne veux peut-être pas que d'autres touchent à tes *affaires*. Mais je sais ce que je veux.

Le regard de Weston se posa sur mes lèvres. Il tendit le doigt vers mon cou et suivit mon pouls de ma mâchoire jusqu'à ma clavicule.

— Bien. Mais interdiction de coucher avec d'autres hommes pendant que ton cul pourri gâté obtient ce qu'il veut.

Je plissai les yeux.

— Bien.

— Retire ta culotte, Fifi.

Je clignai des yeux plusieurs fois.

Il se répéta, cette fois-ci d'une manière plus rude et chaque mot prononcé avec un fort staccato.

— Retire. Ta. Culotte.

Des frissons parcoururent tout mon corps. J'avais besoin de me faire examiner la tête. Un homme charmant et gentil qui n'était pas un Lockwood était assis au bar attendant de faire plus ample connaissance, et moi, j'étais là, dans le sous-sol défraîchi, avec un type qui venait de me traiter de *chose*. Et pourtant, mes bras tremblèrent tandis que je me penchais et passais mes mains sous ma jupe. Glissant un doigt de chaque côté du tissu en dentelle, je fis glisser ma culotte le long de mes jambes. La faisant tomber au sol, j'en sortis, un pied après l'autre.

Les yeux de Weston luisirent. Il me contourna pour aller vers l'une des machines et tourna le bouton. La machine se mit en marche et commença à vrombir. Weston se retourna vers moi, faisant courir sa langue sur sa lèvre inférieure tandis que ses yeux me parcouraient du cou jusqu'aux orteils.

— Remonte ta jupe.

Mes yeux s'écarquillèrent.

— Quoi ?

— Jusqu'aux fesses. Remonte-la.

J'hésitai, mais en toute honnêteté, j'étais si excitée qu'il existait peu de choses que j'aurais refusées s'il me les avait demandées. Saisissant le bas de ma jupe, je la remontai jusqu'à ce que le tissu s'amasse autour de ma taille. Être plantée là, mon corps nu de la taille jusqu'aux orteils me laissait exposée de nombreuses façons.

Weston fit un pas vers moi, attrapa ma taille à deux mains et me souleva. Il me transporta vers la machine à laver qu'il avait allumée et me déposa délicatement dessus.

— Écarte les jambes.

Je les ouvris un peu.

Weston secoua lentement la tête.

— Plus grand. Une jambe de chaque côté de la machine. Chevauche-la pour moi.

À ce moment-là, la machine vide se mit à vibrer. Cela démarra lentement, mais augmenta rapidement jusqu'à sauter comme un haricot mexicain.

Weston vit l'inquiétude sur mon visage et sourit.

— Tout va bien. Une machine vide en cycle essorage ne va pas te désarçonner, alors écarte ces jambes pour moi.

Ce devait être la chose la plus étrange que j'avais jamais envisagée. Néanmoins, je fis ce qu'il me dit et écartai les jambes suffisamment pour enjamber la machine, une jambe pendant de chaque côté.

Weston sourit.

— Maintenant, penche-toi un peu en avant.

Je saisis le bord de la machine à laver et déplaçai mon poids de mes fesses jusqu'à mon bassin. La peau sensible entre mes jambes rencontra le métal froid, mais je réalisai rapidement pourquoi il voulait que je me penche.

Oh, mon Dieu !

Oh, waouh !

Mes yeux voulurent rouler dans leur orbite.

La machine vide vibra et bondit. Quand je me penchai en avant, toute la sensation frappa mon point le plus sensible. J'avais l'impression d'avoir un vibromasseur entre les jambes, mais en mieux. Pour la première fois de ma vie, je sentais les huit mille terminaisons enflammées en même temps. Ma mâchoire se détendit et un film de sueur recouvrit ma peau.

Les yeux de Weston étaient collés sur mon visage. La chaleur émanant de lui fit exploser les compteurs. J'étais persuadée que ce n'étaient que de rapides préliminaires, mais ensuite, il se dirigea vers l'une des machines à laver hors service à l'autre bout de la pièce et grimpa dessus.

— Que... que fais-tu ? demandai-je.

Avec la vibration entre mes jambes, je pouvais à peine prononcer des mots cohérents.

Weston tendit les bras vers le plafond et commença à revisser les plaques que le plombier avait laissées déplacées.

— J'arrange le plafond.

— Maintenant ? grinçai-je.

Il gloussa.

— Crois-moi, nous avons tous les deux besoin de quelques minutes. Te voir avec ce crétin m'a énervé. Cette machine te fournit les préliminaires que tu n'obtiendrais pas de moi. Tu n'as pas idée de combien j'ai besoin de t'ôter toute pensée de ce type du bar. De plus, j'étais déjà à cran et je n'aurais pas duré très longtemps.

Puisque je n'étais pas en position de parlementer et que c'était absolument délicieux, je fermai les yeux et m'encourageai à apprécier la chevauchée. Quelques minutes plus tard, je sentis le souffle chaud de Weston dans mon cou.

— On joue toujours avec tes règles ?

La question me perturba parce qu'il me semblait que Weston était celui qui décidait des règles du jeu que nous jouions.

Il dut voir l'étonnement dans mon regard.

Repoussant une mèche de cheveux derrière mon oreille, il dit :

— Pas de baiser. Uniquement par-derrière.

À cet instant, je voulais vraiment qu'il m'embrasse. Et pourtant, quelque chose en moi sentait que ce ne serait pas une bonne idée. Alors, je déglutis et hochai la tête.

Les lèvres de Weston s'affinèrent pour former une ligne, et les muscles de sa mâchoire se crispèrent. Pourtant, il donna un hochement de tête sévère, me souleva de la machine à laver et me posa sur mes pieds.

— Tourne-toi. Penche-toi sur la machine.

Ma jupe était retombée, alors il la releva à nouveau jusqu'à ma taille. Le bruit de sa ceinture qu'il débouclait, celui de sa fermeture éclair qu'il descendait et celui de l'emballage du préservatif qu'il déchirait me serra le bas-ventre. Weston se pencha au-dessus de moi, recouvrant mon corps de son torse et je le sentis pousser contre mon entrée. Il posa sa bouche sur mon oreille et la mordilla avant de grommeler :

— Putain de règle à la noix ! Tu ferais mieux de t'accrocher.

Vous souvenez-vous de cette première fois où, à quinze ans, vous êtes rentré chez vous après avoir passé la soirée à boire avec vos amis et avez trouvé vos parents dans le salon, toujours éveillés ? Vous ne saviez pas trop si vous deviez agiter rapidement la main et tenter de vous échapper dans votre chambre ou si ce simple geste éveillerait des soupçons. Mais si vous alliez vous asseoir sur le canapé, il y avait de fortes chances que vos parents sentent l'odeur de l'alcool sur vous ou que vous vous exprimiez avec difficulté.

Eh bien, j'avais peut-être vingt-neuf ans aujourd'hui, et Scarlett était peut-être ma meilleure amie et non mes parents, mais c'était exactement ce que je ressentais lorsque je quittai la buanderie pour retourner au restaurant.

J'étais partie depuis plus d'une heure, alors je ne savais pas trop si Scarlett serait toujours au bar. Elle y était, cependant, je fus soulagée de la trouver seule.

Elle me tournait le dos, alors j'en profitai pour lisser mes cheveux et fis de mon mieux pour agir normalement.

— Je suis désolée. Ça m'a pris plus longtemps que je ne m'y attendais.

Scarlett balaya la remarque d'un revers de la main.

— Pas de problème. Nos amis sont partis il y a à peine cinq minutes, alors j'étais en bonne compagnie.

Je m'installai sur le siège vide à côté d'elle et me détendis un peu. *D'accord, maman et papa ne soupçonneront peut-être rien.*

— Tu dois être morte de faim, maintenant, dis-je.

— J'ai pris un...

Scarlett s'interrompit et ses yeux étudièrent mon visage. Ils s'écarquillèrent soudain.

— Oh, mon Dieu ! Tu viens de t'envoyer en l'air avec ce gigantesque verre de testostérone !

J'envisageai de le nier, mais sentis ma peau se mettre à chauffer, alors même que je passais en revue toutes les possibilités.

Scarlett tapa des mains.

— J'ai presque failli aller te chercher. Le visage magnifique de cet homme était meurtrier. Je suis soulagée de ne pas l'avoir fait, ou je l'aurais surpris en train d'utiliser cette colère à bon escient.

Je me couvris le visage des deux mains et secouai la tête.

— Je crois que j'ai perdu l'esprit.

— Eh bien, ça ne me dérangerait pas de le perdre aussi ! Des chances que ton homme ait un ami furieux pour moi ?

Elle sourit.

Le barman arriva.

— Puis-je vous préparer une autre vodka cranberry light, madame Sterling ?

Je m'apprêtais à accepter. L'alcool semblait être exactement ce dont j'ai besoin à cet instant. Mais Scarlett répondit avant que je puisse le faire.

Elle se pencha et parla à voix basse.

— Sean, mon beau, avons-nous une chance de vous convaincre de nous donner une bouteille du vin que je suis en train de boire, une de vodka et une autre de ce cranberry light ? Je n'ai pas vu ma meilleure amie depuis longtemps, et je pense que nous allons enfiler un pyjama et faire appel au room service.

Sean sourit et hocha la tête.

— Je vais même faire mieux. Montez d'abord et je vous ferai envoyer les bouteilles.

Scarlett se pencha par-dessus le bar et déposa un baiser sur la joue de Sean, laissant une trace de son rouge à lèvres préféré.

— J'adore l'Amérique ! Merci, chéri.

Je le remerciai et sortis un billet de cinquante de mon sac.

— Mettez tout sur ma chambre, s'il vous plaît.

— Ce n'est pas nécessaire, dit-il en haussant les épaules. Les gentlemen ont laissé leur ardoise ouverte pour vous, mesdames. Ils m'ont dit de m'assurer que toutes vos boissons ainsi que la nourriture que vous commanderiez soient mises sur leur note.

Eh bien, à présent, je me sentais vraiment mal ! Malgré tout, Scarlett et moi nous rendîmes dans nos chambres. Elle alla se changer dans la sienne, et quinze minutes plus tard, frappa à ma porte, vêtue d'un pantalon de pyjama *Duck Dynasty*.

Je gloussai quand elle entra dans ma suite.

— Je ne comprendrai jamais comment la femme qui déteste la télévision et se balade comme si elle venait de descendre d'un podium pouvait être aussi obsédée par ces pyjamas.

— Tu es juste jalouse que ça m'aille aussi bien.

Scarlett s'installa sur le canapé.

Le room service avait fait livrer un plateau avec une bouteille de vin, deux shakers en argent remplis de boissons fraîches, une bouteille cachetée de vodka Tito, une bouteille entière de cranberry light et un assortiment de noisettes, bretzels, fromages et crackers.

Elle attrapa une poignée de noix de cajou et en jeta quelques-unes dans sa bouche avant de verser nos boissons dans nos verres.

— Dis-moi encore pourquoi tu ne vivais pas dans l'un de tes hôtels à Londres. Parce que je peux très certainement m'habituer à ce service. Surtout s'il y a un étalon pour s'occuper de ma tuyauterie et de celle de l'hôtel.

Je pris ma boisson sur la table basse et m'assis sur le fauteuil en face d'elle. Tendant mes jambes devant moi, je sirotai mon verre.

— Crois-moi, cette vie-là semble bien plus glamour qu'elle ne l'est en réalité. Vivre dans un hôtel devient rapidement une existence très solitaire.

— Oh ? Tu n'avais pas l'air très solitaire quand tu es rentrée dans ce restaurant. Sérieusement, Soph, Liam avait l'habitude de rester chez nous. Je ne me rappelle pas t'avoir vue aussi sexuellement épanouie avec ce raseur.

Je soupirai.

— Je suppose que c'est parce que coucher avec Liam a toujours été moitié moins bon qu'avec Weston.

Scarlett sourit.

— Je suis ravie pour toi. C'est exactement ce dont tu avais besoin.

Je haussai un sourcil.

— Flirter avec un ennemi juré de ma famille tout en essayant de déterminer l'offre gagnante qui me permettra de le virer de la direction de l'hôtel ?

— Tout d'abord... *flirter* ? Je sais que tu es américaine, mais pour autant que je sache, tu n'as pas plus de soixante-dix ans. Alors, donnons à ce qui se passe le respect qui lui est dû, non ? Coucher, s'envoyer en l'air… j'accepterais même *baiser* comme dans cette émission désastreuse que vous, les Yankees, aimez tant, *Jersey Shore*. Et deuxièmement, c'est ton grand-père qui agit de manière intéressée, pas toi, pas vrai ? Est-ce que l'Adonis en colère t'a déjà fait quelque chose personnellement ? Autre que te donner ce que je suppose être des orgasmes spectaculaires ?

— Eh bien, non… Mais… nous ne sommes même pas sympas l'un envers l'autre.

Scarlett sirota son vin, me regardant par-dessus le rebord.

— Être sympa n'est pas forcément requis pour une bonne relation sexuelle.

— Je sais. Mais…

Depuis l'instant où Scarlett avait deviné ce qui se passait, son sourire n'avait pas quitté ses lèvres. Jusqu'à maintenant.

Elle posa son verre sur la table basse et secoua la tête.

— Tu commences à développer des sentiments pour lui, c'est ça ?

Je secouai la tête.

— Non… Absolument pas… Je veux dire, je ne sais pas.

Scarlett soupira.

— Ce serait plus facile si tu pouvais ne pas y mêler des sentiments.

Je hochai la tête.

— Crois-moi, j'ai essayé. Et ça a commencé de cette façon-là. Je ne l'appréciais pas du tout au départ… enfin, ce n'est pas vrai. J'aimais peut-être certains *aspects* de lui. Mais c'était purement physique. Chaque fois qu'on se disputait, on finissait par coucher ensemble par colère. C'est vraiment la dernière personne que j'aurais choisi de fréquenter. En dehors du fait que nous sommes concurrents et que nos familles sont en guerre depuis un demi-siècle, c'est un play-boy arrogant, pas vraiment stable, et il a plus de bagages émotionnels que moi.

— Ma foi, tu as passé les dix dernières années à choisir des hommes que tu pensais être bons pour toi. Comment ça s'est terminé ?

Je fis une grimace désapprobatrice.

— Merci.

— Tu as beau croire que Liam cochait toutes les cases requises, j'ai toujours trouvé que c'était un bon à rien égoïste. Chaque fois qu'on sortait tous ensemble, c'était en fonction de son emploi du temps et dans des endroits qu'il aimait. Il n'a jamais semblé demander ce que tu voulais. On n'a jamais discuté de ta vie sexuelle, mais je m'aventurerais à dire qu'il n'était pas non plus généreux de ce côté-là.

Elle n'avait pas tort. Vers la fin, cela avait été exceptionnel que Liam passe plus de trois minutes en préliminaires. Et il ne me faisait des cunnilingus qu'en cadeau d'anniversaire ou de Saint-Valentin, même s'il savait que cela me procurait des orgasmes incomparables aux autres. Je travaillais la semaine. Il travaillait le week-end. Et pourtant, le seul moment où nous sortions tard était les jours où il ne devait pas se lever le lendemain, même si moi, si.

— J'ai bien remarqué que Weston est plus attentif sexuellement. Il fait attention et comprend ce qui me plaît. Liam avait sa petite routine, et ça lui convenait — parfois, à moi aussi. Mais je peux mettre ça sur le compte de l'expérience. Je n'ai pas demandé le compte exact, mais je suis certaine que Weston a été avec plus de femmes que Liam.

Scarlett me montra ma boisson.

— C'est comment avec du cranberry light ?

— C'est génial. Tu ne vois même pas la différence, répondis-je en lui tendant le verre. Tu veux goûter.

Scarlett inclina la tête sur le côté.

— *Liam* a déjà rempli son frigo de choses que tu aimais ?

Je savais où elle voulait en venir.

— C'était *vraiment* très attentionné de la part de Weston. Mais...

— Écoute, Sophia. Je ne connais pas du tout cet homme, alors je pourrais avoir complètement tort. Mais j'ai le sentiment que si tu y réfléchis vraiment, tu verras que ça va plus loin que simplement commander du jus de cranberry light et s'assurer que tu jouisses en premier. Et il en va de même pour Liam. Rétrospectivement, je ne doute pas un instant que tu verras que tu étais deuxième dans sa liste de priorités. Liam a toujours été numéro un.

CHAPITRE 15

Sophia

Oh, non ! Rien de bon ne sortirait de cette association.

Le lendemain matin, je me rendis dans le coin salon du hall d'entrée, où Weston et Scarlett buvaient un café et riaient.

— Bonjour, l'endormie, m'accueillit Scarlett, sirotant son mug, le sourire aux lèvres.

— Il est tard pour toi, se moqua Weston, les yeux pétillants. Tu devais être épuisée, hier soir.

— Que faites-vous, tous les deux ?

Scarlett fit l'innocente.

— Nous buvons un café. Qu'avons-nous l'air de faire ?

Je levai les yeux au ciel.

— J'ai besoin d'un café pour vous supporter tous les deux en même temps. Je reviens tout de suite.

— Je prendrai un autre café macchiato avec une dose de vanille, s'il te plaît, m'indiqua Scarlett en levant son mug.

Weston haussa les épaules.

— Je prendrai un grand café noir.

Je clignai des yeux.

— Je n'ai rien demandé…

Je les entendis glousser alors que je m'éloignais.

Après une longue attente dans la file, je déposai les trois boissons sur un plateau en plastique et rejoignis Weston et Scarlett, l'air toujours à l'aise.

— De quoi parlez-vous, tous les deux ? demandai-je en tendant son café à Scarlett, puis le sien à Weston. Vous avez l'air de vous amuser un peu trop.

— J'ai demandé à Weston s'il connaissait de bonnes boîtes de nuit dans le coin. On doit sortir danser. Il m'a parlé d'un endroit à quelques pâtés d'ici qui est devenu le repaire des célébrités.

— Oh, vraiment ? Je ne m'étais pas rendu compte que Weston était un *clubber*.

Il prit une gorgée de son café.

— Ce n'est pas le cas. Plus maintenant, en tout cas. Le Church appartient à l'un de mes potes d'université. Il l'a créé dans une cathédrale abandonnée. Il ne parle que de ça sur les réseaux sociaux.

— Wes va nous y faire entrer, pour qu'on n'ait pas à faire la queue.

— Wes ?

Weston sourit.

— C'est comme ça que m'appellent mes amis. Peut-être qu'un jour, tu finiras par m'appeler comme ça, Fifi ?

Je soupirai. Ce nouveau lien me rendait un peu dingue, mais ils s'amusaient clairement.

— Pour quand est-ce prévu ? D'aller en boîte, je veux dire.

— Ce soir, annonça Weston en se levant. Je m'assurerai que vos noms soient ajoutés à la liste des VIP et qu'ils sachent que vous y serez aux alentours de vingt-deux heures. Qu'en pensez-vous ?

— C'est fabuleux, répondit Scarlett.

— Alors, d'accord. Je dois monter à la salle de réunion, enchaîna Weston.

Il boutonna sa veste de costume et inclina légèrement la tête en direction de Scarlett.

— Merci pour ta compagnie, Scarlett. C'était enrichissant, déclara-t-il en souriant. Passe une bonne journée, Sophia.

Je m'affalai sur le fauteuil de Weston et fusillai mon amie du regard.

— Enrichissant ? De quoi vous parliez, tous les deux ?

Scarlett agita la main en l'air.

— Un peu de ci, un peu de ça. Il est adorable.

— Pitié, n'essaie pas de jouer l'entremetteuse. Ce que Weston et moi partageons — des parties de jambes en l'air occasionnelles et sans importance — est parfait comme ça.

— Je suis d'accord.

Son ton était totalement condescendant.

— Scarlett... soupirai-je. Même si tu as raison et que c'est un type génial sous toutes ces couches de suffisance arrogante, je sors tout juste d'une relation. Je n'en cherche pas d'autre. En particulier une où le nouveau gars a un passif et où nos familles se détestent. C'est trop compliqué. Parfois, les choses simples sont les meilleures.

Son sourire s'élargit.

— D'accord.

Je plissai les yeux et tirai la langue.

— Très mature, jubila-t-elle.

— En fait, je dois aller à l'étage, dans la salle de réunion où mon équipe travaille aussi, lui dis-je. À quelle heure est ton défilé de mode ?

— À onze heures. Je vais d'abord me rendre chez Bergdorf, dès que j'aurai fini cette deuxième tasse de café. Mais je devrais être de retour ce soir vers dix-neuf heures.

Je me levai et me penchai pour embrasser mon amie sur la joue.

— Tu me rends dingue, mais je suis aussi heureuse que tu sois là.

Ce soir-là, je me rendis compte que cela faisait longtemps que je n'étais pas allée en boîte. J'enfilai un jean, un joli chemisier bleu marine et des chaussures à semelle compensée que je savais confortables pour danser. Scarlett frappa à la porte de ma chambre à vingt et une heures quarante-cinq.

— Je croyais qu'on se retrouvait en bas dans l'entrée à vingt-deux heures ?

Elle me regarda de haut en bas et entra les bras chargés.

— C'était le cas. Mais ensuite, je me suis rendu compte que tu serais vêtue comme ça sans mon aide.

Je regardai ma tenue.

— Qu'est-ce qui ne va pas dans ce que je porte ?

Scarlett soupira.

— Hier, tu as couché avec un homme dans la buanderie. Tu n'es pas ennuyeuse, et pourtant, tu persistes à t'habiller comme tu le fais.

— C'est un chemisier de luxe. Et je porte un jean moulant et des talons.

Elle m'ignora et brandit dans une main un haut argenté vaporeux et brillant qui finissait en col en V et dans l'autre une paire de chaussures à talons argentés brillants et à lanières.

— Je préfère celui-ci, dit-elle. Mais celui-là...

Elle jeta les effets argentés sur le lit et souleva un haut à dos nu vert vif ainsi qu'une paire de chaussures noires vertigineuses dans lesquelles je serais incapable de marcher.

— Celui-là serait fabuleux avec tes cheveux.

Je savais qu'il valait mieux ne pas argumenter avec Scarlett quand elle n'approuvait pas ma tenue. De plus, je ne pouvais nier que ses deux choix étaient plus excitants que le mien.

— D'accord.

Je pris les vêtements argentés sur le lit, agissant comme si c'était un sacrifice.

Mais quand je me regardai dans le miroir après m'être changée, je me rendis compte que mon amie avait absolument raison. L'autre tenue était *jolie*, mais celle-ci hurlait *soirée de détente en discothèque*. Et si je me montrais honnête, c'était assez excitant d'être habillée de manière un peu plus sexy.

Je me tournai pour avoir l'approbation de Scarlett.

Elle haussa les épaules.

— Je coucherais avec toi si j'avais une verge.

Je ris et passai mes bras autour des siens tandis que nous nous dirigions vers la porte de ma suite.

— Tu sais, je croyais que tu m'avais manqué. Mais en fait, c'est ton placard qui m'a manqué.

Weston avait fait plus que de nous éviter la file d'attente. Nous avions une table réservée dans la zone VIP de l'étage avec un seau à champagne qui nous attendait quand nous arrivâmes. La serveuse nous informa qu'elle était à notre service personnel pour la soirée, et une hôtesse VIP nous tendit des clés pour des toilettes spéciales VIP, qui étaient toujours vides.

Scarlett et moi en profitâmes pleinement. Nous bûmes du champagne tout en étudiant les corps qui dansaient au rythme de la musique que diffusait le DJ et nous imprégnâmes de l'endroit. Puis nous allâmes sur la piste sans nous préoccuper de personne. Une chanson mena à une autre, des corps se rapprochèrent de nous et mon cœur sembla battre en rythme avec la basse. Une heure plus tard, ma nuque était humide de sueur, et mes cheveux s'étaient collés dessus.

Tout au long de la soirée, divers hommes essayèrent de danser avec nous, mais nous appréciions le temps que nous passions ensemble et n'avions pas envie de rencontrer quelqu'un. La majorité comprit l'allusion. Cependant, à un moment donné, un homme très séduisant s'approcha de Scarlett durant une chanson de transition et lui dit quelque chose que je ne pus entendre. Cela la fit rire, et il commença à danser avec nous. Contrairement à certains hommes, qui pensaient que si une femme souriait sur la piste de danse, cela signifiait qu'ils avaient le feu vert pour se coller à vous, celui-là garda une distance convenable et nous formâmes un petit cercle, même s'il n'avait clairement d'yeux que pour Scarlett.

Un ami à lui se joignit à nous quelques minutes plus tard, et cela nous mena à danser par couple. L'homme avec moi n'essaya pas de me peloter ni quoi que ce soit, alors je continuai à danser. Je fermai les yeux et me balançai sur la musique, mais une main se glissant par-derrière autour de ma taille gâcha le moment. Mes yeux s'ouvrirent immédiatement. J'avais supposé que c'était le type avec qui je dansais qui devenait trop amical, mais il était toujours devant moi. Je tournai brusquement la tête, me préparant à dire au crétin de me lâcher, mais au milieu de mon premier mot, je me rendis compte que ce n'était pas n'importe quel crétin. C'était *mon* crétin.

Weston.

Il resserra sa prise et se pencha par-dessus mon épaule pour parler à l'homme devant moi.

— Elle est là avec quelqu'un.

C'était un vrai acte de dominant, mais étrangement, il s'en tira sans paraître détestable. Mon partenaire me regarda, cherchant confirmation, et je hochai la tête en soupirant. Il disparut poliment sans faire de scène.

Je me tournai pour faire face à Weston.

— Que fais-tu ici ?

Il haussa les épaules.

— Je danse. J'ai l'air de faire quoi ?

— Ici ? Tu as simplement eu envie de danser, ce soir ?

Il sourit.

— Non. J'ai été invité par Scarlett.

Je cherchai mon amie dans la foule. Quand nos yeux se rencontrèrent, je la fusillai du regard. Elle sourit et agita ses doigts.

Malin. Très malin.

Weston saisit l'occasion pour glisser à nouveau ses mains autour de ma taille. Son torse ferme s'appuya contre mon dos tandis qu'il commençait à se balancer. Se penchant sur mon épaule, il baissa sa bouche jusqu'à mon oreille et chuchota :

— Détends-toi et danse avec moi. Tu sais déjà que nous avons un bon rythme, tous les deux.

Je n'eus pas vraiment le temps de dire oui ou non. Weston se mit simplement à me guider par-derrière, prenant les rênes exactement comme il le faisait lorsque nous couchions ensemble — de cette manière que j'aimais tellement. C'était agréable, et nos corps bougeaient vraiment bien ensemble. Alors, pour une fois, je ne me donnai pas la peine de lutter. Je fermai les yeux. L'une des mains de Weston se glissa de manière possessive le long de mon flanc tandis que nous bougions, traçant son chemin de mes côtes jusqu'à mes hanches pour caresser le haut de ma cuisse. Je soulevai un bras et le passai derrière sa nuque, où son autre main la maintint place.

Nous restâmes ainsi pendant quelques chansons, et je pus le sentir enfler contre mon dos à mesure que le temps passait. La chaleur grimpait en moi, et je me demandais si les toilettes VIP étaient insonorisées.

Weston se pencha et parla à nouveau à mon oreille.

— Tu veux faire une pause et aller boire quelque chose ?

Je hochai la tête. La musique rendait presque impossible toute communication à moins d'avoir la bouche contre l'oreille de l'autre. Alors nous retournâmes à la table VIP à l'étage afin de pouvoir tenir une conversation.

La serveuse arriva au moment où nous nous assîmes. Elle utilisa des pinces pour récupérer un linge frais dans un panier et nous en tendit un chacun. J'utilisai le mien pour m'essuyer la nuque, pendant que Weston se rafraîchissait le visage. Nous les reposâmes dans le panier et la serveuse demanda :

— Que puis-je vous apporter à boire ? Voulez-vous plus de champagne ?

Je souris.

— J'adorerais ça. Merci.

— Juste de l'eau pour moi, merci.

J'avais complètement oublié, jusqu'à cet instant, que Weston ne buvait pas.

— Je suis désolée. Je n'ai pas réfléchi.

Il secoua la tête.

— Ce n'est pas grave. Je suis le seul à devoir m'en souvenir.

— Ce n'est pas difficile pour toi d'être dans cet environnement ?

Il secoua la tête.

— J'ai évité les discothèques et les bars pendant les six premiers mois. Mais aujourd'hui, ça ne me dérange pas. Du moins quand il est tôt. Quand je buvais, j'adorais la foule de trois heures du matin. Plus je restais tard, plus les trucs qui arrivaient étaient dingues. Pour moi, c'était l'heure du crime. Parfois, je ne sortais pas avant une heure du matin, afin de pouvoir être torché à trois heures et être prêt pour l'action. C'est drôle, la première fois que je suis allé dans un bar en étant sobre, je me suis rendu compte que les gens que j'avais trouvés si amusants n'étaient qu'une bande de crétins effrayants.

— Ta perception était déformée par la bière.

— Plutôt par le rhum, mais oui.

J'avais chaud d'avoir dansé. Je relevai l'arrière de mes cheveux en queue-de-cheval et m'éventai pour me rafraîchir la peau.

— Encore chaud ?

— Je bous.

Je baissai les yeux vers mon téléphone pour voir l'heure.

— Je crois que Scarlett et moi étions sur la piste de danse depuis presque deux heures.

Weston hocha la tête.

— C'était le cas.

Je fronçai les sourcils.

— Comment le sais-tu ?

— Je t'ai regardée d'ici pendant au moins une heure. Tu as l'un de ces élastiques dans ton sac à main ?

Je secouai la tête.

— J'aimerais bien.

La serveuse revint avec mon champagne et posa le verre d'eau de Weston.

— Puis-je vous apporter autre chose ?

Weston hocha la tête.

— Pensez-vous pouvoir nous trouver un élastique comme celui que vous portez, pour faire une queue-de-cheval ?

Elle sourit.

— Bien sûr. Pas de problème.

— Et pouvons-nous peut-être avoir à nouveau l'une de ces serviettes fraîches, s'il vous plaît ?

— Je reviens tout de suite.

Après son départ, Weston posa nonchalamment un bras derrière moi sur le dossier du box.

— Merci. Je n'aurais pas pensé à le lui demander.

— Je suis à ton service.

Il fit un clin d'œil.

— D'autres besoins que je puisse assouvir ?

Je ris.

— Pas pour l'instant, mais je te le ferai savoir.

Quand la serveuse revint avec un élastique et des serviettes fraîches, Weston me commanda un verre d'eau. Nous restâmes là à regarder la piste de danse, mais mon esprit n'était pas tourné vers la boîte ni vers les personnes qui se déhanchaient devant nous. Je pensais à ce que Scarlett avait dit sur Weston la veille — qu'elle avait remarqué qu'il me faisait passer en premier et que Liam ne l'avait jamais fait. Rien que ce soir, Weston avait fait le nécessaire pour que nous puissions entrer dans la discothèque, s'était assuré que nous recevions un traitement de VIP, m'avait dégoté un élastique pour que je puisse relever mes cheveux parce que j'avais chaud et avait demandé à la serveuse d'autres serviettes fraîches et de l'eau. Même nous regarder danser de loin et intervenir quand les deux hommes s'étaient montrés un peu trop amicaux prouvait que Weston cachait une nature protectrice. C'était en partie un bon vieux comportement territorial de mâle dominant, mais ce n'était pas excessivement inquiétant. Je trouvais sa jalousie plutôt sexy.

Weston se pencha vers moi.

— Tu t'es rafraîchie, maintenant ?

Je hochai la tête.

— L'élastique a vraiment aidé.

Il se rapprocha davantage, et la main qui était posée sur le haut du dossier glissa sur mon épaule. Il me tira délicatement pour que je m'appuie sur lui, et je m'exécutai. Nous nous étions vus nus à de nombreuses reprises, mais cette simple étreinte était plus intime que tout ce que nous avions fait. Weston fit glisser ses doigts de haut en bas le long de mon épaule nue, et je sentis mon corps se détendre à son contact. C'était agréable, vraiment agréable même, et ma tête roula pour se poser contre son torse.

J'observais la piste de danse, ne faisant attention à rien de particulier, quand je vis Scarlett tendre une main vers l'homme avec qui elle dansait. Il la prit et se pencha pour dire quelque chose. Quelques secondes plus tard, son sourire s'était fané, et il s'écarta, les épaules affaissées. Scarlett leva les bras en l'air, ferma les yeux et se remit à danser joyeusement, seule.

— Tu as vu ça ? demanda Weston.

— Oui. Je suppose qu'elle en avait fini avec lui, répondis-je en riant.

— Je l'aime beaucoup. Elle dit ce qu'elle pense.

— C'est Scarlett. Soit les gens apprécient ce trait d'elle, soit non.

— Je suppose que ceux qui font partie de cette deuxième catégorie ne sont pas considérés comme une perte.

— Absolument pas ! Elle plaisante en disant que je suis sa seule amie, et qu'elle fait passer des auditions pour me remplacer depuis mon départ. Mais les gens feraient la queue pour être proches d'elle. Cependant, elle ne laisse pas entrer beaucoup de personnes dans son cercle.

— Vous semblez avoir beaucoup en commun, toutes les deux.

Je hochai la tête.

— Je croyais que Londres me manquerait beaucoup, mais la seule chose qui me manque vraiment, c'est elle.

— Pas Liam ?

Je n'eus même pas à y penser. Détournant les yeux de la piste de danse pour croiser ceux de Weston, je dis :

— Liam qui ?

Weston sourit, et son regard se baissa quelques secondes sur mes lèvres. La musique résonnait fortement autour de nous, il devait y avoir quelques centaines de personnes dans la discothèque, et pourtant, j'eus l'impression qu'il n'y avait que nous deux. Weston avait une manière de me faire sentir spéciale et désirable sans prononcer le moindre mot. Mes yeux tombèrent sur sa bouche, et pour changer, je ne réfléchis pas à mes actions. Me laissant aller, j'appuyai mes lèvres contre les siennes. Il passa une main autour de ma nuque et me rendit mon baiser, mais n'essaya pas de l'approfondir.

Au lieu de cela, nous partageâmes un premier baiser très tendre. Ensuite, il s'écarta.

— Tu brises ta propre règle ?

— *Bah !* Au diable, les règles.

Un sourire s'étira sur ses lèvres, et ses yeux se firent plus sombres.

— Oui ?

Je hochai la tête.

— Oui.

Il serra ma nuque et tira à nouveau mon visage vers le sien. Le second baiser ne se fit pas attendre ; Weston m'embrassa jusqu'à ce que je ne puisse plus respirer.

Ensuite, il plongea sa bouche vers mon oreille.

— Et si on continuait à respecter l'une de tes règles ? Tu *jouis* en premier.

Il était deux heures passées lorsque nous pénétrâmes tous les trois dans le hall de l'hôtel. Scarlett nous avait divertis pendant tout le trajet avec les pires phrases de drague qu'elle avait entendues ce soir-là, plus d'autres mémorables entendues au fil des ans.

Weston appuya sur le bouton pour appeler l'ascenseur et fit un pas de côté pour que nous entrions en premier quand la cabine arriva.

— Quelle est ta réplique toute faite, Wes ? demanda Scarlett.

Il haussa les épaules.

— D'habitude, je dis... salut.

Scarlett ricana.

— Je suppose qu'il n'y a pas besoin de plus quand on te ressemble, mon beau.

Weston fit un clin d'œil et m'indiqua d'un mouvement de tête.

— Ça a fonctionné avec elle.

Je me tenais devant le panneau de contrôle à la droite de l'ascenseur, mais oubliai d'appuyer sur nos étages. Une minute plus tard, Weston remarqua que nous ne bougions pas.

— Ça aide si tu dis à l'ascenseur où tu veux aller, Soph.

— Oh, merde ! Oui.

J'appuyai sur nos trois étages, et la cabine commença à bouger.

La chambre de Scarlett était au troisième, alors son arrêt arriva en premier.

— Merci pour cette charmante soirée, Weston. Je me suis éclatée.

— Quand tu veux. Mais j'ai l'impression que tu t'éclates où que tu ailles.

Scarlett et moi nous enlaçâmes, puis l'ascenseur se dirigea vers notre étape suivante. La chambre de Weston était au huitième. Les portes s'ouvrirent, mais il ne fit aucun geste pour sortir.

— Tu ne... descends pas ? demandai-je. C'est ton étage.

Weston secoua la tête.

— Non. C'est sur toi que je vais descendre, dans ta chambre.

CHAPITRE 16

Weston

Sophia entra dans la suite en premier et éclaira le couloir. Dans le séjour, elle alluma une lampe. Je lui emboîtai le pas et éteignis la lumière.

Normalement, je me moquais complètement d'avoir un éclairage d'ambiance. En fait, je ne pense pas l'avoir déjà envisagé. Mais la lumière du couloir éclairait suffisamment la pièce pour que je voie Sophia, et toute autre chose semblait être une distraction.

— Tu veux de l'eau ou autre chose ? demanda celle-ci.

Je secouai la tête et repliai le doigt.

— Ou autre chose. Viens ici.

Sophia se mordit la lèvre inférieure, mais se rapprocha de moi.

Je suivis son pouls le long de son cou avec mon doigt.

— Tu n'as aucune idée de ce que me fait ta peau. Elle est si douce et parfaite ! Chaque jour, quand je te regarde attendre ton café, je rêve d'y planter mes dents. Je veux sucer chaque partie de ton corps et y laisser des marques.

Elle rit nerveusement.

— Mais elle ne sera plus parfaite, alors !

— En fait, la seule chose qui pourrait la rendre encore *plus* parfaite serait de la marquer comme mienne.

Je pris ses joues et l'attirai à moi. Maintenant que je pouvais enfin l'embrasser, je ne voulais plus m'arrêter. Cette femme savait embrasser. Elle suça ma langue, mordit ma lèvre, et tira jusqu'à ce que je le sente jusque dans mon sexe. Mais ce fut le doux gémissement qu'elle émit qui me toucha le plus. Il voyagea à travers nos bouches jointes, s'enroula autour de mon cœur et serra.

J'empoignai ses fesses et la soulevai. Ses longues jambes s'enroulèrent autour de ma taille tandis que je la transportais jusqu'à sa chambre. Je n'avais jamais désiré une femme en position du missionnaire comme je la désirais elle. En fait, je n'avais jamais désiré *aucune* femme comme je désirais Sophia à cet instant. J'avais hâte de l'étendre sur le grand lit double et de regarder son visage magnifique quand elle craquerait.

Les doigts de Sophia se faufilèrent dans mes cheveux, et elle tira. Nous étions tous les deux entièrement vêtus, mais vu mon état, je savais que si nous ne ralentissions pas, j'allais rompre l'unique règle que je lui avais proposé de garder. Alors, je me forçai à détacher ma bouche de la sienne et rompis le baiser.

Elle secoua la tête tout en essayant de m'attirer à elle.

— Non. Plus.

Je souris.

— Je veux prendre mon temps, ce soir.

Elle gémit, et je la reposai par terre en ricanant. Reculant de quelques pas, je dis :

— Retire ton haut.

Nos regards se verrouillèrent et elle fit la moue.

— Ne pouvons-nous pas nous déshabiller en même temps ?

Le désespoir dans sa voix me donna l'impression d'être le roi de la jungle. Mais ce soir, elle m'offrait tout d'elle, et je voulais que ce soit bon. Nous avions déjà beaucoup couché ensemble, cependant, cela n'avait été que nos corps. Ce soir, nous étions passés au niveau supérieur.

Alors, je contins mon désir et me répétai.

— Retire ton haut, Sophia.

Je parvins à maintenir mes yeux sur son visage pendant qu'elle retirait le haut argenté et le laissait tomber à ses pieds. Mais *merde...* elle ne portait pas de soutien-gorge. Sa magnifique peau douce était complètement exposée, et sa poitrine ronde naturelle avait la plus sexy des courbes. Des mamelons rose foncé attiraient pleinement l'attention, pointant durement. Je salivai. J'avais hâte de les mordre.

— Le pantalon maintenant, lançai-je, le menton levé.

Le bruit de la fermeture éclair de son jean résonna dans la pièce. Ce petit strip-tease était censé me donner du temps pour me reprendre, mais il avait l'effet contraire. J'étais si dur que ça en devenait douloureux.

Sophia fit glisser le pantalon le long de ses jambes sexy et musclées avant de le retirer. Debout devant moi, elle ne portait qu'un petit triangle de dentelle noire qui recouvrait son sexe. Seigneur, j'aimais chacune de ses courbes... sa taille fine, le contour de ses hanches, ses jambes lisses et longues !

— Tu es si belle ! dis-je d'une voix qui sortit rauque.

Bien qu'elle se tienne devant moi presque nue, mes paroles semblèrent la faire rougir.

— Merci.

Je commençai à me dévêtir à mon tour, prenant mon temps tandis que la tension entre nous augmentait. Comme elle, je laissai ma chemise tomber par terre, puis retirai mon pantalon. Les yeux de Sophia se dirigèrent vers la bosse remarquable dans mon boxer, et je faillis grogner quand elle se lécha les lèvres.

— Merde, Soph ! Ne me regarde pas comme ça.

Elle se suça la lèvre inférieure.

— Comme quoi ?

— Comme si tu voulais que je te fasse mettre à genoux, tes cheveux dans mon poing pendant que je te nourris avec ma verge.

Ses yeux pétillèrent et ses lèvres se courbèrent en un sourire démoniaque.

— Retire ton boxer.

Putain !

Je secouai la tête.

— Viens là.

À la minute où elle appuya ses mamelons chauds contre mon torse, je perdis tout mon self-control. Mes mains dans ses cheveux, j'attirai son visage vers le mien de manière très peu délicate.

Après ça, l'enfer se déchaîna. Sophia baissa mon boxer, ses ongles égratignant ma peau dans sa frénésie pour le retirer ; je pris son téton tendu entre mes dents et tirai jusqu'à ce que j'entende son souffle se couper. Elle enroula une jambe autour de ma taille et se hissa, me grimpant dessus comme à un putain d'arbre. Si j'avais le moindre doute qu'elle était prête, il s'envola par la fenêtre. Son sexe était humide tandis qu'elle se frottait de haut en bas, me recouvrant de ses fluides.

— J'ai envie de toi, grogna-t-elle.

Je m'assis au bord du lit avec elle sur mes genoux. Les bras de Sophia tremblèrent tandis qu'elle passait ses mains derrière mon cou et se soulevait suffisamment pour me prendre dans son corps. Je sentis la chaleur de son sexe chaud glisser sur mon gland, puis elle s'arrêta. Nous n'avions pas mis de préservatif. Je m'apprêtais à dire quelque chose, mais Sophia me prit de vitesse.

— Je... je prends la pilule. Et je me suis fait tester avant de quitter Londres. Il n'y a eu personne depuis.

Et moi qui pensais que me laisser l'embrasser, me laisser regarder son visage magnifique pendant que j'étais en elle était le plus gros cadeau qu'elle puisse me faire ! Mais cela... c'était bien plus. *De la confiance.*

Je la regardai dans les yeux.

— Je n'ai rien. Ça fait des années que je n'ai pas été avec une femme sans rien, et je me fais tester régulièrement.

Sophia hocha la tête et se pencha pour m'embrasser tandis qu'elle commençait à s'abaisser. Mais je n'allais pas accepter ça. Je la laisserais prendre le contrôle, me chevaucher aussi lentement ou aussi vite qu'elle le voudrait, mais j'avais besoin de la voir, ce soir. Alors, je maintins son visage à quelques centimètres du mien. Je vis sa mine confuse.

— Je suis partant pour tout ce que tu veux... rapide, lent, sur ou sous moi, mais je veux te regarder.

Son regard fouilla le mien avant qu'elle ne hoche la tête. Elle se souleva à nouveau et s'empala lentement sur moi. Il me fallut toute ma volonté pour ne pas ruer du bassin et la remplir d'un seul coup. Mais elle m'avait donné tellement ce soir-là que je voulais lui offrir quelque chose que je gardais fermement en main d'habitude — le contrôle.

— Magnifique.

Je baissai les yeux entre nous et regardai mon sexe entrer dans le sien.

— C'est tout simplement magnifique.

Elle sourit avec beaucoup de douceur avant de fermer les yeux. Puis, en un mouvement fluide, elle s'enfonça entièrement, m'engloutissant dans son corps jusqu'à ce que ses fesses soient collées à mes cuisses.

— *Seigneur !* marmonnai-je.

Les yeux de Sophia papillonnèrent avant de s'ouvrir. J'avais probablement l'air d'être la plus grande des fillettes, mais je jure que ce moment me semblait saint. Ses yeux étaient luisants de désir, sa peau si crème et rayonnante, et un simple rai de lumière luisait sur son corps. Elle avait l'air angélique, et même si elle était dessus, quelque chose sur son visage me révélait qu'elle venait de rendre les armes.

— Je... je... balbutia-t-elle.

Je souris.

— Je sais, bébé.

Nous nous mîmes à bouger ensemble. Sophia se balançait d'avant en arrière, et je faisais des va-et-vient. Elle était tellement serrée autour de moi que j'avais presque l'impression qu'un poing m'enserrait le sexe.

— Weston... gémit-elle. Encore...

Putain, oui !

Je la soulevai jusqu'à ce que mon gland soit à peine en elle. Puis, en un mouvement fluide, je la fis retomber *durement* sur moi.

Elle gémit encore.

Alors, je recommençai.

Un autre gémissement.

Je la soulevai encore, et cette fois-ci, quand je la ramenai sur mon sexe, je poussai vers le haut en même temps.

Elle gémit plus fort.

Encore et encore, nous frottâmes et haletâmes, poussâmes et tirâmes, entrâmes et sortîmes, jusqu'à ce que je ne puisse plus discerner la fin d'un gémissement de Sophia et le début du suivant. Tout cela devint une magnifique chanson.

Ses yeux roulèrent dans leur orbite et la paroi de ses muscles se resserra autour de moi.

— Wes...

— Juste ici, bébé. Juste ici.

— *S'il te plaît*, gémit-elle. *S'il te plaît.*

— Dis-moi ce que tu veux.

Elle bégaya.

— Jouis... jouis en moi. Jouis maintenant.

Elle n'eut pas besoin de me le dire deux fois. Avec un dernier à-coup, je m'enfonçai jusqu'à la garde. Mon corps trembla, embrasé par Sophia — son odeur, son goût, la façon dont elle gémissait mon nom encore et encore pendant qu'elle jouissait sur mon sexe, la sensation de ses ongles qui s'enfonçaient dans mon cou, ses mamelons appuyés contre mon torse, ses fesses posées sur mes testicules. J'étais entièrement et complètement perdu dans cet instant... dans cette femme.

— Soph...

Je ne pus me retenir plus longtemps.

— Soph... *putain !*

Quelques larmes s'échappèrent peut-être alors que je me vidais en elle. C'était absolument et véritablement l'orgasme le plus fantastique de ma vie.

Ensuite, Sophia fut complètement crevée. Son corps s'affala sur le mien, et sa tête oscilla contre mon torse pendant qu'elle tentait de reprendre son souffle.

Ma verge se prit apparemment pour un volcan qui venait d'entrer en éruption. Elle trembla au rythme de répliques, recrachant ses dernières gouttes de lave brûlante.

Sophia releva les yeux vers moi avec un sourire qui ne pouvait être décrit que comme délirant.

— C'est toi qui fais ça ? La faire bouger comme ça ?

Je gloussai.

— Non. Elle a sa propre volonté.

Elle passa ses bras autour de mon cou, embrassa mes lèvres et soupira.

— C'était très sympa.

J'arquai un sourcil.

— Sympa ?

— Oui. Comment devrais-je le décrire ? Sympa, c'est... sympa.

Je serrai mon poing contre mon cœur comme si j'étais blessé.

— Ça fait mal.

Elle gloussa.

— Incroyable ? C'est mieux ?

— Un peu.

— Que dirais-tu d'orgasmique ? Ça te va ?

— Tu te rapproches. Continue.

— Épique. C'était épique.

— Qu'as-tu d'autre ?

— Phénoménal... renversant ? Extraordinaire ?

Je bougeai et la soulevai délicatement pour me retirer. La prenant dans mes bras, je me levai, la faisant crier de surprise. Mais son sourire m'indiqua qu'elle en appréciait chaque minute.

— Que fais-tu ? demanda-t-elle en gloussant.

Je la transportai vers le haut du lit et la déposai au milieu avant de grimper au-dessus d'elle et d'écarter ses jambes avec mes genoux.

— Je vais te prendre jusqu'à ce que tu oublies ce *sympa*.

— Ça risque de prendre un moment, répondit-elle en riant. Je suis plutôt sympa, tu sais ?

Je souris.

— Ça me va. Je suis doué dans ce que je fais. Tu sais, les uns naissent grands, les autres se haussent jusqu'à la grandeur et d'autres encore la voient leur tomber *dedans*.

— Je suis sûre que Shakespeare a dit que d'autres encore la voient leur tomber *dessus*.

Je fis un clin d'œil.

— Peut-être qu'on pourra le faire aussi, plus tard.

CHAPITRE 17

Sophia

La matinée suivante débuta de la même manière que la soirée précédente s'était terminée — avec Weston en moi. Cependant, quelque chose avait changé entre nous. Au lieu d'une course frénétique pour franchir la ligne d'arrivée, nous prîmes notre temps, explorant le corps de l'autre. Une intimité s'était installée qui n'était pas présente auparavant.

Je posai la tête sur son torse et retraçai la longueur de la légère cicatrice sur son abdomen.

— Tu as dit que ça venait d'une opération des reins, c'est ça ?

Weston me caressa délicatement les cheveux.

— Oui, le test pour l'intervention chirurgicale s'est déroulé le lendemain de notre bal du lycée, en fait.

— Vraiment ? Je ne me rappelle pas que tu aies parlé d'une future opération.

— On n'a pas vraiment beaucoup parlé le soir du bal, si ma mémoire est bonne.

Je souris en y repensant.

— Oui, je suppose que tu as raison. Qu'est-ce qui n'allait pas pour que tu aies besoin d'être opéré ?

Weston resta silencieux un instant.

— Rien. J'ai donné un rein à Caroline.

Je tournai la tête pour le regarder, soulevant mon menton dans mes mains.

— Oh, waouh ! Je l'ignorais. C'est incroyable !

Weston haussa les épaules pour balayer ma remarque.

— Pas vraiment. Trois ans après la transplantation, elle a commencé à montrer des signes de rejet. Au début, on a cru qu'elle avait la grippe. Mais ce n'était pas ça. Les médecins ont essayé de le stopper en lui donnant des immunosuppresseurs, mais tout ce que ça a fait, ça a été d'affaiblir son système immunitaire. Elle a jonglé pendant des années entre maladie et bonne santé. Finalement, elle est morte d'une infection parce que les médicaments antirejet qu'elle prenait à cause de mon rein merdique l'ont rendue sensible à trop de choses.

Je sentis mon cœur se serrer.

— Je suis vraiment désolée.

— Tu n'as pas à l'être. Ce n'est pas ta faute.

Bien sûr que ça ne l'était pas. Mais quelque chose me disait qu'il plaçait réellement cette responsabilité sur quelqu'un.

— Tu sais que ce n'est pas non plus *ta* faute, pas vrai ?

Weston détourna le regard.

— Bien sûr.

— Non.

Je lui touchai le menton et ramenai son visage dans ma direction.

— Tu sais que ce n'est pas ta faute, *pas vrai* ?

— J'avais un job dans ma vie, rendre la santé à ma sœur. Et je n'ai même pas été capable de le faire.

Je scrutai son visage. Il était absolument sérieux. Secouant la tête, je dis :

— Ce n'était pas ton boulot de rendre la santé à ta sœur. Je trouve ça incroyable que tu lui aies donné un rein. Je suis certaine que tu l'as fait parce que tu l'aimais, pas parce que tu t'y sentais obligé.

Weston ricana.

— Non, Soph. *C'était* mon boulot. Je suis un bébé médicament.

Je plissai les yeux.

— Un bébé médicament ?

Il hocha la tête.

— Caroline a été diagnostiquée à un an. Mes parents m'ont conçu par fécondation in vitro. Seuls les zygotes génétiquement compatibles avec ma sœur et exempts de toute maladie génétique ont été implantés dans ma mère. J'étais un inventaire vivant de pièces de rechange.

J'en restai bouche bée.

— Tu es sérieux ?

— Trois dons de moelle osseuse et un rein.

Je ne savais pas quoi dire.

— C'est... c'est...

Weston sourit tristement.

— Tordu. Je sais. Mais c'est comme ça. En toute honnêteté, je n'en pensais pas grand-chose en grandissant. Quand ma sœur était malade, je devais rester à l'intérieur moi aussi. Je croyais que ma mère craignait juste que je rapporte des germes à la maison et que je rende Caroline encore plus malade.

Il secoua la tête.

— Mais elle voulait s'assurer que je n'attrape rien afin d'être en pleine forme si ma sœur avait besoin d'une autre transplantation.

— Caroline et toi avez toujours semblé proches. Je me rappelle vous avoir vus rentrer chez vous ensemble en sortant de l'école et étudier tout le temps à la bibliothèque. J'ai toujours été un peu jalouse de ta relation avec elle, parce que tout ce que j'avais, c'était mon stupide demi-frère.

— Nous l'étions. J'aimais Caroline plus que je ne m'aimais moi-même. S'il y avait eu un moyen pour que ce soit moi le malade plutôt qu'elle, j'aurais échangé ma place avec elle en une seconde. C'était une personne formidable.

J'avais un goût de sel dans la gorge.

— C'est magnifique. Ça l'est vraiment. Mais ça démontre que tu n'as pas aidé Caroline parce que c'était ton boulot ; tu l'as fait par amour.

Weston me regarda. Il sembla fouiller mon regard avant de se remettre à parler.

— Quand je suis né, mon grand-père a mis cinq millions de dollars sur un compte pour moi. J'ai cru qu'il faisait ça pour tous ses petits-enfants. Le soir des funérailles de Caroline, j'ai découvert que j'étais le seul à avoir ce genre de fonds fiduciaire. Il l'avait mis en place pour me dédommager d'avoir été le donneur de ma sœur.

Je soufflai de rage.

— C'est tordu !

— Ma mère m'appelle deux fois par an... Pour l'anniversaire de la naissance de Caroline et pour celui de sa mort. Elle ne m'a pas appelé pour mon anniversaire en dix ans.

— Seigneur, Weston !

Il sourit et passa une main sur mes cheveux.

— Tu croyais que ta famille était tordue... Elle ne tient pas la distance, ma douce.

Je repensai à sa descente aux enfers après la mort de sa sœur. Ce qu'il venait de révéler en rendit les raisons encore plus évidentes.

Je déposai un baiser au-dessus de son cœur.

— Je suis désolée, dis-je. Pas parce que tu l'as perdue... bien qu'évidemment, j'en sois aussi désolée. Je suis désolée de t'avoir jugé pendant toutes ces années sans même avoir pris la peine de te connaître. Sous cette apparence de crétin que tu arbores si fièrement, tu es un homme vraiment beau.

Weston regarda dans le vide.

— Tu es quelqu'un de bien, et quelqu'un de bien cherche le bon en tout le monde.

— Et alors ? Qu'y a-t-il de mal à ça ? Ce n'est pas bien ? De vouloir trouver le bon ?

Il se tourna à nouveau pour me regarder et sourit tristement.

— Ça ne devrait pas l'être. Mais ça fausse ce que tu vois. Parfois, ce que les gens te montrent est vraiment ce qu'ils sont.

Je trouvais qu'il avait tort. Mais je savais qu'il était inutile d'en discuter. Je baissai les yeux et retraçai à nouveau sa cicatrice.

— Puis-je te demander quelque chose de personnel ?

— Parce que tout ce que tu m'as demandé ces dix dernières minutes — ou ces dernières semaines, d'ailleurs — ne l'était pas ?

Je ris et lui donnai un coup sur les abdos.

— La ferme, Lockwood.

Il sourit.

— Quelle est ta question, petite curieuse ?

— Tu parles de ces choses à la thérapeute que tu vas voir ? Du fait que tu as perdu ta sœur ou que tu t'es senti responsable de son bien-être ?

Weston fronça les sourcils.

— Je vais voir une psy parce que c'est une condition pour garder mon travail. Je n'y vais pas pour être réparé.

Le silence s'étira entre nous jusqu'à ce que Weston finisse par se racler la gorge.

— Je vais y aller. Je dois rendre visite à un ami, ce matin.

— Oh... d'accord !

Je me décalai vers mon côté afin qu'il puisse se lever et le regardai s'habiller. Je ne savais pas trop si Weston devait vraiment aller quelque part ou si notre conversation l'avait rendu assez mal à l'aise pour qu'il ressente le besoin de fuir. Que ce soit l'un ou l'autre, l'ambiance avait changé. Je remontai les draps sur mes épaules pour me protéger du froid.

Weston se pencha et m'embrassa sur le front.

— Je te vois plus tard ?

Je me forçai à sourire.

— Bien sûr.

Une minute après, la porte se referma. Je restai allongée toute seule dans le lit, repensant aux dernières vingt-quatre heures. Coucher avec Weston était sans aucun doute l'expérience physique la plus incroyable que j'aie jamais eue avec un homme. Nous avions une alchimie indéniable. J'avais cru que l'intense étincelle venait de nos échanges houleux lors de nos disputes, mais la nuit précédente, il n'y en avait eu aucune, et notre connexion et notre alchimie étaient plus intenses que jamais. Alors, cela allait plus loin que simplement évacuer notre frustration sur l'autre.

Étrangement, cette pensée me rendit nerveuse. Étais-je prudente après ce qui s'était passé entre Liam et moi ? Ou mon mécanisme intérieur d'autodéfense me donnait-il un avertissement entièrement lié à Weston Lockwood ?

Cela donnait beaucoup à réfléchir. Heureusement, mon téléphone portable vibra sur la table de nuit, interrompant ce que je m'apprêtais à suranalyser. Le nom de Scarlett s'afficha sur l'écran, me faisant sourire.

— Bonjour, dit-elle.

À ce seul mot, je devinai qu'elle souriait à l'autre bout de la ligne.

— J'interromps quelque chose ?

— Non. Je suis juste allongée là, dans le lit, toute seule, à paresser.

— Toute seule ?

Je ris. Je savais où elle voulait en venir. Scarlett ne faisait pas dans la subtilité.

— Oui, Weston est parti il y a quelques minutes.

— Parfait. Alors, ouvre la porte.

Mon front se plissa.

— Quelle porte ?

J'entendis en stéréo un coup frappé à la porte. Cela venait du téléphone, mais aussi de l'autre pièce de ma suite.

— Celle-ci. Et dépêche-toi. Notre petit déjeuner refroidit.

— Alors… quelque chose d'intéressant est arrivé quand je suis sortie de l'ascenseur ?

Les yeux de Scarlett pétillaient.

Je pris un bout d'ananas du plateau de fruits frais et enfournai le morceau entier dans ma bouche. Pointant du doigt, je marmonnai comme si je ne pouvais pas répondre parce que j'avais la bouche pleine.

Scarlett rit.

— C'est ce que je pensais. Weston ne t'a pas quittée des yeux de toute la soirée en boîte.

Je soupirai.

— On a vraiment une bonne alchimie.

— C'est tout ? Juste une bonne alchimie ?

Je secouai la tête.

— Honnêtement, je n'en ai plus aucune idée. Ça a commencé de manière purement physique… on couchait ensemble par haine, Scarlett. Mais les choses ont changé. Il est toujours pénible à mes yeux, mais il y a plus en lui que ce qu'il veut que les gens voient. Par exemple, il se met en quatre pour me faire rire. Il sait que mon ex était auteur de pièces de théâtre, alors il me sort des citations de Shakespeare, sauf qu'il les rend salaces. Comme *Il vaut mieux avoir baisé une fois que n'avoir jamais baisé* ou *Jouir ou ne pas jouir, telle est la question*. Je sais juste qu'il s'installe à son bureau pour lire du Shakespeare afin de me décrocher un petit sourire. C'est étrangement mignon.

Scarlett nettoya un grain de raisin et le glissa dans sa bouche.

— Donc, il est séduisant, prévenant et drôle. Ça a l'air horrible.

— Il est aussi très protecteur envers les gens auxquels il tient, même s'il ne semble pas laisser entrer grand-monde.

— Il ressemble à une autre personne de ma connaissance...

Je hochai la tête.

— J'ai toujours cru que nous étions très différents. Mais plus j'apprends à le connaître, plus je me rends compte que nous avons simplement choisi de porter des masques différents.

— Waouh... ça semble profond et ennuyeux au possible, sourit Scarlett. Et moi qui croyais que j'allais avoir droit au récit de tes ébats avec lui. Mais au lieu de ça, je suis soumise aux sentiments... Beurk !

Je lui jetai un oreiller et ris.

— Tais-toi.

— Sérieusement, je l'aime bien.

— C'est probablement la chose la plus stupide que j'aie jamais faite.

— Pourquoi ?

— Eh bien, pour commencer, comme je crois l'avoir dit, sa famille et la mienne sont en guerre depuis un demi-siècle. Mais même si on met tout ça de côté, il y a un million de raisons pour que ce soit une mauvaise idée. Je sors tout juste d'une relation à long terme. Ce truc entre Weston et moi a « rebond » écrit en gros. Voyons... je suis passée d'un auteur de théâtre stable, mignon et sûr à un bad-boy follement sexy avec une tonne de bagages. Ça pourrait être plus cliché que ça ? Sans parler du fait que nous avons tous les deux de gros problèmes de confiance.

Je secouai la tête.

— Weston est comme une étoile vive dans une nuit noire. Il peut éclairer le ciel, mais en fin de compte, ce feu brûle et tous les morceaux s'effondrent. On est alors laissé dans le noir.

— Tu sais que le soleil aussi est une étoile, n'est-ce pas ? Parfois, on peut compter sur une étoile qui revient chaque jour.

Je soupirai.

— Tu résoudras tout ça, dit Scarlett. Promets-moi seulement que tu ne vas pas laisser ta famille ou Liam peser dans ta décision pour savoir si Weston est bien pour toi. Quoi que tu décides, ça devrait être uniquement entre Weston et toi.

Je hochai la tête.

— Merci.

Quand nous finîmes le petit déjeuner, Scarlett me convainquit d'aller faire les boutiques. J'allai jeter un coup d'œil sur les travaux, puisque nous avions des équipes qui travaillaient même le dimanche. Puis je pris une douche rapide et m'attachai les cheveux pendant qu'elle prenait tranquillement une troisième tasse de café dans ma suite et me lisait à voix haute des articles de journaux. Cela ressemblait exactement à un dimanche matin à Londres. Ce qui me fit réaliser que je n'allais pas perdre notre amitié à cause de la distance entre nous. L'endroit où nous étions ne comptait pas ; nous trouverions toujours un moyen. Londres n'était simplement plus mon foyer.

— Tu es prête pour aller faire les boutiques ? demandai-je enfin, attrapant mon sac à main.

Elle baissa les yeux.

— Je porte des chaussures plates. Qu'est-ce que ça t'indique ?

Je souris. Alors que je portais souvent des talons plats, et même des baskets parfois, Scarlett portait presque toujours des talons de toutes sortes, sauf si elle faisait du sport. Ce qui signifiait que nous allions toutes les deux avoir une séance entière de cardio pendant que nous parcourrions la ville.

Ouvrant la porte de ma suite, je cognai presque un portier qui avait la main levée pour frapper à la porte. Surprise, je portai la main à ma poitrine tout en m'arrêtant brusquement.

— Désolé. Je ne voulais pas vous effrayer, dit-il.

— C'est ma faute. Je ne faisais pas attention où j'allais. Walter, c'est bien ça ?

— En effet.

Il hocha la tête et sourit, puis il me tendit une longue boîte à fleurs blanche.

— Je venais juste livrer ceci. Monsieur Lockwood a dit que je devais les mettre dans votre suite si vous n'étiez pas là.

— Monsieur Lockwood vous a demandé de les apporter ?

Il hocha la tête.

— Il était à la réception quand elles ont été livrées il y a quelques minutes.

J'étais surprise, pas uniquement que Weston m'ait envoyé des fleurs, mais qu'il me les fasse livrer par un employé. Nous avions été plutôt discrets au sein de l'hôtel.

— Oh ! D'accord, merci.

Walter me donna la boîte et se tourna pour partir.

— Attendez ! Je vais vous donner un pourboire.

Je fouillai dans mon sac, mais le portier leva la main.

— Monsieur Lockwood s'en est déjà occupé. Mais merci.

Scarlett était tout sourire tandis que je rapportais l'emballage dans la suite.

— On dirait que ton météore a un côté romantique.

La boîte était fermée par un gros nœud rouge, alors je la déposai sur la table basse du salon pour le dénouer. À l'intérieur se trouvaient douze magnifiques roses jaunes. Une petite carte était posée au-dessus. Je ne m'étais pas rendu compte que je souriais jusqu'à ce que je la sorte de l'enveloppe et la lise. Mon sourire se transforma alors en moue.

*Le cours du véritable amour ne s'est
jamais déroulé sans heurts.
Tu me manques. Je t'en prie, rappelle-moi.
Liam*

Scarlett vit mon visage et s'avança pour prendre la carte.

— Il ne se déroule pas sans heurts ? dit-elle. Oui, l'amour véritable rencontre quelques nids-de-poule quand tu fourres ton sexe dans la cousine de ta petite amie. Seigneur, cet homme est vraiment un branleur !

— La citation est de Shakespeare.

— Je m'en doute, rétorqua-t-elle en levant les yeux au ciel. Des roses ternes et des conneries recyclées. Cet homme n'a jamais été original. Je parie que si Weston t'envoyait des fleurs, ce seraient des fleurs des champs ou quelque chose d'aussi rare et unique que toi. Et je préférerais une carte qui dirait « Baisons » plutôt qu'une citation prétentieuse.

Weston.

Merde !

J'avais momentanément oublié que le portier avait dit que monsieur Lockwood avait accepté la livraison et s'était assuré qu'elle soit envoyée directement dans ma chambre.

Mais quelque chose me disait que quand je le croiserais la fois suivante, *lui* n'aurait pas oublié.

CHAPITRE 18

Weston

— Ah bah, t'as une sale tronche !

Même les insultes de monsieur Thorne ne parvinrent pas à me faire sourire, ce matin-là.

Quand j'avais quitté la chambre de Sophia, je me sentais déchiré. Je ne voulais pas qu'elle pense que j'étais un homme bien pour qu'en fin de compte elle ait l'impression d'avoir l'herbe coupée sous les pieds quand elle apprendrait à me connaître et se rendrait compte que ce n'était pas le cas. C'était exactement ce que son crétin d'ex avait fait. Mais le temps que je me douche et que je m'habille, j'avais commencé à me sentir dépassé. La nuit fantastique que nous avions partagée avait mis de côté mes inquiétudes, du moins pour l'instant. Je lui avais même commandé des fichues fleurs. Je ne me rappelais pas la dernière fois que j'avais envoyé des fleurs à une femme. Mais ensuite, j'étais descendu, et je me trouvais à la réception quand une livraison était arrivée pour elle — et pas de la part de la fleuriste que j'étais allé voir.

Ma matinée avait été anéantie après ça.

Je me passai une main dans les cheveux.

— Je n'ai pas beaucoup dormi, hier soir.

L'expression de monsieur Thorne m'indiqua qu'il réfléchissait. Je secouai la tête.

— Je ne suis pas sorti faire la fête. Je suis effectivement allé en discothèque, mais je n'ai pas rechuté.

Il agita un doigt crochu vers moi.

— Tu n'as pas été très malin ! Aller dans un endroit où tout le monde autour de toi se fait plaisir, c'est chercher les problèmes.

Je ne pouvais pas le contredire, parce qu'il avait raison — même si je passais chaque jour dans un hôtel ou autre qui possédait plusieurs bars. Certains d'entre eux avaient même des discothèques. À moins de changer de travail, je ne pouvais pas éviter les endroits qui servaient de l'alcool. De plus, je n'avais pas ressenti le besoin de boire la nuit précédente. Mon esprit avait été trop occupé par Sophia.

— Oui, je sais. Mais ce n'était pas comme ça.

Je haussai les épaules.

— Je n'ai même pas été tenté.

Monsieur Thorne secoua la tête malgré tout.

— Tu m'as au moins apporté mon ticket ?

Je pris le ticket à gratter dans ma poche arrière et lui tendis le livre posé sur sa table de nuit sur lequel il s'appuyait toujours.

— Un ticket à dix dollars, comme vous l'avez demandé.

Il mit ses lunettes de lecture, attrapa une pièce et se mit au travail.

— Donc... tu es resté dans cette discothèque toute la soirée ? Et c'est pour ça que tu ressembles à un raton laveur ?

Je secouai la tête.

— J'ai passé la nuit avec la femme que je vois, si vous voulez savoir.

— Sophia ?

— Oui, Sophia.

Il finit de gratter la couche grise et chassa les petits bouts du ticket de loto.

— Vous vous fréquentez, maintenant ?

— Vu que nous ne sommes plus en 1953, non, nous ne nous fréquentons pas.

— Vous couchez juste ensemble, alors ?

L'utilisation de ce terme me fit ricaner. Mais la majorité de son vocabulaire provenait de Jerry Springer, alors je n'étais pas surpris qu'il sache ce que cela voulait dire.

— Oui, je suppose que c'est ce que nous faisons.

— Tu n'as jamais envie de t'installer ? De rencontrer une gentille fille ? De retourner auprès d'elle après une longue journée de travail et de partager un bon repas qu'elle aura cuisiné ? Peut-être pondre quelques mouflets ?

Je ne pouvais pas me représenter Sophia en tablier en train de me préparer à dîner, mais je comprenais ce qu'il essayait de dire. Je n'avais jamais envisagé de rentrer chez moi auprès d'une femme ni de fonder une famille. La vérité était que je *pouvais* visualiser cela avec Sophia. Cependant, ma version des choses n'était pas exactement celle de monsieur Thorne. Au lieu d'un bon dîner préparé par ses soins, nous aurions des réservations pour dix-neuf heures puisque nous travaillerions beaucoup tous les deux. J'aurais perdu la notion du temps et me pointerais au restaurant avec une demi-heure de retard, ce qui la rendrait furieuse. Je me glisserais dans le box à ses côtés, au lieu d'en face d'elle, et m'excuserais. Elle me dirait de me foutre mes excuses au cul. Nous nous disputerions, et je remarquerais à quel point elle serait sexy avec du feu dans les yeux et glisserais ma main sous la table. Quand le serveur viendrait prendre notre commande, j'aurais enfoncé mes articulations dans son sexe magnifique, et elle serait furieuse quand il s'en irait et que je ne me serais pas retiré. Mais ensuite, elle jouirait si fort qu'elle perdrait de son esprit combatif. Je chuchoterais une autre excuse quand elle s'adoucirait, et elle me dirait de ne plus recommencer.

Cependant, ce fantasme ne deviendrait jamais réalité. Parce que tôt ou tard, Sophia finirait par me détester.

Je haussai les épaules.

— Nous n'avons vraiment aucune chance.

Monsieur Thorne fronça les sourcils.

— Pourquoi ça ?

— C'est compliqué. Disons juste qu'il y a beaucoup d'obstacles sur notre chemin.

Il croisa ses doigts.

— Tu sais ce que sont les obstacles ?

— Quoi ?

— Ce sont des tests pour voir si tu mérites de gagner. Comment montres-tu à une femme qu'elle vaut la peine qu'on se batte pour elle sans t'être débarrassé de tout ce qui se dresse sur ton chemin ? Si tu te contentes de rester assis sans rien faire et n'essayes même pas...

Il secoua la tête.

— Eh bien, je suppose que tu ne mérites pas le prix, en fin de compte ! Je croyais que tu avais plus de couilles que ça, gamin.

Je serrai les dents et me mordis la langue.

— Vous voulez que je vous emmène faire une balade ou pas ?

— Et que dirais-tu de m'emmener dans ton nouvel hôtel de luxe ? J'aimerais bien le voir. Tu sais, c'est là que j'ai demandé la main de mon Élisa.

— Je ne le savais pas.

— Ils rendent cet endroit joli pour les fêtes. Je l'y ai emmenée et lui ai fait ma demande devant le grand sapin, la veille de Noël.

— Je suppose que vous vous êtes fiancés avant 1962 ?

Le front de monsieur Thorne se plissa.

— C'était en 1961. Comment le sais-tu ?

— Parce qu'ils ont cessé de mettre un sapin de Noël en 1962.

— Sans blague ?

Je hochai la tête.

— Apparemment, l'arbre a été une autre victime de la guerre Sterling-Lockwood. Grace Copeland, la femme qui a gardé l'hôtel et qui est morte récemment, le léguant à mon grand-père et à celui de Sophia, n'a plus jamais mis de sapin après s'être séparée d'eux – pour des raisons sentimentales.

— Je suppose que ça rend ma demande en mariage devant cet arbre encore plus spéciale, alors. Cet endroit était magique pendant les fêtes.

Je n'avais jamais mis les pieds au Comtesse avant que ma famille n'en devienne propriétaire partielle. Mais je pouvais imaginer que le hall d'entrée était très joli illuminé par un grand sapin. Le temps était agréable, aujourd'hui. Je pouvais probablement pousser monsieur Thorne à une demi-heure environ – lui faire prendre l'air et raviver un peu ses souvenirs. Alors j'attrapai son fauteuil roulant, verrouillai les roues et me préparai à le soulever du lit.

— D'accord, vieil homme. Je vais vous emmener voir l'hôtel. Mais interdiction de dire des blagues salaces au personnel, comme vous l'avez fait quand je vous ai emmené à l'enregistrement de ce talk-show stupide le mois dernier. J'ai failli me retrouver avec une plainte au cul.

Après avoir mené monsieur Thorne au Comtesse, je passai une heure à lui faire visiter l'hôtel. J'étais heureux que nous n'ayons pas croisé Sophia. Je commençais à être fatigué, alors je l'emmenai prendre de la caféine au *coffee shop* dans le hall d'entrée, et nous nous installâmes dans le coin où je m'installais souvent, tôt le matin, pour attendre que Sophia descende prendre son café.

Monsieur Thorne prit une gorgée de thé glacé tout en regardant autour de lui l'immense hall avec un sourire sur le visage.

— Cet endroit est vraiment spécial.

Je hochai la tête.

— Oui, c'est joli.

Il secoua la tête.

— C'est plus que joli, gamin. C'est magique. Tu ne le sens pas ?

Il indiqua les deux grandes volées de marches qui menaient à l'étage supérieur et venaient de deux directions différentes.

— C'est là qu'est le sapin. J'ai posé un genou à terre juste là-bas. Le plus beau jour de ma vie.

Je savais que les dernières années n'avaient pas été faciles pour lui. Mais c'était plutôt dingue qu'il puisse dire que demander sa main à une femme qui était aujourd'hui son ex-femme était le plus beau jour de sa vie.

— Je ne comprends pas. Vous avez divorcé. Vous avez dit vous-même que les choses ne s'étaient pas bien terminées. Comment le début de quelque chose qui s'est mal fini peut-il être le plus beau jour de votre vie ?

— Un bon jour avec mon Élisa en valait cent mauvais tout seul. On n'a qu'une seule vie, gamin. Il y a de grandes chances que je meure seul assis sur ce fauteuil un jour. Mais tu sais quoi ? Quand je suis assis là, je repense beaucoup aux bons moments. Alors, je suis peut-être seul maintenant, mais j'ai toujours les souvenirs pour me tenir compagnie. Des souvenirs doux-amers valent mieux que des regrets.

Juste à ce moment-là, du coin de l'œil, je vis Sophia traverser les portes tournantes avec Scarlett. Elle portait un sac de courses à la main, mais son amie en avait au moins une demi-douzaine. Elles riaient, et cela me fit sourire qu'elle ait profité de sa journée.

Les filles avaient à peu près traversé la moitié du hall quand Sophia regarda autour d'elle. Apparemment, elle sentait que quelqu'un l'observait. Son regard glissa sur l'endroit où j'étais installé avec monsieur Thorne, puis revint pour vérifier une deuxième fois. Elle se pencha vers Scarlett pour dire quelque chose, puis elles vinrent dans notre direction.

Ne sachant rien, monsieur Thorne me donna un coup de coude.

— Ne regarde pas tout de suite, mais deux magnifiques oiseaux viennent vers nous. Je mets une option sur celle de gauche.

Je secouai la tête.

— Je ne crois pas, vieil homme. Celle-là est prise.

Le sourire de Sophia était un mélange de curiosité et d'amusement tandis qu'elle s'approchait.

— Salut.

Je levai le menton vers les sacs de Scarlett.

— On dirait que tu vas avoir besoin d'une autre valise pour ton voyage retour.

— La boutique me livre le reste. Je ne pouvais pas tout porter.

Je souris et secouai la tête.

— Elle est absolument sérieuse, dit Sophia. Ils vont vraiment livrer. Je ne savais même pas qu'ils faisaient ce genre de chose.

À mes côtés, monsieur Thorne se racla la gorge.

— Désolé. Sophia, Scarlett, voici Walter Thorne.

Les femmes lui serrèrent la main à tour de rôle.

— Ravie de vous rencontrer, monsieur Thorne, dit Scarlett.

— Je vous en prie, appelez-moi Walter, répondit-il.

— Quoi ? m'écriai-je. Je dois vous appeler monsieur Thorne et ces deux-là que vous venez de rencontrer peuvent vous appeler Walter ?

— Si tu étais aussi joli qu'elles, je te laisserais m'appeler comme tu le voudrais.

Je levai les yeux au ciel.

— Vous êtes incroyable ! Peut-être qu'elles devraient vous apporter vos tickets à gratter, désormais, alors.

Monsieur Thorne balaya ma remarque d'un revers de main.

— Il est d'usage de s'adresser à un vieil homme de manière formelle, du moins jusqu'à ce qu'utiliser son prénom soit mérité.

Je n'avais pas vraiment été contrarié jusqu'à ce qu'il dise cela.

— Et je ne l'ai pas encore mérité ?

Il pencha la tête sur le côté.

— Pas tout à fait.

Sophia rit.

— J'en déduis que vous vous connaissez depuis longtemps, tous les deux ?

— Trop longtemps, grommelai-je.

Il se pencha vers les femmes et parla à voix basse.

— Vous connaissez le point commun entre un jean moulant et une salle de bowling bondée ?

— Non, dit Sophia.

— On y cherche toujours les boules.

Les filles rirent toutes les deux, ce qui ne fit qu'encourager monsieur Thorne.

— Un homme ramène une femme dans sa chambre d'hôtel après leur premier rencard, continue-t-il. Les choses se passent bien et les vêtements commencent à tomber. L'homme retire ses chaussures et ses chaussettes et la femme remarque que ses orteils sont ratatinés et tordus. Elle dit : « Qu'est-il arrivé à tes orteils ? » Ce à quoi l'homme répond : « J'ai eu les orteillons ». Elle dit : « Les orteillons ? Tu veux dire oreillons ? » Il secoue la tête. « Non, j'ai eu les orteillons. »

« Quelques minutes plus tard, l'homme retire son pantalon et la femme remarque que ses genoux sont noueux. Elle dit : « Qu'est-il arrivé à tes genoux ? » L'homme répond : « J'ai eu la rougenouole ». La femme rétorque : « La rougenouole ? Ne veux-tu pas dire rougeole ? » Encore une fois, il secoue la tête. « Non. J'ai eu la rougenouole. »

« Les choses deviennent sérieuses, alors l'homme retire enfin son boxer. La femme baisse les yeux et dit : « Quel dommage ! Tu as aussi un petit impénisgo !

Les filles éclatèrent de rire, et je passai ma main sur mon visage.

— D'accord. Je crois qu'il est temps de partir d'ici. Les choses ne vont faire qu'empirer après ce genre de démarrage.

Nous nous dîmes au revoir et monsieur Thorne ouvrit ses bras à Sophia. Elle sourit et se pencha dans l'étreinte qu'il lui offrait. J'entendis le vieil homme lui donner plus que ça, même s'il fit de son mieux pour parler à voix basse.

— N'abandonne pas trop vite, d'accord, ma belle ? chuchota-t-il. De temps en temps, il sort la tête de son cul, et ça arrondit parfaitement tous ces angles durs.

CHAPITRE 19

Sophia

Le lendemain matin, Louis, le gérant de l'hôtel, fit un arrêt dans ma suite pour livrer une pile de rapports dont notre équipe juridique avait besoin. Il les déposa sur le bureau et remarqua la boîte à fleurs vide, ainsi que deux douzaines de roses, tiges vers le haut, ressortant de la corbeille à papier à ses pieds.

— Ai-je raté votre anniversaire ? demanda-t-il.

— Non. Mon anniversaire est en octobre.

Comme je n'offrais d'explications supplémentaires, il comprit l'allusion et hocha la tête.

— Voulez-vous que je les emporte ? Je retourne au quai de chargement, en bas. Les bennes à ordures s'y trouvent. Vous en serez débarrassée et ça évitera au service d'entretien de les descendre.

— Euh... bien sûr, ce serait super. Merci.

Il prit la boîte et y fourra les roses, qu'il sortit de la poubelle.

— Avez-vous jeté les autres ? Je peux aussi les prendre, si vous voulez.

— Les autres ?

Louis hocha la tête.

— Celle venant de Park Florist. La boutique au coin de la rue. Elles sont arrivées environ une demi-heure après celle-ci.

— Vous êtes sûr qu'elles étaient pour moi ?

— Je crois bien, oui. J'aurais juré que Matt, le livreur habituel, a dit « Des fleurs pour Sophia Sterling. »

Louis secoua la tête.

— Mais j'ai peut-être mal compris. Je peux aller vérifier avec monsieur Lockwood.

— Weston ? Qu'en saurait-il ?

— Il s'est avancé et a dit qu'il s'occuperait de la livraison.

Hmm... Quelque chose en moi me disait que Louis n'avait pas mal entendu. Mais qui d'autre m'aurait envoyé des fleurs, et pourquoi Weston se serait-il assuré que celles-ci me soient livrées et pas les autres ?

— Ne vous inquiétez pas. Je vérifierai avec Weston. Merci de m'en avoir informée.

Après le départ de Louis, je dus descendre les rapports à mon équipe juridique, alors je reportai ma question pour Weston. Puis la matinée fut tellement chargée que j'oubliai cet incident jusqu'à ce que j'aille chercher une salade pour un déjeuner tardif et remarque l'enseigne du bâtiment à quelques portes de là. *Park Florist.*

Sur un coup de tête, je décidai d'entrer.

— Bonjour. On m'a livré des fleurs hier. Je pense qu'elles venaient d'ici, mais il manquait la carte, alors je ne suis pas sûre de l'identité de l'expéditeur.

La femme derrière le comptoir fronça les sourcils.

— Oh, non ! Je suis vraiment désolée. Je vais regarder dans le fichier.

Je souris.

— Ce serait super.

— Puis-je juste voir votre pièce d'identité, s'il vous plaît ?

— Bien sûr.

Je sortis mon permis de conduire de mon sac à main et le tendis à la femme.

Elle sourit.

— Sophia Sterling. Je me souviens de l'homme qui est entré les commander. Il était charmant, si ça ne vous gêne pas que je dise ça, et a été très spécifique dans son choix. Je devrais avoir la carte dans notre système d'exploitation. Nous faisons utiliser notre iPad aux clients afin de pouvoir imprimer joliment les cartes et de ne pas faire d'erreur.

— Merci. Ce serait vraiment super.

La femme pianota sur son ordinateur, puis se dirigea vers l'imprimante et prit une petite carte au décor floral. Me la donnant, elle sourit.

— Voilà. Encore désolée pour ça.

Je baissai les yeux et la lus.

Les lèvres de ton visage ont presque aussi bon goût que celles entre tes jambes.

Toutes mes excuses pour mon départ brusque. Permets-moi de me faire pardonner.

Dîner dans ma chambre à 19 h.

Je ne savais pas trop si la fleuriste l'avait lue ou pas, mais mes joues brûlèrent malgré tout.

— Euh, merci ! Passez une bonne journée.

Je me précipitai vers la porte, mais en chemin, le réfrigérateur rempli de fleurs colorées attira mon œil. Je me retournai.

— Comment s'appelaient les fleurs que vous m'avez envoyées ? Je n'en avais encore jamais vu.

La fleuriste sourit.

— Ce sont des dahlias cactus Blackberry Ripple. Magnifiques, n'est-ce pas ?

Je fis semblant de savoir à quoi elles ressemblaient.

— Oui, en effet.

— Vous savez, être fleuriste est en quelque sorte être prêtre. Nous recevons des gens qui viennent chercher le pardon pour leurs péchés, et d'autres qui envoient des fleurs aux femmes qui ne sont pas les leurs. Vous seriez surprise du nombre de personnes qui nous racontent des histoires intimes pendant qu'elles choisissent leur composition. Nous avons pour habitude de garder les secrets de nos clients. Mais je ne pense pas que cela fasse du mal de vous dire que quand cet homme qui vous a envoyé ces fleurs est entré, il s'est dirigé directement vers ces dahlias. Je lui ai demandé si c'étaient vos fleurs préférées, il a dit qu'il n'en était pas sûr, mais qu'elles étaient belles et uniques, tout comme la femme à qui il les envoyait.

Mon cœur palpita. Seul Weston Lockwood pouvait faire rebondir mes émotions comme une balle de ping-pong. L'autre nuit avait été merveilleuse – belle et réconfortante et physiquement très satisfaisante. Mais le lendemain matin, il avait semblé se refermer. Cependant, nous avions beaucoup parlé de Caroline, ce qui n'était pas facile pour lui. Alors, après son départ, j'avais essayé de mettre ce qu'il ressentait sur le compte d'une simple retraite vers une humeur plus sombre.

Puis les fleurs de Liam étaient arrivées, mais *pas* celles de Weston. Et ensuite, il y avait monsieur Thorne. Qui était-il ? Durant les quelques minutes que j'avais passées avec eux, j'avais pu remarquer une dynamique intéressante entre eux.

Je souris à la fleuriste, me sentant plus perdue que lorsque j'étais entrée.

— Merci de me l'avoir dit.

Dans la rue, je commençai à composer un message pour Weston à propos des fleurs, mais décidai que je voulais voir son visage quand je l'interrogerais sur ces deux livraisons. Alors, à la place, j'envoyai un message court et vague.

Sophia : Besoin de discuter d'un problème de livraison. Tu es libre ?

Le temps que je récupère ma salade et retourne à l'hôtel, mon téléphone bipa, m'indiquant l'arrivée d'une réponse.

Weston : Je suis en Floride. Quelque chose qu'on peut faire par téléphone ?

Quoi ?

Sophia : Quand es-tu parti en Floride ?
Weston : Ce matin.

Je ne savais pas pourquoi, mais je me sentais un peu blessée qu'il ne m'ait pas parlé de ce voyage. Mais peut-être que c'était une urgence et que quelque chose n'allait pas. Je savais que son grand-père vivait là-bas, sur la côte opposée au mien.

Sophia : Tout va bien ?
Weston : Oui.

Je pensai à lui demander pourquoi il n'avait pas mentionné son départ. Au minimum, nous dirigions un hôtel ensemble. Alors, même si rien de personnel ne s'était déroulé entre nous, m'informer aurait été sympathique. Mais je ne voulais pas parler de ça par message. À la place, je choisis d'attendre et d'avoir cette discussion en personne, en même temps que celle sur les fleurs.

Sophia : Ça peut attendre. Appelle-moi à ton retour.

Deux jours plus tard, je n'avais pas eu de nouvelles de Weston. La porte de son bureau était toujours fermée, et il n'avait pas appelé pour me faire savoir qu'il était de retour comme je le lui avais demandé. Scarlett était repartie pour Londres le matin même, et j'avais passé la majeure partie de l'après-midi avec l'équipe juridique et comptable, essayant de finaliser la liste de biens qui devaient encore être estimés. Notre offre pour racheter la part minoritaire de l'association devait avoir lieu dans moins de trois semaines.

Aux alentours de dix-neuf heures, je descendis à la réception pour m'occuper des enregistrements avec la responsable de l'accueil, car c'était le jour de repos de

Louis. Pendant que j'étais là, un coursier livra un paquet, et j'entendis le portier dire à l'une des employées : « Je vais vite monter ça à monsieur Lockwood. Je reviens dans cinq minutes, au cas où quelqu'un me chercherait. »

L'employée hocha la tête.

— Pas de problème. Je surveille ton poste.

Je m'avançai et intervins :

— Monsieur Lockwood est absent. Mais il a une boîte à lettres dans le bureau du gérant, derrière.

L'employée sembla confuse.

— Il est reparti ? Je l'ai vu il y a quelques heures.

— Vous avez vu Weston aujourd'hui ?

Elle hocha la tête.

— Il est arrivé vers onze heures ce matin avec sa valise.

Quoi ? Il est de retour ? Mais où était-il toute la journée, et pourquoi ne m'avait-il pas appelée comme il était censé le faire ?

Je me forçai à sourire et tendis la main vers le portier.

— Je vais le lui monter. Je ne m'étais pas rendu compte qu'il était revenu, et j'ai des rapports à lui déposer également.

Pendant toute la montée jusqu'au huitième étage, je bouillonnai. Mais c'était quoi, son problème ? S'il voulait faire marche arrière par rapport à ce qui se passait entre nous sur un plan personnel, c'était une chose. Mais je lui avais dit que je devais discuter boulot, et il n'avait même pas eu la courtoisie de me faire savoir qu'il était revenu en ville ?

À sa porte, je pris une profonde inspiration et frappai. L'étage tout entier était silencieux, y compris sa chambre. Après une ou deux minutes sans signe de Weston, je me demandai si l'employée n'avait pas fait une erreur. Soupirant, je retournai vers l'ascenseur avec son paquet. Mais lorsque les portes argentées s'ouvrirent, devinez qui se trouvait à l'intérieur !

— Tu es de retour ? demandai-je.

Weston sortit de l'ascenseur.

— Tu as besoin de quelque chose ?

— Tu es revenu ce matin ?

— Plutôt à l'heure du déjeuner. Peut-être un peu après midi.

— Où étais-tu ?

— En Floride. Je te l'ai dit l'autre jour.

— Non, je voulais dire tout l'après-midi. Je suis passée à ton bureau tout à l'heure, et la porte était fermée.

Il détourna le regard.

— J'avais beaucoup de travail, alors je l'ai gardée fermée.

Je le regardai, les yeux plissés.

— Je croyais que tu m'appellerais quand tu reviendrais.

Il continua à éviter mon regard.

— Ah bon ?

— Oui, tu te souviens ? Je t'ai écrit l'autre jour pour te dire que je voulais discuter d'un problème de livraison.

Les portes du deuxième ascenseur tintèrent et s'ouvrirent. Une femme du service d'entretien en fit sortir un chariot, et nous échangeâmes des civilités. Elle rangea son matériel devant une chambre à deux portes de l'ascenseur et ouvrit le battant.

Je regardai Weston, attendant sa réponse.

Il haussa les épaules.

— Ça a dû me sortir de l'esprit. Que se passe-t-il ?

La femme de ménage entra et sortit de la chambre voisine pour y déposer des draps et sortir les poubelles, et je ne voulais pas avoir cette conversation dans le couloir.

— Tu penses qu'on peut avoir cette discussion dans ta chambre ?

Weston sembla hésiter un instant, mais il hocha la tête. Nous marchâmes jusque-là dans un silence gênant. Je ne savais pas trop ce qui se passait, mais à présent, j'étais certaine qu'il y avait *quelque chose*.

Quand nous arrivâmes, la première chose que je remarquai était l'énorme composition florale posée sur le bureau. Elle était toujours emballée dans du papier, mais le logo de Park Florist était tamponné partout.

— Des fleurs ? dis-je, un sourcil arqué. Tu as une admiratrice secrète ?

Il se dirigea vers le minibar et attrapa une bouteille d'eau.

— J'ai... euh... essayé de les livrer à un client à la place du portier l'autre jour, juste avant de partir en voyage. Mais il avait rendu sa chambre plus tôt. J'étais en retard, alors je les ai juste laissées là. Je dois les jeter.

— Oh, vraiment ? Ce serait tellement dommage ! Quel genre de fleurs est-ce ?

Eh bien, j'avais appris une chose sur Weston aujourd'hui : c'était un très mauvais menteur. Il semblait incapable de me regarder dans les yeux chaque fois qu'il en crachait un nouveau.

Il haussa les épaules.

— Je ne suis pas sûr. Je n'ai pas regardé.

Je le dévisageai jusqu'à ce qu'il croise mon regard.

— Quoi ? demanda-t-il.

— Rien. Ça paraît juste dommage de jeter des fleurs en parfait état. Peut-être que je vais les prendre. J'adore les fleurs !

Je m'amusais vraiment à lui en faire voir de toutes les couleurs, alors j'ajoutai :

— Sauf si ce sont des dahlias. Je n'en suis pas fan, et elles me font éternuer.

Weston avait à nouveau détourné le regard, mais à ces mots, ces yeux revinrent se planter dans les miens. Je regardai les rouages tourner dans sa tête, essayant de décider comment procéder.

En fin de compte, il y alla avec prudence.

— Juste les dahlias ?

J'affichai un sourire mi-suffisant, mi-amical, ce qui ne fit qu'ajouter à sa confusion.

— Oui. Juste les dahlias. En fait, la variété Blackberry Ripple est vraiment la pire. Je passe mon temps à éternuer et éternuer et éternuer...

Ses yeux déjà plissés se fermèrent encore plus. Alors je souris davantage et fis monter les enchères.

Marchant vers les fleurs de l'autre côté de la pièce, je triturai la carte toujours agrafée au papier d'emballage.

— Tu n'as même pas été curieux de savoir ce que disait la carte ?

Weston resta planté dans son coin. Il semblait sûr à soixante-quinze pour cent que je le faisais marcher, et pourtant, les vingt-cinq pour cent restants voulaient s'accrocher avant de plier.

Il secoua lentement la tête. Cette fois-ci, quand il parla, ses yeux restèrent ancrés dans les miens.

— Non. Absolument aucun intérêt.

Je jouai avec la carte, mais la laissai attachée au papier.

— Hmm... eh bien, moi, je le suis. J'espère que ça ne te dérange pas que je la lise.

Les mâchoires de Weston se serrèrent tandis que je le mettais au pied du mur.

— C'est une invasion de l'intimité de l'expéditeur, grommela-t-il. Tu ne penses pas ?

Je retirai la carte du papier d'emballage et souris.

— Tu n'as pas à la lire, alors.

Prenant tout mon temps, je fis courir mon ongle le long du dos de l'enveloppe et l'ouvris. Pour un effet pleinement dramatique, je montrai mes dents blanches à Weston tout en sortant lentement la carte.

Avant que je ne puisse lire le premier mot, Weston avait envahi mon espace personnel. Il me prit la carte des mains et agrippa les deux côtés du bureau autour de moi, me coinçant.

Ses yeux luisaient.

— Ne te fous pas de moi.

Je levai ma main vers ma poitrine et fis l'innocente.

— De quoi tu parles ?

— Demande ce que tu veux demander, Sophia.

Je tapotai mes lèvres avec mon ongle, levant les yeux vers le plafond.

— Hmm... j'ai tellement de questions ! Je ne sais pas trop par où commencer.

— Commence par où tu veux. Parce que tes petits jeux m'énervent. Et tu sais ce qui arrive quand on s'énerve mutuellement.

Il se pencha davantage. Nous n'étions qu'à quelques centimètres l'un de l'autre.

— Pas vrai, Soph ?

Mon esprit conjura immédiatement des images de moi appuyée contre le mur, ma jupe relevée autour de ma taille et Weston, debout derrière moi, empoignant mes cheveux.

Quand je ne répondis pas immédiatement, il sourit fièrement.

— Oui, ça. Exactement ce que tu penses.

Je plissai les yeux.

— Oh ! Tu sais ce que je pense, maintenant ?

— Tu pensais à la première fois que nous avons été ensemble.

Il montra la porte d'un mouvement de tête.

— Je t'ai prise exactement contre ce mur.

Ma bouche s'ouvrit.

Weston fit courir son pouce le long de ma lèvre inférieure.

— Eh bien, nous pensions tous les deux à la même chose il y a une minute. Mais maintenant, avec cette belle bouche qui semble si tentatrice, je me rappelle une soirée différente.

Heureusement, à ce moment-là, l'odeur des fleurs derrière moi envahit mon nez, me rappelant le but de ma visite. Je me raclai la gorge.

— Pourquoi m'as-tu acheté des fleurs et ne me les as-tu pas données ?

Weston crispa les mâchoires.

— Apparemment, tu as reçu un autre bouquet, et je me suis dit que tu n'avais pas besoin de deux compositions florales.

Je penchai la tête sur le côté.

— Pourquoi ne pas *me* laisser décider quel bouquet je voulais garder ?

Weston quitta sa position et se planta devant moi, les bras croisés sur le torse.

— Ça m'a énervé qu'un autre homme ait l'impression d'avoir une raison de t'envoyer des fleurs.

— Comment sais-tu que c'est un homme qui me les a envoyées ? C'était peut-être de la part d'une amie ?

— Parce que j'ai lu cette fichue carte, Sophia.

Je croisai les bras sur la poitrine, imitant sa posture.

— Vraiment ? Ne viens-tu pas juste de me dire que ce serait une invasion de l'intimité de l'expéditeur ?

— Et si les rôles étaient inversés ? Peux-tu honnêtement me dire que si des fleurs arrivaient pour moi, tu n'aurais pas jeté un coup d'œil à la carte ?

J'y réfléchis et secouai la tête.

— Je ne suis pas sûre.

Weston acquiesça sévèrement.

— Tu es meilleure que moi. C'est arrivé. On peut passer à autre chose, s'il te plaît ?

Je secouai la tête.

— Pour les fleurs, oui... *après* que tu te seras excusé d'avoir envahi mon intimité et intercepté ma livraison.

Il soutint mon regard quelques secondes avant de hocher la tête.

— Bien. Je m'excuse d'avoir lu la carte. La livraison que j'ai interceptée était celle que j'ai envoyée, alors j'avais tous les droits de le faire.

Je levai les yeux au ciel.

— Bien. J'accepte ton semblant d'excuses. Mais j'ai d'autres questions, en plus des fleurs.

— Évidemment, marmonna Weston dans sa barbe.

— Pourquoi es-tu parti aussi brusquement l'autre matin ?

Weston secoua la tête et poussa un profond soupir.

— Notre situation est compliquée, Sophia. Tu le sais.

— Oui, en effet. Mais nous venions de passer une soirée très agréable ensemble. Je croyais qu'on s'était rapprochés.

— Bingo. C'est *exactement* la complication.

Tout, nous concernant, était compliqué. Notre relation était destinée à être difficile avant même notre naissance. Mais quelque chose en moi me dit que ce n'était pas ce qui avait effrayé Weston l'autre matin.

— Donc... Ça t'a ennuyé que nos familles se disputent depuis cinquante ans et que nous soyons, normalement, concurrents ?

Weston détourna le regard.

— Oui, ça en fait partie.

Je gloussai.

— De la même manière que tu sembles être capable de dire ce que je pense, je peux dire que tu racontes des conneries.

Les yeux de Weston revinrent vers les miens.

— Quelle était l'autre partie ? demandai-je.

Il passa une main dans ses cheveux et expira rudement.

— Que veux-tu que je te dise ? Que je suis un alcoolique qui a foutu en l'air presque toutes les choses importantes de sa vie et que tu es trop bien pour moi ?

— Si c'est ce que tu ressens, oui.

Il secoua la tête.

— Bien sûr que c'est ce que je ressens ! Je ne suis pas idiot.

— D'accord, eh bien, au moins, si je sais ce que tu ressens, je ne me sentirai pas utilisée.

Le visage de Weston s'adoucit.

— Tu t'es sentie utilisée ?

Je confirmai d'un hochement la tête.

— Je suis désolé. Je ne voulais pas que tu croies ça.

— C'est bon. De toute évidence, nous avons tous les deux tendance à sauter sur les conclusions hâtives.

Weston hocha la tête, baissant les yeux.

— Ton voyage en Floride était prévu ? Tu le savais quand tu as quitté ma chambre l'autre matin ?

Il secoua la tête.

— J'avais besoin de parler à mon grand-père de plusieurs choses. Ma grand-mère ne va pas bien, alors il ne voyage que lorsque c'est nécessaire.

— Je ne savais pas. Je suis désolée de l'entendre.

— Merci.

Nous restâmes silencieux un bon moment. Nous avions allégé l'atmosphère, mais une chose qu'il avait dite m'ennuyait. J'hésitais probablement tout autant que lui à m'impliquer. Mais rien de ce qui me faisait hésiter n'avait de rapport avec le fait qu'il ne soit pas assez bien, et je voulais qu'il le sache.

— Puis-je te demander quelque chose ?

— Quoi ?

— Y a-t-il une personne que tu admires plus que quiconque ?

Il hocha immédiatement la tête.

— Caroline. Elle ne s'est jamais apitoyée sur son sort, ne s'est jamais plainte et n'arrêtait pas de sourire.

Il secoua la tête.

— Bon sang, elle passait plus de temps à écouter mes problèmes et à essayer de me remonter le moral qu'à se plaindre !

Je souris.

— J'aurais aimé avoir l'occasion de la connaître mieux. Elle avait l'air très spéciale.

— Elle l'était.

— La personne que j'admire plus que quiconque est ma mère. Elle était alcoolique.

— Vraiment ? Je l'ignorais.

Je haussai les épaules.

— La plupart des gens l'ignorent. Il ne faudrait surtout pas que quelque chose de réel sorte sur la famille Sterling ! Mon père nous a quittées sans un regard en arrière, mais s'est toujours assuré de couvrir les traces de ma mère. Après tout, son nom de famille est resté Sterling même après leur divorce !

— A-t-elle commencé à boire après leur séparation ?

Je secouai la tête.

— J'aimerais pouvoir dire que c'était le cas. Ça me donnerait une raison supplémentaire de détester mon père. J'ignorais complètement qu'elle était alcoolique jusqu'à mon adolescence. Quand elle a découvert qu'elle avait un cancer, je suis allée voir un tas de médecins avec elle. Quelques-uns ont suggéré qu'elle aille en cure de désintoxication avant sa première intervention chirurgicale. Crois-moi ou pas, ça m'a perturbée, même si je la voyais boire tous les jours. Ma mère buvait des martinis dans des verres en cristal hors de prix, alors d'une certaine manière, je n'ai jamais envisagé qu'elle avait un problème. Les alcooliques buvaient directement à la bouteille, portaient des vêtements sales, se torchaient et tombaient par terre. Ils ne portaient pas des perles et ne cuisinaient pas des tourtes.

Weston hocha la tête.

— Quand je suis allé en cure de désintoxication, j'étais assez surpris que la moitié des gens là-bas aient plus de cinquante ans et semblent plutôt normaux.

— Ma mère a eu un programme de réhabilitation d'un genre différent. Elle n'arrêtait pas d'avoir mal à la tête et d'y voir flou, et l'attribuait probablement aux gueules de bois. C'est ce qui a retardé son diagnostic. Elle avait une tumeur de la taille d'une balle de golf dans le cerveau lorsqu'elle a parlé de ses symptômes au médecin. Elle avait juste tellement l'habitude de cacher des choses en lien avec sa prise d'alcool !

Weston prit ma main et la serra.

— Quoi qu'il en soit, ce que je veux dire, c'est qu'elle était loyale, aimante, douce, intelligente et presque trop généreuse. Elle était la première de sa famille à aller à l'université, et même après avoir épousé mon père, elle a continué à travailler à temps partiel comme professeur adjoint. La plupart des gens pensaient probablement que c'était un travail superflu, puisqu'elle avait épousé quelqu'un ayant plus d'argent qu'elle n'en avait besoin. Mais elle envoyait la totalité de son salaire à ses parents chaque semaine, parce qu'ils avaient besoin d'un peu d'aide. Et quand mon père nous a quittées, elle a commencé à prendre plus de classes et a refusé le moindre centime de lui, sauf pour le coût de mon éducation.

— Waouh !

Je souris.

— Elle était toutes ces choses merveilleuses. *Et* elle était alcoolique. Je ne vais pas prétendre qu'il n'y avait pas des jours qui craignaient. Parce qu'il y en a eu beaucoup. L'alcoolisme est une maladie, pas un trait de caractère, et ça ne définit pas qui elle était.

Weston me dévisagea. Je devinais qu'il était perdu dans ses pensées, mais je ne pouvais pas dire s'il comprenait pourquoi je lui racontais cela. Son expression était intense, et sa paume d'Adam rebondit.

— Tu as approuvé une augmentation de notre budget de cinquante mille dollars pour les travaux des Bolton ?

Mon front se plissa. Je ne savais pas du tout ce que j'avais attendu comme réponse de sa part à mon aveu sincère, mais ce n'était certainement pas ça.

— Oui. Ils avaient besoin d'une réponse pour éviter tout retard, et tu n'étais pas dans le coin.

— Ton téléphone ne fonctionne pas ?

Je me mis en colère.

— Je *t'ai* appelé une fois. Tu étais censé me rappeler à ton retour, ce que tu n'as jamais fait. Ils avaient besoin d'ajouter des pylônes en acier à un mur porteur afin de compenser le poids supplémentaire sur le toit au-dessus. Ce n'est pas comme si j'avais approuvé une facture de décoration. Si tu veux être impliqué dans chaque décision, je te conseille d'être là.

— Ne recommence plus.

Je mis vivement mes mains sur mes hanches.

— Alors, rends-toi plus accessible.

Les yeux de Weston s'assombrirent.

— Tu ne t'y connais pas assez bien en maçonnerie pour prendre de grandes décisions financières, en particulier celles qui impliquent Travis Bolton. Il a du charme à revendre, et tu tombes dans le panneau.

Deux minutes plus tôt, j'avais voulu l'enlacer, et maintenant, j'envisageais sérieusement de lui mettre mon poing dans la figure.

— Va te faire foutre !

Il sourit.

— Déjà fait.

Mes yeux s'écarquillèrent.

— Va au diable !

Il me fusilla du regard.

— Tourne-toi.

— Quoi ?

— Tourne-toi. Penche-toi sur le bureau.

Avait-il bu ? Il avait dû replonger et prendre un coup sur la tête s'il pensait que je m'apprêtais à coucher avec lui.

— Je ne sais pas à quoi je pensais en voulant me montrer sympa avec toi et en m'ouvrant à toi.

Je lui passai devant et me dirigeai à grands pas vers la porte.

Il me rappela.

— Tu oublies tes fleurs.

Je m'arrêtai et décidai de lui montrer ce qu'il pouvait faire de ses fleurs. Retournant vers le bureau, je les pris avec l'intention de les jeter à la poubelle. Mais avant que je puisse me retourner, Weston s'était appuyé contre moi.

— Je ne sais pas être sympa, Soph, chuchota-t-il à mon oreille. Ça, c'est ce que je sais faire.

Mon pouls s'accéléra. Je tremblais presque de colère.

— Tu plaisantes ? Tu m'as poussée à la dispute parce que tu ne sais pas être sympa avec moi ?

Il colla son érection contre mes fesses.

— Ça dépend comment tu définis *sympa*. Je dirais que te procurer de multiples orgasmes est plutôt sympa.

Je voulais être furieuse, mais je sentis ma résolution s'effriter.

— Tu n'es qu'un connard, tu le sais ?

— Oui, dit-il avant de faire une pause, un sourire dans la voix. Maintenant, penche-toi, mon cœur.

Mon cœur. Deux petits mots, je me transformais en guimauve.

Je me tenais là à débattre, désirant vraiment franchir cette porte, mais curieusement, je n'arrivais pas à faire correspondre mes pieds et ma tête.

Weston retira les cheveux de mon cou et l'embrassa avant de remonter à mon oreille.

— Tu m'as manqué, bébé.

Il glissa une main autour de ma taille et la plaqua entre mes jambes, froissant le tissu de ma jupe.

— Dis-moi que tu mouilles pour moi.

Je n'en étais pas loin, mais je n'allais pas l'admettre.

— Tu veux que je fasse ton boulot ? N'est-ce pas suffisant que je t'aie remplacé pendant deux jours ?

Il gloussa.

— Je m'apprête à me faire pardonner.

Weston écarta ma jupe et ma culotte et me caressa de haut en bas une fois avant d'enfoncer deux doigts en moi. Il me fallut moins de trois minutes pour jouir dans sa main, et dix secondes plus tard, j'étais penchée sur le bureau tandis qu'il s'insinuait en moi. La seconde fois que je jouis, nous fîmes trembler le bureau si fort que les fleurs tombèrent par terre. Weston répéta mon nom encore et encore pendant qu'il se vidait en moi. Ce fut rapide et furieux, mais tout aussi satisfaisant physiquement que si cela avait été long et tendre.

Il se pencha sur mon dos alors que je tentais de reprendre son souffle.

— Merci, dit-il.

— C'est moi qui devrais te remercier. Tu as fait la plus grosse partie du boulot.

Weston se retira et me tourna face à lui. Il écarta mes cheveux de mon visage.

— Je ne parlais pas de l'orgasme. Je parlais de ce que tu as dit tout à l'heure.

J'attrapai sa chemise à deux mains et hochai la tête.

— Il n'y a aucune raison de me remercier pour ça. C'était la vérité. Ta lutte contre l'alcool n'a pas à te définir. On est tous mis à terre à un moment donné de nos vies. Mais tu en ressors plus grand quand tu te relèves. Tu devrais en être fier.

Il baissa les yeux un instant avant de les ancrer à nouveau dans les miens.

— Dîne avec moi demain soir.

Nous avions dîné ensemble plusieurs fois au cours des dernières semaines.

— D'accord...

— Je ne parle pas d'un dîner au restaurant de l'hôtel pendant qu'on discute affaires ni que tu manges avec moi parce que je te fais du chantage pour partager un repas. Je veux un rencard... un vrai rencard.

Je souris.

— Ça paraît sympa. J'aimerais beaucoup.

— Ne te laisse pas emporter en le traitant de *sympa*. Ça finira quand même avec mon sexe en toi.

Je ris.

— Je n'en attends pas moins.

Malheureusement, j'avais encore un million de choses à faire ce soir-là, des choses qui ne pouvaient attendre le lendemain matin pour l'équipe chargée de l'estimation. Alors, j'appuyai mes lèvres contre les siennes et dis :

— Je dois y aller, maintenant. J'ai beaucoup de travail à faire ce soir.

Weston ne cacha pas sa moue. Je remis mes vêtements en place et lui donnai un dernier baiser rapide.

À la porte, je regardai derrière moi.

— Oh ! Au fait, j'ai jeté les roses le jour où elles sont arrivées, et je ne suis pas allergique aux dahlias. Tu connais le numéro de ma chambre, alors nettoie ce bazar et va m'en chercher des nouvelles.

CHAPITRE 20

Sophia

Le lendemain, les livraisons ne cessèrent de s'enchaîner. Elles commencèrent à dix heures du matin, et à deux heures de l'après-midi, j'avais quatre énormes bouquets de dahlias. Chacun était d'une couleur vive différente, et chacun provenait d'un fleuriste différent.

Weston était resté toute la journée dans la salle de réunion avec son équipe, alors je n'avais même pas eu l'occasion de le remercier pour la *première* livraison quand il passa la tête dans mon bureau. J'étais au téléphone, lui faisant signe d'entrer tandis que je terminais ma conversation avec mon père.

— Oui, je m'en occupe, dis-je. Ils connaissent notre date butoir et je suis sur leur dos.

Weston ferma derrière lui et s'assura d'avoir toute mon attention alors qu'il passait la main dans son dos et verrouillait la porte. Pendant ce temps, mon père était occupé à m'interroger sur chaque décision que j'avais prise à l'hôtel et sur l'immense liste de choses que je devais encore faire. Mais ses paroles commencèrent à s'évanouir à mesure que je voyais l'homme au sourire diabolique s'approcher de moi.

Weston Lockwood était le péché incarné. Il avait une mâchoire à faire sangloter un sculpteur et des yeux qui me déshabillaient sans cesse. Mais c'était son sourire en coin salace qui me faisait toujours craquer. Il contourna mon bureau, y appuya ses fesses et se mit à dénouer nonchalamment sa cravate.

— Et ces actions en justice en suspens ? lança mon père. Est-ce que Charles t'a recontactée concernant l'exposition potentielle que nous aurons à ce sujet ?

Weston retira la cravate de son cou et enroula les extrémités autour de ses poignets.

— Euhn... oui. Il m'a envoyé un verdict concernant la personne qui a glissé et est tombée, mais j'attends toujours son rapport sur les deux autres plaintes.

— Il y a *quatre* actions en justice en attente, Sophia ! aboya mon père. Que fabriques-tu dans cet hôtel ? Faut-il que je sois là tous les jours ?

Weston leva les mains — sa cravate tendue entre elles. Il balaya mon corps de ses yeux plissés comme s'il réfléchissait à ce qu'il devait attacher en premier. Distraite, j'avais entendu ce que mon père disait, mais ma capacité à répondre fonctionnait au ralenti.

— Je crois que je vais devoir reprendre l'avion, reprit mon père.

Cela me fit sortir brusquement de ma rêverie. Je secouai la tête, me détournant de Weston.

— Non. Non. Ce n'est pas nécessaire du tout. Il y a quatre plaintes. Je le savais. Je me suis juste mal exprimée.

— Je veux une mise à jour demain matin, grommela-t-il.

— Bien. Je te recontacte demain, alors.

Comme d'habitude, il ne prit pas la peine de dire au revoir. Il raccrocha simplement. Normalement, une conversation comme celle-ci me laissait furieuse, mais il était impossible de me sentir en colère devant les yeux pétillants de Weston.

Je jetai mon téléphone portable sur le bureau et fis pivoter ma chaise pour lui faire face.

— Je crois que tu en as fait un peu trop avec les fleurs, dis-je avec un sourire.

Ses yeux se posèrent sur mes lèvres.

— Tu l'as déjà fait les yeux bandés ?

Bon, d'accord... je suppose que nous n'allions pas parler des fleurs. Je croisai mes jambes.

— Non, jamais. As-tu déjà bandé les yeux de quelqu'un ?

Il secoua la tête, ce qui me surprit.

— Tu seras la première.

J'arquai un sourcil.

— Tu es sûr de toi, pas vrai ?

— Et le faire en public ?

— Dans une voiture, ça compte ?

— Ça dépend. Où était garée la voiture ?

— Sur un parking du bord de plage, après sa fermeture.

Weston sourit.

— Alors, non. Ça ne compte pas.

— Et toi ? Tu l'as déjà fait en public ?

— Pas en étant sobre.

Aussi ridicule que ce soit, je ressentis un élan de jalousie.

— Eh bien, alors, tu l'as fait, et je ne cherche pas être une nouvelle encoche à ta ceinture.

Le sourire de Weston se transforma en véritable rictus arrogant.

— Tu es mignonne quand tu es jalouse.

Je croisai les bras sur ma poitrine.

— Je ne suis pas jalouse.

— Nous avons une réunion maintenant. Sinon j'adorerais débattre avec toi pour savoir qui a raison et qui a tort. Ou du moins te soulever sur ton bureau et te dévorer pendant que tu essaierais de m'arracher les cheveux de la tête.

Oh ! Ça avait l'air bon.

Weston lut dans mon esprit et gloussa.

— Garde cette idée en tête. Il y a un autre problème avec les travaux, et j'ai dit à Sam que nous monterions pour en discuter.

J'aurais dû être déçue que nous ayons un autre problème à gérer, mais soyons réalistes, je voulais simplement aller voir de quoi il en retournait avant de revenir pour reprendre là où nous en étions.

Je me levai.

— D'accord. Allons-y.

Weston ne s'écarta pas de mon chemin. À la place, il glissa une main autour de ma nuque et m'attira vers lui, déposant des baisers délicats sur mes lèvres.

— De rien, dit-il contre ma bouche.

— Pour quoi je t'ai remercié ?

— Pour les fleurs. Et non, je n'en ai pas trop fait. Tu as dit que tu les aimais, alors tu devais les avoir.

Mes entrailles devinrent guimauve.

— C'est adorable ! Mais quatre bouquets n'étaient pas nécessaires. Le geste en lui-même suffisait. Même si j'ai hâte de te remercier pour chacun d'eux.

— Tant mieux, dit-il avec un clin d'œil. Parce qu'il y en a plus que quatre qui vont arriver.

À l'étage, les Bolton n'eurent même pas besoin de nous indiquer le dernier problème rencontré lors des travaux. Le mur grand ouvert rempli de pourriture brune était suffisamment explicite.

Weston et moi étions déjà en train de le regarder quand Sam et Travis s'approchèrent.

— Tout ce mur doit être abattu, dit Travis. Il y a des tuyaux qui fuient au-dessus, et ça doit couler depuis des années. Le bois est mou et déformé.

Le mur courait tout le long de la salle de bal. Il devait mesurer au moins trente mètres.

— Et la fuite en elle-même ? demanda Weston. Quelle longueur de tuyaux doit être changée ?

— Nous pouvons probablement contenir la fuite et régler le problème actuel, mais ce ne serait qu'un pansement. Il faudrait changer les tuyaux qui parcourent tout le plafond. Ils sont salement rouillés. C'est le bon moment pour le faire, puisque les murs sont ouverts. Mais ça signifie un retard de quelques jours au moins et une autre facture de plomberie.

Weston et moi nous regardâmes. Je secouai la tête.

— Faisons les choses convenablement. La dernière chose dont nous ayons besoin, c'est de commencer à organiser des événements ici et de voir des fuites apparaître.

Weston hocha la tête.

— Je suis d'accord, dit-il avant de regarder Sam. Quand pouvez-vous nous faire un devis au plus tôt ?

— Je peux m'y pencher tout de suite et vous l'apporter quand je partirai d'ici ce soir, à vingt heures.

— Je ne serai pas là, ce soir, l'informa Weston.

Travis me regarda et sourit.

— Je peux le déposer chez Sophia.

Les mâchoires de Weston se crispèrent.

— Elle ne sera pas là non plus, ce soir. Nous serons tous les deux occupés, *toute la nuit*. Demain matin, ça ira.

Travis nous interrogea du regard, mais il ne posa pas de questions. À la place, il hocha sévèrement la tête.

— D'accord. Ça me semble bien.

En repartant, je taquinai Weston.

— C'était comme pisser sur une bouche d'incendie.

— De quoi tu parles ?

— Nous serons tous les deux occupés, *toute la nuit* ? Tu n'as peut-être pas prononcé les mots, mais ce que tu disais était plutôt évident.

Nous arrivâmes à la cage d'ascenseur, et Weston appuya sur le bouton.

— Tu aimerais te disputer à ce sujet ? Ça enlèverait « sexe en public » de ma liste de tâches. Je suis sûr que ça réjouirait Saul, de la sécurité. Il fait beaucoup de doubles services puisque nous n'avons pas encore remplacé le garde de nuit. J'avais l'intention de lui prendre une bouteille pour le remercier. Mais je pense qu'il aimerait bien mieux t'écouter gémir.

Je le fusillai du regard tandis que les portes de l'ascenseur s'ouvraient. Weston posa sa main sur mon dos, me faisant entrer en premier.

— Mais pourquoi je dîne avec toi, ce soir ? demandai-je. Tu es un vrai con.

Il se planta derrière moi dans l'ascenseur et chuchota à mon oreille :

— Parce que tu aimes mon sexe.

Je gigotai.

— C'est souvent la seule partie que j'aime chez toi.

Quand les portes se rouvrirent à l'étage de nos bureaux, je sortis. Weston resta dans l'ascenseur.

— Tu ne viens pas ? demandai-je.

Il sourit.

— Je viendrai ce soir. Sois en bas à dix-huit heures trente, Sophia.

CHAPTER 21

Weston

Qui avait eu la bonne idée de traverser toute la ville pour aller dîner dans un restaurant chic avec apéritif, repas, dessert et danse ?

— Ce restaurant est magnifique, dit Sophia en regardant tout autour d'elle. Tu es déjà venu ?

Je secouai la tête.

— C'est pour moi que tu as relevé tes cheveux ?

— Tu fais beaucoup ça, tu sais.

— Quoi ?

— Je te pose une question, et plutôt que d'y répondre, tu en poses une autre qui n'a absolument rien à voir avec le sujet.

— Je suppose que parfois, je ne pense qu'à une seule chose quand je suis près de toi.

Elle sourit.

— Oui, c'est pour toi.

Je fus perdu quelques secondes. Elle était revenue à ma question concernant ses cheveux.

— Merci. Mais puisque tu l'as fait, tu peux t'attendre à ce que je sois distrait toute la soirée.

Sophia était encore plus magnifique que d'habitude. Elle portait une robe rouge au dos nu et au décolleté vertigineux. La façon dont le haut s'enroulait autour de sa nuque faisait ressortir cette clavicule que j'aimais tant. Mes yeux ne cessèrent d'aller partout comme si c'était un match de tennis, passant de sa poitrine ronde à sa gorge succulente.

Tête baissée, je tenais la carte des plats depuis plusieurs minutes, cependant, je n'avais toujours lu aucun mot. Alors, quand le serveur arriva pour prendre notre commande, je n'étais même pas sûr de mes choix.

— Je vais prendre le bar farci à la pistache, s'il vous plaît, dit Sophia.

Je tendis ma carte au serveur.

— La même chose.

Alors qu'il s'en allait, Sophia sirota sa boisson avec un rictus.

— Tu n'as aucune idée de ce qui se trouvait sur la carte, pas vrai ?

— Non. Je suppose que j'ai de la chance d'aimer habituellement ce que tu aimes.

— Que se passe-t-il dans ta tête qui te préoccupe autant, Lockwood ?

— Tu es sûre de vouloir la réponse à cette question ?

Elle gloussa, et j'aurais juré qu'une bouffée de chaleur était remontée le long de mon torse. J'étais déjà sorti avec des filles qui riaient bêtement, et Sophia n'était absolument pas l'une d'elles. Durant la journée, elle portait des vêtements classiques pour le bureau et travaillait dur pour qu'aucun signe féminin ne fasse de l'ombre à ses capacités. Elle riait durant les repas d'affaires et portait des talons hauts, deux choses que je trouvais foutrement sexy. Mais quelque chose se passait quand elle se mettait en mode rendez-vous amoureux. Elle baissait sa garde, et toute cette féminité refoulée débordait. Alors, oui, j'étais attiré par Sophia la femme d'affaires. Mais Sophia la femme en rendez-vous galant qui s'autorisait à glousser librement ? Elle était absolument renversante !

— Je veux réellement la réponse, dit-elle.

J'attrapai mon verre d'eau et en avalai la moitié.

— D'accord. Tu sais à quel point j'aime ton cou ?

— Oui.

— Eh bien, ce soir, tu as le décolleté le plus incroyable du monde, alors mes yeux n'arrivent pas à décider où regarder. Tu es absolument magnifique, Soph.

Elle sourit.

— Merci. Mais je dois admettre que c'est bien plus sage que je m'y attendais.

Je me penchai vers elle, par-dessus la table.

— Je n'avais pas encore terminé. Tout en regardant tes seins magnifiques et la peau crème de ta poitrine et de ta gorge, j'imaginais de quoi aurait l'air mon sperme s'il les recouvrait. Je me demandais si un jet suffirait pour tout recouvrir, ou si j'aurais besoin de jouir deux fois pour te tremper correctement.

La bouche de Sophia s'ouvrit en grand, et elle rit nerveusement.

— Eh bien...

La seule chose que j'aimais mieux que la Sophia féminine en rendez-vous amoureux était là Sophia excitée avec sa bouche grande ouverte. Je posai deux doigts sous son menton et remontai sa mâchoire.

— Je vais me faire arrêter si tu ne gardes pas cette magnifique chose fermée.

Heureusement pour moi, le serveur revint avec nos amuse-gueules. Il passa quelques minutes à nous parler de tous leurs desserts, car certains devaient être commandés une heure en avance. Je fus reconnaissant que Sophia passe son tour sur le soufflet, parce que j'avais l'intention de manger mon dessert en privé.

Quand il fut parti, ce fut à Sophia d'avaler un peu de son eau fraîche. Quand elle la reposa sur la table, elle prit immédiatement le cocktail qu'elle avait commandé et le vida également à moitié.

Je ricanai.

— Je suis un peu envieux de ne pas pouvoir avoir quelque chose pour décompresser un peu.

— J'en suis sûre. Tu dois être constamment tendu à cause de toutes les bêtises qui te traversent le cerveau.

Nous rîmes, ce qui sembla apaiser la dangereuse tension sexuelle des quelques minutes précédentes.

— Tu portais aussi du rouge le soir du bal du lycée, dis-je.

Elle fronça les sourcils.

— Vraiment ? Je ne sais même plus à quoi ressemblait ma robe, ce soir-là.

Je me redressai sur ma chaise et fermai les yeux.

— Une robe sans bretelles. Un peu plus claire que la couleur que tu portes aujourd'hui. Elle avait une ceinture argentée et brillante qui ressemblait à un ruban.

Je décrivis un cercle avec mon index.

— Tu portais ces chaussures argentées qui s'enroulaient autour de ta cheville. Tu essayais de les retirer quand nous sommes retournés chez toi, mais je te les ai fait garder.

Le visage de Sophia s'illumina.

— Oh, mon Dieu ! C'est vrai ! Mais comment te souviens-tu de tout ça ?

— On n'oublie pas la robe de la femme qu'on a passé la moitié de sa vie à regarder, quand on réussit enfin à la lui retirer.

— Tu... tu me regardais ?

— Chaque fois que je le pouvais. Je croyais que tu le savais. Même si ton visage m'indique que je me trompais. Je suppose que j'étais assez discret, après tout.

— Je suppose. Je croyais vraiment que tu me détestais.

Je souris.

— Oh, c'était le cas ! Mais je voulais aussi te prendre à fond.

Elle rit.

— Pas grand-chose n'a changé, alors ?

— Non. Maintenant, je regrette juste de ne pas t'avoir détestée.

Je secouai la tête.

— Il est impossible de ne pas t'a...

Je me repris.

— T'apprécier. Il est impossible de ne pas t'apprécier.

Sophia ne sembla pas remarquer mon hésitation. Ou, si elle le fit, elle ne me reprit pas.

— Puisqu'on est en train d'admettre la vérité, je te zyeutais tout le temps, au lycée.

Elle sourit.

— Peut-être même au collège.

— Je cherchais une raison d'en coller une à ce crétin avec qui tu sortais, même avant le bal du lycée.

— Eh bien, quelqu'un s'en est occupé pour toi. Je ne suis pas sûre que tu le saches, mais apparemment, il s'est retrouvé mêlé à une bagarre quand j'ai quitté le bal, il a eu le nez cassé.

— Je suis au courant. Ça a coûté vingt mille dollars à ma famille pour l'empêcher de porter plainte.

Les yeux de Sophia s'écarquillèrent.

— C'était toi ? Pourquoi n'as-tu jamais rien dit ?

Je haussai les épaules.

— Je ne pensais pas que c'était important. Il a eu ce qu'il méritait. Et puis, ce n'était pas comme si toi et moi étions amis.

— Je suppose que non.

Sophia se tut quelques minutes. Elle dessina sur la condensation de son verre d'eau avant de regarder à nouveau vers moi.

— On est amis, aujourd'hui ?

— À toi de me le dire, Soph.

Elle prit un moment avant de hocher la tête.

— Quand je pense à un ami, je pense à quelqu'un sur qui je peux compter, quelqu'un en qui j'ai confiance et que je respecte et avec qui j'aime aussi passer du temps. Alors oui. Je pense que nous sommes amis. Tu sais, c'est marrant, j'ai passé presque deux ans avec Liam, et pourtant, je n'ai jamais eu l'impression de pouvoir compter sur lui.

Elle secoua la tête.

— J'ai eu un petit accrochage une fois, mais mon airbag s'est déclenché, et ça m'a laissée un peu déboussolée. J'ai appelé Liam, espérant qu'il viendrait, mais il m'a dit qu'il était au milieu d'une répétition en costumes et a suggéré que j'appelle Scarlett.

Je secouai la tête.

— Ce type était vraiment un con !

Elle sourit tristement.

— Oui. Vous êtes vraiment des hommes différents. Bizarrement, je sais que si je t'avais appelé dans cette situation, tu aurais été là, peu importe ce que tu faisais. Tu as un côté très protecteur.

Je hochai la tête.

— Je serais venu pour toi, Soph. Je l'aurais même fait à l'époque du lycée. Ne te méprends pas, je t'aurais fait chier tout ce temps-là, mais je serais venu.

Elle sourit.

— Alors... je suppose que ça fait de nous... quoi ? Des *sex-friends* ? Je suis presque sûre que nos familles nous déshériteraient si elles le découvraient.

— Qu'elles aillent se faire foutre ! dis-je.

— Oh... tu t'en moques ? demanda-t-elle en haussant les sourcils. Donc, ta famille sait qu'on couche ensemble et qu'on est devenu amis ?

Je secouai la tête.

— Non, mais c'est principalement parce que je ne discute pas de ma vie personnelle avec eux. Ni mon père ni mon grand-père ne s'y sont intéressés avant, et je ne m'attends pas à ce que ça commence bientôt.

— Ça t'ennuie ? Que ça ne les intéresse pas d'apprendre à te connaître ?

Je haussai les épaules.

— Autrefois, oui. Mais j'ai passé bien trop d'années à essayer de les amener à me voir. Pendant longtemps, j'ai cru que j'étais fait de poison. Récemment, j'ai commencé à réaliser que le venin vient d'une famille de serpents.

Sophia avait l'air si vulnérable ! Tendant la main de l'autre côté de la table, elle hocha la tête comme si elle comprenait. Et j'étais certain que c'était le cas... du moins un peu. Même si je doutais qu'elle saisisse pleinement de quoi était capable ma famille.

Posant ma main dans la sienne, je baissai longuement les yeux vers nos doigts entrelacés.

— Tu as des projets pour le week-end du Labor Day ?

Elle commença à secouer la tête, puis s'arrêta.

— Oh... En fait, si. Je vais habituellement au gala de bienfaisance pour le Children's Hospital ce week-end-là. Ma famille tout entière le fait. La tienne aussi, non ?

Je me penchai et soulevai sa main vers mes lèvres, y déposant un baiser.

— Oui. Iras-tu avec moi ?

Elle sembla surprise.

— Me demandes-tu d'y aller en tant que ta cavalière ?

Je hochai la tête.

— Oui.

— Avec nos deux familles présentes ?

— Pourquoi pas ? Ce sera amusant de voir leurs visages.

Sophia se mordilla la lèvre inférieure une minute avant que son visage s'illumine.

— D'accord !

Je souris.

— Bien, alors, je suppose que j'ai une nouvelle amie et un rencard pour le week-end du Labor Day.

Je retirai ma main de la sienne et pris ma fourchette.

— Maintenant, mange ton plat avant que ça refroidisse, que je puisse te ramener à l'hôtel et décorer ce cou.

— Alors, comment vont les choses ? demanda le docteur Halpern.

Elle posa son carnet sur ses genoux et croisa les mains au-dessus.

— Bien.

— Dormez-vous bien ?

Je fronçai les sourcils.

— Comme d'habitude. Pourquoi le demandez-vous ?

— Vous avez l'air un peu fatigué, aujourd'hui.

Je ne pouvais même pas essayer de dissimuler mon sourire.

— Je suis resté debout tard. Mais ne vous inquiétez pas, vous n'avez pas à courir voir mon grand-père. Je ne buvais pas ni ne faisais rien de stupide.

Enfin, je supposais que c'était une question de point de vue. Ma famille penserait vraiment que passer une nuit tout entière à l'intérieur de Sophia Sterling était stupide.

— Je vois. Vous voyez quelqu'un, alors ?

J'hésitais à parler de Sophia au docteur Halpern, même si elle m'avait assuré que rien dans nos discussions, excepté mon état émotionnel général, n'était inscrit dans son rapport à mon grand-père. Le secret médical ne signifiait rien quand nos ressources étaient illimitées — cependant, je voulais vraiment faire fonctionner certaines choses.

— Oui. Je vois quelqu'un.

— Parlez-moi d'elle.

Je réfléchis à la façon de décrire Sophia.

— Elle est intelligente, belle, forte et fidèle. En gros, elle est bien au-dessus de ce que je peux me permettre.

— Vous pensez qu'elle est trop bien pour vous ?

Je secouai la tête.

— Je ne le pense pas, je le sais. Elle est absolument trop bien pour moi.

— Qu'est-ce qui vous fait dire ça ?

Je haussai les épaules.

— Elle l'est, c'est tout.

— Revenons un peu en arrière. Vous disiez qu'elle était intelligente. Avez-vous l'impression d'avoir une intelligence inférieure ?

— Non, on est comparables.

— D'accord. Vous avez dit qu'elle était belle. Considérez-vous que vous soyez laid ?

Je savais que je ne l'étais pas. Ce n'était pas de cela qu'il était question.

— Je vais vous faire gagner du temps, doc. Nous ne sommes pas égaux en matière de fidélité.

— Parce que vous avez tendance à aller à droite et à gauche et pas elle ?

Il était carrément impossible que je fasse un écart avec Sophia dans mon lit.

— Non, le sexe n'est vraiment pas un problème.

— Alors il s'agit pour vous d'être quelqu'un sur qui elle puisse se reposer pour des choses qui ne sont pas physiques ?

Je poussai un long soupir grave.

— Je n'ai pas vraiment la réputation d'être quelqu'un sur qui les gens se reposent. De plus... disons juste que les choses n'ont pas vraiment débuté par de l'honnêteté entre nous.

Le docteur Halpern saisit son carnet et écrivit quelque chose.

— Qui avez-vous l'impression d'avoir laissé tomber dans votre vie ?

Je ricanai.

— C'est probablement plus facile de demander qui je n'ai pas laissé tomber.

Elle se tut un instant, puis hocha la tête.

— D'accord. Disons que tout ce que vous avez dit est vrai, même si je suis certaine que ce n'est pas le cas. Pourquoi cette femme ne peut-elle pas être la première personne à rencontrer le nouveau Weston Lockwood ?

— Les gens ne changent pas.

Le docteur Halpern plissa les lèvres.

— Ça rendrait mon travail inutile, non ?

Je ne dis rien, ce qui la fit rire.

— Vous avez de bonnes manières, alors vous n'avez pas répondu à la question avec des mots. J'apprécie. Mais votre visage a répondu à votre place. Il y a très peu de choses sur lesquelles je contredirais un patient, mais la capacité de changer est l'une d'entre elles. Nous avons tous la capacité de changer, Weston. Peut-être pas notre ADN, mais la façon dont nous traitons les autres est certainement quelque chose que nous sommes tous capables de modifier. Ce n'est pas toujours facile, mais la première étape est d'en être conscient... de reconnaître ce qui doit être changé et de vouloir que les choses soient différentes. Que ce que vous pensez de vous soit vrai ou non est presque insignifiant. Ce qui est important, c'est que *vous* croyiez que c'est vrai et que vous ayez le désir que les choses changent.

— Ne le prenez pas mal, doc, mais ça ressemble à du jargon de psy. Si changer est aussi simple, pourquoi tout le monde ne le fait pas ? Les prisons sont remplies de récidivistes. Je suis sûr que la majorité des types qui volent une épicerie ne franchissent pas les grilles, le jour de leur libération, en pensant : *J'ai hâte de voler à nouveau pour revenir ici.*

— Je me dois d'être d'accord avec vous. Dans ce cas-là, les choses sont difficiles quand ils sortent de prison. Ils n'ont probablement pas d'argent et la vie qu'ils connaissaient a continué sans eux. Je n'ai jamais dit que changer était facile. Mais s'ils battent le pavé huit heures par jour, tous les jours, prêts à accepter n'importe quel travail pour le salaire minimum, la majorité des gens trouveront quelque chose qui leur permettra de se nourrir et d'avoir un toit sur la tête. Le problème est que c'est bien plus difficile de travailler quarante heures par semaine à laver le sol et à récurer des assiettes que de pointer une arme vers quelqu'un et de voler mille dollars dans une caisse. Donc il faut vraiment désirer un style de vie irréprochable à tout prix.

Elle secoua alors la tête.

— Je crois que nous avons un peu digressé, mais le principe est toujours le même. Il y aura dans votre vie des situations qui vous donneront envie de ne pas être fidèle, et parfois ne pas céder à la tentation vous coûtera quelque chose. Il s'agit de savoir à quel point vous voulez ce que vous désirez et ce que vous souhaitez sacrifier pour l'obtenir.

Elle rendait cela si simple ! Ce n'était pas comme si, dans le passé, j'avais fait un choix conscient de faire foirer les choses. Je me retrouvais brusquement quelque part et, comme d'habitude, je ne me rendais pas compte de l'endroit où j'allais avant d'y être.

— Je ne vois pas toujours mes mauvais choix avant de les avoir faits.

Elle hocha la tête.

— C'est compréhensible. Mais vous pouvez commencer à pratiquer certaines choses qui vous guideront dans la bonne direction.

— Comme quoi ?

— Pour commencer, exprimez vos sentiments. Que ce soit une bonne chose ou une mauvaise, essayez de vous ouvrir. Ne mentez pas et n'omettez pas ce qui est dans votre tête. Et c'est une tâche plus facile à dire qu'à faire. Par exemple, cette femme sait que ce que vous ressentez pour elle ?

Je secouai la tête.

— Je ne suis pas sûr de savoir *moi-même* ce que je ressens pour elle.

Le docteur Halpern sourit.

— Vous en êtes certain ? Très souvent, on se dit qu'on a des sentiments conflictuels pour quelqu'un ou quelque chose, parce que l'idée de ce que l'on ressent vraiment nous effraie.

Merde ! Je passai une main dans mes cheveux. Elle avait raison. Je tombais amoureux de Sophia, et ce n'était pas le genre de chute qui arrivait lentement. Je fonçais tête baissée, vite et fort, et cela m'effrayait énormément. Il me fallut quelques minutes pour m'en rendre compte, même si c'était le cas depuis le début. Ma tête me fit mal, et ma bouche se mit à ressembler au désert du Sahara. Je levai les yeux vers le docteur Halpern et découvris qu'elle me regardait ruminer tout ce qui se passait dans ma tête.

Fronçant les sourcils, je dis :

— D'accord. Vous n'êtes peut-être pas un charlatan, en fin de compte.

Elle rit.

— Je pense que nous avons eu une bonne séance, aujourd'hui, alors je ne vous pousserai pas à discuter des sentiments que vous avez pour cette nouvelle femme. La loyauté est à double sens, et elle commence par de l'honnêteté. Maintenant que vous avez admis ce que renferme votre cœur, peut-être que l'étape suivante est de l'évoquer avec la personne qui le renferme.

CHAPITRE 22

Sophia

Les journées suivantes furent chargées. Mon père était de retour en ville, et l'équipe juridique travaillait douze heures par jour alors que nous nous rapprochions de la date butoir de la soumission de l'offre. Certains soirs, je ne finissais pas avant presque minuit. Et même à cette heure-là, le bureau de Weston était encore éclairé quand je partais. Cependant, cela ne l'empêchait pas de se glisser dans mon lit quand il en avait terminé.

Ce matin-là, j'eus l'impression que nous venions à peine de nous endormir, et nous étions déjà à nouveau réveillés. Les premières lueurs de la journée filtraient à travers un trou entre les rideaux et déposaient un rayon de soleil sur le visage de Weston.

Il me caressa les cheveux alors que je levais la tête vers lui, le menton sur mon poing.

— Il y a une clé sur le bureau là-bas, dis-je.

La main de Weston se figea.

— Tu veux que j'aie une clé de ta suite ?

— Eh bien, hier soir, tu m'as réveillée environ dix minutes après que je me suis endormie. Alors, je me suis dit que tu pourrais entrer tout seul.

Il sourit.

— Je suis presque sûr que tu viens de m'inviter à glisser mon sexe en toi pendant que tu dors.

Je lui donnai une tape sur le torse.

— Je parlais d'entrer dans ma *chambre*, pas dans mon corps.

Weston se mit sur le flanc et nous fit rouler. Je fus rapidement sur le dos, lui au-dessus de moi. Il retira mes cheveux de mon visage.

— Je préfère largement mon idée.

Je souris.

— Je parie que oui.

Nous étions encore nus après nos ébats de la nuit précédente, et je le sentis durcir contre ma cuisse.

— Mon père repart cet après-midi, alors je lui ai dit que je le retrouverais en bas à sept heures. Malheureusement, je dois sauter sous la douche maintenant.

Il se pencha et embrassa ma gorge.

— Je peux faire quelque chose pour te convaincre d'arriver avec quelques minutes de retard ?

Je gloussai.

— Quelques minutes, ça n'existe pas, avec toi.

— Tu dis ça comme si c'était une mauvaise chose.

Je secouai la tête.

— Ça ne l'est vraiment pas. Mais c'est aussi la raison pour laquelle je vais aller dans la salle de bain et verrouiller la porte.

Weston bouda. C'était adorable. Il roula sur le dos et poussa un soupir frustré.

— Bien. Va. Mais ne m'en veux pas si ton côté du lit a une tâche d'humidité quand tu sortiras de la douche.

Je fronçai le nez et volai le drap du lit en me levant.

— Mon côté ? Pourquoi ne le fais-tu pas du tien ?

Il tira sur le drap que j'essayais d'enrouler autour de moi.

— Parce que ce sera ta faute. Si tu me laissais juste cinq minutes, je pourrais le faire là où ça doit être... en toi.

Seigneur, je craquais vraiment pour cet homme ! Ce qu'il venait de dire était cru, et pourtant, je sentis cette guimauve dans mon ventre rien qu'à l'entendre dire que la place de son sperme était en moi. *Romantique, pas vrai ?* Mais c'était ainsi.

Je me penchai au-dessus du lit et embrassai ses lèvres.

— Mon père devrait être parti vers midi. Et si tu me retrouvais ici pour déjeuner à treize heures ? Je te laisserai faire ces cochonneries où tu veux ?

Les yeux de Weston s'assombrirent.

— *Où* je veux ?

Oh ! oh ! C'était une déclaration dangereuse. Mais ma foi ! Je souris.

— *N'importe où.* Bonne chance pour te concentrer aujourd'hui pendant que tu débattras pour savoir exactement où ce sera.

— Le fils Lockwood et toi semblez être devenus amis, déclara mon père.

Il ne restait plus que nous deux dans la salle de réunion maintenant qu'il avait impoliment dit à l'équipe juridique et comptable *d'aller voir ailleurs*.

Où veut-il en venir ? Papa faisait rarement des remarques qui n'avaient pas de but ; il traitait les gens comme des pions sur un jeu d'échecs. Je rassemblai les dossiers en une pile nette.

— Nous avons trouvé un terrain d'entente. Ce n'est pas comme si nous avions le choix alors que nous dirigeons un hôtel ensemble.

— Son but n'est pas de diriger un hôtel avec toi, Sophia. Son but est ton cul. Je ne suis pas stupide. Je vois la façon dont il te regarde quand il pense que personne ne fait attention.

Je me figeai.

— Comment me regarde-t-il ?

— Comme un pit-bull qui n'a pas mangé depuis des semaines, et tu es un steak juteux.

Je grinçai des dents... pas parce que c'était impossible, mais parce qu'entendre mon père le dire était *mal*. Le mot *juteux* — associé à moi — semblait sale sortant de sa bouche. Sachant que les mensonges se lisaient habituellement sur mon visage, j'évitai de le regarder pendant que je faisais le tour de la pièce pour récupérer les tasses à café et les assiettes vides laissées par l'équipe.

— Je crois que tu exagères, répondis-je. Mais... et si c'était le cas ? Weston est un homme agréable à regarder. Ce n'est pas comme si je n'avais pas remarqué.

Je jetai un coup d'œil au visage de mon père et le trouvai sévère.

— Seigneur, Sophia ! N'y pense même pas. Cet homme t'est inférieur. Mais à l'occasion, peut-être que tu pourrais...

Je l'interrompis.

— Inférieur ? Mais ça veut dire quoi ? Il y a des niveaux non écrits de gens que je ne vois pas ? C'est peut-être pour ça que tu as quitté ma mère. Était-elle d'un niveau différent du tien ?

Mon père leva les yeux au ciel.

— Pas maintenant, Sophia. J'ai un avion à prendre. On n'a pas le temps pour une autre dispute parce que tu as été blessée quand ta mère et moi avons divorcé.

Je secouai la tête et marmonnai, pas vraiment dans ma barbe.

— Incroyable...

Papa prit sa veste de costume sur le dossier d'une chaise où il l'avait pendue et l'enfila.

— Quoi qu'il en soit, comme je disais, tu intéresses le fils Lockwood. Peut-être que tu pourrais utiliser ça à notre avantage.

— À notre avantage ? Que suggères-tu exactement ?

— Nous avons déjà eu cette discussion. Et tu es une fille intelligente, Sophia. Tu sais exactement ce que je dis. Nous n'aurons droit qu'à un seul essai pour cette offre. Ça nous aiderait de savoir quelle sera celle des Lockwood afin de pouvoir la dépasser.

— Pour que tout soit clair, tu... quoi ?... tu veux que j'écarte les cuisses pour Weston et ensuite, peut-être, que j'attende juste le moment où il va éjaculer pour lui demander quelle est son offre ?

— Ne sois pas grossière. Je suis sûr qu'il y a d'autres moyens d'avoir une idée des choses. Discute un peu avec lui.

Au fil des ans, j'avais vécu tant de déceptions avec mon père que je pensais m'être immunisée contre le fait qu'il me laisse tomber. Mais apparemment, ce n'était pas le cas. Je secouai la tête, mon moral retombant un peu bas.

— Tu devrais y aller. Tu risquerais de rater ton avion.

Mon père était si arrogant qu'il ne sembla pas remarquer mon dédain. Il passa à côté de moi comme s'il ne venait pas de me dire de me prostituer et m'embrassa le front.

— On se reparle bientôt.

Après son départ, je restai plantée un long moment dans la salle de réunion. Il était absolument impossible que mon père accepte un jour que Weston et moi ayons une relation. William Sterling était peut-être un homme d'affaires brillant, mais il était ignorant quand il s'agissait de choses importantes comme les relations amoureuses. Cela ne compterait pas si je lui disais que j'avais rencontré l'amour de ma vie et que j'étais heureuse. Le fait que Weston était un Lockwood et que nos familles avaient une querelle stupide datant de bien avant ma naissance était plus important à honorer que sa fille.

Après le « déjeuner » avec Weston, je soupirai, regardant le plafond.

— J'en avais besoin.

Il gloussa.

— Je l'ai deviné, vu que tu es entrée avec détermination dans cette pièce et que tu m'as plus ou moins empoigné le sexe.

Je souris. C'était à peu près ce que j'avais fait.

— Désolée. J'étais juste très frustrée. Mon père est l'homme le plus énervant de la planète.

Weston se tourna sur le côté et souleva sa tête sur son coude. De son pouce, il dessina de doux chiffres huit sur mon ventre.

— Ne t'excuse pas. Je suis heureux de récolter ce que la connerie de William a semé. Cependant, je crois que c'était moi qui devais choisir l'orifice pour y faire un dépôt.

Je plissai le nez.

— *Orifice ?* Vraiment ?

Il fit un clin d'œil.

— Tu as de la chance d'avoir choisi mon trou préféré.

— Oh, vraiment ? Il va falloir que je me souvienne que tu préfères une pénétration vaginale à une fellation, à l'avenir.

Weston secoua la tête.

— Ne te méprends pas. Il n'y a rien de meilleur que de te voir à genoux devant moi. Mais j'adore voir ton visage quand tu jouis.

Une fois encore, ce chaud sentiment envahit mon ventre même si ce qu'il avait dit était loin d'être du romantisme classique. Je déposai un doux baiser sur ses lèvres.

— Eh bien, merci de m'avoir laissé t'utiliser !

— Quand tu veux.

Il poussa une mèche de cheveux derrière mon oreille.

— Tu veux en parler ?

— De mes orifices ? plaisantai-je.

— De ce qui s'est passé avec ton père. Mais, hé, on peut parler d'orifices à la place. Même mieux, mets-toi sur le ventre et on baptisera un nouveau trou.

Je gloussai. Mais Weston semblait vraiment intéressé par ce qui m'avait mise en colère. Alors, je décidai de lui raconter ce que mon père avait suggéré. Je roulai sur le côté et soulevai ma tête sur mon coude, imitant sa position.

— Mon père m'a dit qu'il avait remarqué que tu regardais mes fesses.

Les sourcils de Weston sursautèrent. Il secoua la tête.

— Merde... Comment s'est passé le reste de cette conversation ?

— Pas bien.

Il fit courir sa main de haut en bas, depuis la courbe de ma taille jusqu'à ma cuisse et vice-versa.

— J'en suis désolé. Je fais de mon mieux, mais c'est impossible de ne pas te regarder et penser à toi nue.

Je souris.

— C'est étrangement mignon.

Il haussa les épaules, et ses yeux restèrent collés sur ma hanche tandis qu'il continuait à me caresser de haut en bas.

— C'est la vérité.

— Eh bien, ce n'est pas le pire. Après m'avoir dit qu'il t'avait vu me regarder, il a suggéré que j'utilise ça à mon avantage pour te soutirer des informations concernant l'offre de ta famille.

La main de Weston se figea et ses yeux s'assombrirent brusquement.

— Quoi ?

— Tu m'as bien entendue. Mon père m'a pratiquement dit de te séduire pour obtenir des informations.

Weston se tut, même si son regard abasourdi parlait pour lui.

— Que lui as-tu dit ?

— Honnêtement, pas assez. Je crois que j'étais juste tellement déçue que je n'ai pas pu lui fournir de réponse appropriée. Quand il est parti, j'ai pensé à un million de choses que j'aurais dû dire. Par exemple, j'aurais adoré voir son visage après lui avoir dit que tu étais probablement déjà en train de m'attendre dans ma chambre, puisque je t'avais donné une clé avant de t'avoir quitté ce matin.

Je ris et indiquai du pouce la pile de dossiers sur le bureau.

— Je suis presque sûre que j'aurais dû appeler le 911 si je lui avais dit que tu as accès à tous ces dossiers que je garde ici, sans parler de mon corps. Les dossiers auraient probablement été un plus gros problème, cependant.

Weston secoua la tête.

— Je suis désolé. Tu mérites mieux que ça.

— Oui, eh bien, Scarlett a un dicton : « Tout le temps que tu passes à te demander si tu mérites quelque chose de mieux est du temps perdu. Parce que si tu t'interroges, c'est que tu le mérites. » J'ai passé trop d'années à me demander si je méritais la façon dont mon père nous traitait, ma mère et moi, alors, je ne vais pas gâcher plus de temps à m'attarder dessus. Je connais déjà la réponse.

Weston baissa les yeux.

— Tu mérites bien mieux de la part des hommes dans ta vie... carrément mieux.

CHAPITRE 23

Sophia

Weston semblait aussi tendu que je l'avais été ces derniers jours.

Nos offres devaient être rendues dans moins de deux semaines, et nous avions tous les deux encore tant de choses à faire ! Cependant, si je devais être honnête avec moi-même, ce n'était pas seulement la date butoir toute proche qui me mettait à cran. Weston et moi n'avions pas parlé de ce qui se passerait une fois que les offres seraient dévoilées, et cela commençait à me peser.

Une fois qu'une des deux familles posséderait la part majoritaire du Comtesse, l'autre serait inévitablement évincée. Weston et moi avions discuté d'aller ensemble à la soirée de bienfaisance le week-end du Labor Day, mais c'était dans deux mois, ce qui semblait être une vie tout entière. La question la plus immédiate était « Que se passerait-il quand ce concours serait terminé ? ».

L'un de nous ne serait plus impliqué dans les opérations quotidiennes de l'hôtel. Cela voulait-il dire que Weston ne se glisserait plus dans ma chambre, la nuit ? Si je gagnais, se terrerait-il dans l'une des propriétés de sa famille de l'autre côté de la ville comme il l'avait fait les mois précédant le décès de Grace Copeland ? Ou serait-il renvoyé à Las Vegas, où il possédait toujours une maison ? Il y avait tellement en jeu, et l'inconnu était comme une ombre géante qui me suivait partout.

Cela n'aidait pas que Weston ait semblé prendre un peu ses distances, ces derniers jours. Depuis que mon père et moi nous étions disputés, j'avais l'impression que quelque chose avait changé — une fissure s'était formée dans les fondations de notre relation, et chaque jour, elle semblait s'élargir. Une fois les offres faites, aurions-nous besoin de hurler afin de nous entendre depuis les deux côtés où nous nous tiendrions ?

Cependant, d'un point de vue extérieur, nous semblions probablement aussi professionnels que d'habitude au moment où nous quittâmes les travaux de la nouvelle salle de bal.

— Ça avance vraiment bien, déclarai-je.

Weston hocha la tête.

— Le maire et sa nièce veulent venir voir la salle. Louis les a fait patienter, mais la pièce devrait être présentable au plus tard la semaine prochaine.

Je jetai un coup d'œil vers lui.

— Je suppose que ça signifie que *l'un de nous* aura l'occasion de rencontrer le maire.

Weston soutint mon regard. Il fronça les sourcils, et hocha la tête sans dire un mot.

Il n'avait clairement aucune intention d'initier la discussion que nous devions avoir, et cela me frustrait énormément. En fait, à chaque pas que je faisais, je sentais mon anxiété grandir. Le temps que nous entrions dans l'ascenseur, j'avais l'impression qu'il n'y avait pas assez d'air, en particulier dans la cabine étroite. J'avais le choix entre me plier en deux et hyperventiler, ou ôter ce poids de ma poitrine afin de pouvoir à nouveau respirer. À mi-chemin entre le sixième et le septième étage, je décidai que je n'en pouvais plus. Appuyant sur le bouton rouge d'arrêt d'urgence, je fis stopper brusquement l'ascenseur.

— Que se passera-t-il la semaine prochaine ? demandai-je.

Au début, Weston parut sincèrement confus, mais il ne lui fallut pas plus de quelques secondes pour comprendre. Il secoua la tête et fourra ses mains dans les poches de son pantalon.

— Je ne sais pas, Soph.

— Eh bien... Que veux-*tu* qui arrive ?

— Entre nous, tu veux dire ?

Je levai les yeux au ciel.

— Oui. De quoi d'autre je parlerais ? D'un point de vue professionnel, c'est assez clair. L'avocat d'Easy Feet va ouvrir deux enveloppes et l'un de nous va devenir le propriétaire majoritaire. Nous savons tous les deux qu'aucune de nos familles ne voudra diriger cet endroit de manière conjointe, alors, le gagnant reprendra la direction du Comtesse, et le perdant obtiendra des chèques substantiels plusieurs fois par an. Mais où ça nous place *nous* ?

Weston hocha la tête et pointa la caméra dans le coin de l'ascenseur.

— À moins que tu veuilles que la sécurité sache que je ne suis pas prêt à arrêter de coucher avec toi, nous devrions peut-être avoir cette conversation ailleurs. J'attends un appel dans quelques minutes. Dix-huit heures, ça te convient ?

— Ma réunion avec mon équipe juridique est à dix-huit heures. Dix-neuf ?

Il hocha la tête.

— Je nous commanderai à dîner et te retrouverai dans ta suite.

— D'accord.

Durant le dîner, nous discutâmes de tout et de rien. J'étais impatiente d'avoir cette conversation, mais je me dis que Weston préférait peut-être attendre que nous ayons terminé, alors cela ressemblait moins à un dîner d'affaires qu'à un rendez-vous normal de couple. Quand nous eûmes fini, il fit rouler la table du room service jusqu'au hall d'entrée et se dirigea vers le bar.

— Tu veux un verre de vin ?

— Hmm...

— Tu dois redescendre ? demanda-t-il, les sourcils froncés.

Je secouai la tête.

— Il n'y a rien qui ne puisse pas attendre demain.

— Tu n'as plus de place pour du vin ?

— J'ai toujours de la place pour du vin.

Il sembla contrarié.

— Je croyais que tu ne devais plus te restreindre parce que je ne bois pas.

Je souris.

— Oh, ce n'est pas ça ! J'ai dépassé ça. Je me disais juste que je devrais peut-être garder les idées claires pour notre discussion.

Weston retourna au bar, sortit une bouteille de vin et m'en servit un verre à ras bord. Me le tendant, il dit :

— Tiens. Mes idées sont loin de l'être. Ça nous mettra à égalité.

Je pris mon vin par petites gorgées alors que nous nous regardions. Je m'assis à une extrémité du canapé, et il s'installa en face de moi dans le fauteuil.

— C'est nouveau pour moi, Soph. Tu devras peut-être me montrer comment faire.

— Quoi ? Parler de relations ?

Il secoua la tête.

— Parler de sentiments en général. Ça fait longtemps que je n'en ai pas eu, encore moins discuté. Ceux que j'éprouvais n'étaient pas vraiment bons, et je faisais de mon mieux pour les noyer dans l'alcool.

Je posai mon vin sur la table et pris l'une de ses mains dans les miennes.

— Eh bien, que dis-tu de ça... Prétendons une minute que tu n'es pas un Lockwood et que je ne suis pas une Sterling. Nous sommes juste deux personnes qui travaillons ensemble, et l'un de nous va être évincé dans quelques jours. Qu'attends-tu de moi une fois que ce sera arrivé ?

Weston regarda dans le vide quelques minutes. Vers la fin, un sourire étira ses lèvres.

— Je viens de réaliser que l'un de nous va être en colère. *Très en colère.*

— Et l'idée que l'un d'entre nous soit déçu te fait sourire ? Je pense que tu es vraiment rouillé sur la façon dont tes émotions sont censées fonctionner.

Il haussa les épaules.

— C'est vrai. Mais je souriais parce que je me suis rendu compte que ça fait un moment que nous n'avons pas couché ensemble sous le coup de la colère.

Je gloussai.

— Et au-delà de ça ? Que veux-tu ?

Weston baissa le regard un long moment. Finalement, il secoua la tête.

— Je veux tout.

Mon pouls s'accéléra, mais j'avais peur de me faire des idées.

— Développe, dis-je. Que veux-tu dire par « je veux tout » ?

Il prit ma main et la porta à sa bouche, embrassant le dessus de mes articulations. Me regardant dans les yeux, il prit une profonde inspiration.

— Je veux dire que j'ai envie de commencer ma journée de la même manière que je la termine chaque jour... dans ton lit. Ou dans le mien. Peu importe. Tant que je suis en toi. Tu me diras tous les trucs ennuyeux que tu prévoiras de faire pour meubler les heures entre le moment où je t'embrasserai pour te dire au revoir et celui où je t'embrasserai pour te dire bonjour, et j'écouterai suffisamment pour savoir quand hocher la tête. Je veux ne pas être d'accord avec toi, me disputer fort, et ensuite évacuer notre colère à tous les deux en couchant ensemble. Je veux que tu sois la femme d'affaires teigneuse que tu es en journée, quand tu t'occupes de tout, et ensuite que tu me laisses m'occuper de tout dans la chambre. Je veux te regarder de loin quand tu achètes ton café du matin et rêver de laisser des marques partout sur ta peau magnifique. Et je veux lire du Shakespeare ennuyeux afin de pouvoir m'en moquer, juste pour t'entendre rire.

Je n'avais pas cligné des yeux de toute sa tirade.

Weston chercha mon regard.

— C'est comment ? Ai-je assez développé pour que mes sentiments soient clairs ?

— Waouh ! oui... clairs.

Je secouai la tête.

— Je croyais que tu avais dit ne pas être doué pour ça !

Les lèvres de Weston tressautèrent.

— Je ne le suis pas. C'est tout nouveau pour moi. Mais encore une fois, je suis doué pour tout.

Je levai les yeux au ciel.

— Tu es tellement sûr de toi !

Weston me prit sur ses genoux. Il posa une main sur mon épaule et utilisa son pouce pour caresser ma clavicule tout en parlant.

— Dis-moi ce que tu veux.

J'avais tellement de questions. Où vivrais-je ? Où vivrait-il ? Comme séparerions-nous travail et vie privée alors que nous étions rivaux ? Que diraient nos familles ? Était-ce trop tôt pour moi pour sauter dans quelque chose de nouveau ? Mais la seule question dont je connaissais la réponse était celle qu'il venait de poser.

— Toi, dis-je. Je te veux toi.

Weston sourit.

— Eh bien, c'est facile ! Tu m'as eu depuis le tout début.

Le lendemain matin, nous fîmes tous les deux la grasse matinée. Enfin, si l'on peut parler de grasse matinée quand on se réveille peu après six heures du matin. Le bruit d'un téléphone portable qui sonnait nous réveilla.

Je me tournai pour tendre la main vers ma table de nuit, mais réalisai que ce n'était pas mon téléphone qui vibrait. C'était celui de Weston. Je lui donnai un petit coup de coude.

— Hé ! C'est le tien. Il est plutôt tôt, alors ça doit être important.

Il grommela quelque chose d'inintelligible et tapota la table de nuit sans regarder. Alors qu'il trouvait son portable, je pus voir *Appel manqué* s'afficher sur l'écran. Il ouvrit un œil pour taper son mot de passe.

— Sérieusement ? gloussai-je. Ton code, c'est 6969 ?? Tu as quel âge ?

— Et toi ? À cran écrit en nombres ?

Je le frappai au visage avec mon oreiller tandis qu'il appuyait sur *Rappeler*. Mais c'était ce que j'aimais chez nous. La nuit précédente, il avait été doux et attentionné. Il m'avait fait l'amour d'une manière qui m'avait fait monter les larmes aux yeux, et à présent, il était de nouveau le ronchon qu'il était normalement. Weston Lockwood était une dichotomie ambulante, et j'appréciais la friction tout autant que la douceur.

— Il vaut mieux que ce soit important, aboya-t-il au téléphone.

Il écouta un instant, puis se redressa sur le lit.

— *Merde !* J'arrive.

Il raccrochait à peine le téléphone qu'il quittait déjà le lit.

— Que s'est-il passé ? demandai-je.

— Une inondation.

Il attrapa son pantalon par terre et l'enfila.

— Dans cette fichue zone de travaux... la *seule nuit* où nous n'avions pas d'équipe qui travaillait vingt-quatre heures sur vingt-quatre parce que les parquets venaient d'être posés.

— Oh, merde !

Je quittai le lit en toute hâte et recherchai mes vêtements. Weston enfilait déjà sa chemise au moment où je localisai mes affaires.

Il s'avança et m'embrassa le dessus de la tête.

— Prends ton temps. Je file là-bas pour commencer à évaluer les dégâts.

— D'accord, merci.

Quinze minutes plus tard, je rejoignis Weston dans la salle de bal. Sam Bolton était déjà là, et il semblait lui aussi sortir directement du lit. Toutes les lumières du plafond étaient éteintes, et les deux hommes utilisaient les lampes de poche de leur téléphone. Je pouvais voir leurs visages, mais pas vraiment l'étendue des dégâts — bien que le bruit que l'eau faisait quand j'avançais m'indique que je pouvais m'attendre au pire.

— Hé ! dis-je. Que s'est-il passé ?

Sam secoua la tête et montra le plafond.

— La conduite principale a explosé. Vu la quantité d'eau répandue partout, ça a dû arriver juste après notre départ. Les parqueteurs ont mis la couche supérieure de scellant hier soir, qui devait sécher pendant au moins douze heures, donc l'endroit est vide depuis dix-sept heures. On ne peut pas marcher sur les lattes tant qu'elles sont humides. Alors, on a verrouillé la porte et informé la sécurité de ne pas passer par ici lors de leur ronde habituelle.

— Je croyais que vous aviez remplacé les tuyaux rouillés.

— On l'a fait. Je ne sais pas trop ce qui s'est passé, mais vous pouvez être certains que je connaîtrai le fin mot de l'histoire. C'est forcément un travail de soudure mal fait. Bob Maxwell, le directeur de l'entreprise de plomberie, est déjà en route.

— À quel point est-ce grave ? demandai-je.

— En plus de la plomberie, une bonne partie de l'installation électrique a pris l'eau, alors il va falloir la changer. Les lattes n'étaient pas encore scellées, alors il est fort probable que tout ce bois se déforme et doive être remonté. Sans parler des nouvelles plaques de plâtre et de l'isolation.

Je poussai un profond soupir.

— Mince ! On allait déjà à peine être prêts pour le premier événement prévu ! Et le maire et sa nièce viennent voir la salle lundi prochain.

Sam Bolton se frotta la nuque.

— Je suis vraiment désolé. Je travaille avec cette entreprise de plomberie depuis plus de vingt ans et je n'ai jamais eu de problème. Bien évidemment, j'ai une assurance pour tout couvrir, et nous ferons de notre mieux pour remettre les choses en route. Mais je crains que Sophia n'ait raison. Ça va nous faire dépasser notre échéance. Je ne sais pas encore de combien, mais nous ferons de notre mieux.

Weston était resté plutôt silencieux jusqu'à présent. Il posa ses mains sur ses hanches et s'adressa à Sam.

— Je vais appeler Ken Sullivan et lui demander de venir jeter un coup d'œil.

Sam ouvrit la bouche pour parler, mais je le pris de vitesse.

— Ken Sullivan de Tri-State Contracting ? Pourquoi ?

— Parce que je veux savoir ce qui s'est passé ici, et je veux avoir l'assurance que quelqu'un ici sait ce qu'il fait.

— Weston… dit Sam. Je comprends que vous soyez contrarié, mais je peux vous assurer que je sais ce que je fais. Je fais ce travail depuis quarante ans et je travaille avec la famille Sterling depuis presque aussi longtemps.

— C'est exactement ce que je veux dire. Vous ne travaillez pas avec la famille Lockwood. Je ne sais pas moi-même comment se passent les choses habituellement pour vous, alors je vais faire venir ma propre équipe pour m'assurer que ce qui se passe ici ne se répétera plus.

Sam gonfla les joues et poussa un soupir audible.

— Bien.

Plutôt que de me disputer avec Weston devant l'entrepreneur, j'attendis que nous soyons dehors dans le couloir, seuls.

— Je crois que tu exagères, dis-je quand la porte se referma derrière nous.

— Un tuyau ne devrait pas éclater comme ça à moins d'être gelé. Si c'était l'un de mes entrepreneurs qui avait causé ce désastre, tu serais la première à remettre en question ses compétences.

Je posai mes mains sur mes hanches.

— En remettant en question les compétences de mon entrepreneur, tu remets aussi les *miennes* à sélectionner des prestataires.

— Ne t'énerve pas pour ça, Sophia. C'est le business.

— Peu importe... dis-je en agitant une main dédaigneuse vers lui.

Weston indiqua de la tête la cage d'ascenseur au bout du couloir.

— Je vais chercher du café et prendre une douche rapide dans ma chambre. Tu veux que je te rapporte quelque chose ?

Je secouai la tête.

— J'irai le prendre.

Il haussa les épaules.

— Comme tu veux.

La journée ne fit qu'empirer par la suite.

Comme attendu, mon père ne prit pas très bien les nouvelles concernant le sol. Il me traita clairement d'incompétente, comme si c'était *moi* qui avais mal installé la tuyauterie et non pas l'entrepreneur qu'il employait, lui, depuis des dizaines d'années. Puis, alors que j'étais à l'étage avec Sam et le plombier, je trébuchai sur un outil par terre et mon iPhone s'envola de mes mains. Il atterrit dans une pile de débris qui étaient tombés du plafond et, depuis, ne fonctionnait plus. Après cela, l'équipe juridique apprit qu'une nouvelle plainte venait d'être déposée contre l'hôtel, nous devions l'évaluer pour le lendemain ou le surlendemain afin d'en tenir compte dans notre offre. Et par-dessus tout, Liam avait laissé deux messages sur mon téléphone professionnel. Alors, quand Weston se glissa dans mon bureau à seize heures, je n'étais pas d'humeur.

— Si tu viens pour me dire à nouveau que je suis incompétente, tu peux faire demi-tour et t'en aller.

Weston se dirigea vers mon bureau et me tendit une enveloppe.

— En fait, je viens te donner ça.

À l'intérieur se trouvaient deux billets.

— Shakespeare Bourré ? Qu'est-ce que c'est ?

— C'est un spectacle qui a lieu ici, en ville. Un tas de comédiens se rassemblent. L'un d'entre eux avale au moins cinq shots de whisky, puis ils tentent de jouer du Shakespeare.

Je ris.

— Tu es sérieux ?

— Oui. Je me suis dit que ce serait la seule pièce que nous apprécierions tous les deux.

Je regardai la date sur les billets. La représentation était prévue pour dans un mois et demi. Ma colère fut rapidement remplacée par cette sensation de chaleur habituelle. Je levai les yeux vers lui.

— Quand les as-tu achetés ?

— Il y a quelques jours. Ils viennent juste d'être livrés par coursier, alors je me suis dit que je les utiliserais comme drapeau blanc.

— Tu nous as acheté des billets pour un spectacle qui se déroulera dans plusieurs semaines avant même que nous ayons discuté de notre avenir ?

— Tu es la seule qui ait eu besoin de cette discussion pour rendre les choses formelles, Soph.

Je me levai, contournai le bureau et passai mes mains autour de son cou.

— Pourquoi tu ne verrouilles pas la porte...

Weston afficha un sourire coquin.

— Déjà fait en entrant, ma belle.

Je rentrai mon chemisier dans ma jupe et me retournai vers Weston.

— C'est plus efficace que le Xanax, dis-je par-dessus mon épaule. Aide-moi, s'il te plaît.

Il monta la fermeture éclair de ma jupe et poussa mes cheveux sur le côté pour embrasser ma nuque.

— Heureux d'être utile. Qu'y a-t-il sur ton planning pour le reste de l'après-midi ?

Je me tournai et lissai mes vêtements.

— Dans peu, nous aurons cette réunion téléphonique avec Elizabeth, l'avocate de l'hôtel, concernant la nouvelle plainte. J'avais prévu d'aller en boutique acheter un nouveau téléphone portable. J'ai fait tomber le mien tout à l'heure, et il ne s'allume plus.

Je regardai ma montre.

— Mais je ne pense pas avoir le temps. Je ne veux pas manquer le début de l'appel, et il y a toujours la queue chez Verizon.

— Tu veux prendre le mien ? Je vais retourner à mon bureau pour étudier les rapports. Comme ça, si tu es toujours à la boutique, tu pourras te connecter pour l'appel.

— Tu es sûr que ça ne te dérange pas ?

Weston me tendit son téléphone.

— Pas de problème. Tu connais déjà mon code top secret.

Le geste sembla énorme. C'était quelque chose qu'un *couple* faisait l'un pour l'autre. Les données que nous gardions dans nos téléphones pouvaient être très personnelles — non pas que je prévoie d'espionner le sien et de chercher quoi que ce soit. Mais cela signifiait que Weston n'avait rien à cacher. Plus que ça, même, cela signifiait qu'il avait confiance en moi. Et cela en disait long.

Je pris le téléphone et l'embrassai.

— Merci. Je vais te dire, pour te prouver à quel point j'apprécie, que ce soir, nous pourrons faire une reconstitution en direct de ton code.

CHAPITRE 24

Heureusement que j'avais emprunté le téléphone de Weston.

Je patientais dans la boutique de Verizon, jouant depuis quarante minutes avec des téléphones que je ne voulais même pas acheter, attendant que l'on appelle mon nom. Je devais me connecter pour la réunion téléphonique avec l'avocate de l'hôtel cinq minutes plus tard. Alors, je fouillai dans mon sac pour trouver le papier où était inscrit le numéro de téléphone. Chanceuse comme je l'étais, une minute avant que la réunion ne commence, on appela mon nom.

Je tendis mon téléphone en panne au vendeur.

— Bonjour, mon téléphone ne fonctionne pas. Je l'ai fait tomber, et il ne se rallume plus. J'ai une assurance Apple, alors si vous pouviez soit le réparer tout de suite soit m'en procurer un nouveau, ce serait super.

— Bien sûr. Pas de problème. Votre compte est associé à l'adresse e-mail que vous avez utilisée pour prendre rendez-vous ?

— Oui.

— D'accord. Le temps de trouver quelqu'un pour jeter un coup d'œil à votre téléphone et je vous informerai de vos options.

Je regardai l'heure sur le téléphone de Weston. Je devais me connecter pour mon appel.

— Savez-vous combien de temps ça va prendre ? Je dois téléphoner pour le travail.

— Quinze minutes environ.

Je hochai la tête.

— D'accord, super. Si je suis encore au téléphone quand vous serez prêt, pouvez-vous prendre le client suivant et revenir vers moi ensuite ?

— Bien sûr. Pas de problème.

Ce que je pensais être un appel d'une quinzaine de minutes dura presque une heure. Quand je raccrochai enfin, le vendeur en était déjà au moins à son troisième client, alors je dus attendre qu'il termine. Tandis que je faisais les cent pas, le téléphone de Weston vibra dans ma main. Par habitude, je baissai les yeux pour voir qui c'était. L'écran s'illumina et montra le début du message qui venait d'arriver, envoyé par un dénommé Eli, et qui commençait par : *Salut, mon pote, t'as disparu de la planète ?*

Cela me fit sourire parce que j'étais à peu près sûre que la plupart de mes amis avaient le même sentiment à mon sujet dernièrement. Je ne voulus pas envahir son intimité, alors je ne balayai pas l'écran pour ouvrir le reste du message. Mais alors que je m'apprêtais à appuyer sur le bouton du côté pour éteindre l'écran, un deuxième message apparut. Il s'agissait de l'extrait d'un e-mail :

As-tu obtenu de la fille Sterling ce dont on a besoin ?

Je me figeai.

De quoi s'agissait-il ?

Certaine d'avoir mal lu la première fois, je relus l'extrait, plus lentement. Cela provenait de Oil4o@gmail.com.

As-tu obtenu de la fille Sterling ce dont on a besoin ?

Mon cœur commença à accélérer, et je me sentis un peu nauséeuse, bien que j'essaie de rester calme. Il devait y avoir une explication logique à un tel message.

Peut-être que l'e-mail venait de Sam Bolton... Ils avaient fait un devis pour la réparation du parquet et voulaient nos deux accords pour procéder.

Cependant, cela serait très rapide.

Et Oil4o ? Pourquoi l'e-mail de Sam aurait-il un rapport avec le pétrole ?

Je secouai la tête. *Je suis ridicule.* Ce message pouvait provenir de n'importe quel entrepreneur avec qui travaillait avec Weston. Pourquoi mon esprit envisageait-il automatiquement le pire et pensait-il que quelque chose de mauvais se préparait ?

Peut-être que Weston faisait faire des devis pour tout autre chose et avait dit à l'entrepreneur qu'il avait besoin de mon autorisation ? Nous avions été si occupés dernièrement qu'il ne m'en aurait même pas parlé. C'était tout. C'était forcément être ça.

Et pourtant.

As-tu obtenu de la fille Sterling ce dont on a besoin ?

La fille Sterling…

Ce n'était vraiment pas la bonne façon pour un entrepreneur de parler d'une personne avec qui il veut faire affaire. Mais je supposais qu'il y avait un tas d'idiots de la vieille école qui désignait une femme par le terme *fille*.

Ce n'était pas la faute de Weston.

Cet entrepreneur, qui qu'il soit, était de toute évidence un crétin.

En fait, j'aurais probablement dû ouvrir l'e-mail et jeter un coup d'œil à l'expéditeur pour savoir exactement qui parlait des femmes en des termes aussi peu flatteurs.

Mais… Weston m'avait donné son téléphone parce qu'il me faisait confiance, et ouvrir son e-mail serait une violation de cette confiance.

Cependant, j'avais déjà lu l'extrait, alors les dégâts étaient faits. Regarder le nom de l'expéditeur ne serait pas plus une intrusion dans son intimité que ce que j'avais déjà fait accidentellement.

Pas vraiment, en tout cas.

Non ?

J'observai le téléphone portable, mon doigt prêt à ouvrir l'extrait. Pourtant, je ne parvins pas à le faire. Ça me semblait mal, peu importe les nombreuses façons dont j'essayais de justifier les choses dans mon esprit.

Alors, quand le vendeur revint me parler, je glissai le téléphone de Weston dans mon sac à main et tentai de repousser au fond de mon esprit ce que je m'apprêtais à faire. Il s'avéra que mon téléphone n'était pas réparable, alors le vendeur m'en apporta un nouveau et proposa d'y transférer toutes les informations de mon ancien appareil. Il dit que cela prendrait dix minutes de plus, et qu'il reviendrait rapidement.

Malheureusement, cela me laissa plus de temps pour patienter et suranalyser.

Pourquoi me sentais-je soudain mal à l'aise après un court extrait d'e-mail ?

Ce n'était pas difficile à deviner.

Parce que tu as des problèmes de confiance. À peu près tous les hommes à qui je l'avais accordée m'avaient trahie. Alors, sans surprise, mon imagination en déduisait le pire.

Weston n'avait pas vraiment de sentiments pour moi.

Il m'avait utilisée pour obtenir quelque chose.

As-tu obtenu de la fille Sterling ce dont on a besoin ?

Seigneur, le message ressemblait à quelque chose que mon père aurait dit !

Obtiens du fils Lockwood ce dont on a besoin.

Mais il y avait tellement de façons d'interpréter cette phrase ! Cela pouvait ne rien vouloir dire. Mais le fait était que si j'ouvrais cet e-mail, je violerais la confiance de Weston. D'une certaine manière, je ne vaudrais pas mieux que Liam. Parce que sans confiance, il n'y avait pas de relation.

Miraculeusement, je réussis à laisser le téléphone portable de Weston dans mon sac à main pendant que j'en finissais avec la boutique Verizon. Dans la rue, l'air frais me fit me sentir un petit peu mieux. Durant le trajet à pied sur deux pâtés d'immeubles pour revenir au Comtesse, je réalisai que Weston allait voir l'e-mail à un moment donné, une fois que je lui aurais rendu son téléphone. S'il avait prévu de discuter avec moi de quelque chose qui était arrivé — quel que soit le sujet auquel se référait ce message —, il m'en parlerait bien assez tôt. Je n'aurais probablement pas à attendre longtemps pour nourrir ma curiosité.

Dans une heure ou deux, je rirais d'avoir été stupide de m'être inquiétée pour un e-mail d'un vieux plombier de soixante ans ou quelque chose comme ça. Weston me dirait que c'était un devis qui nécessitait ma signature, et ce serait tout.

Oui, c'était ce qui arriverait.

Je rirais probablement de moi-même aussi.

Cependant, alors que je me rapprochais du Comtesse, je me sentis vraiment plus anxieuse qu'amusée.

— Alors... Y a-t-il des problèmes en cours dont nous devons discuter ? demandai-je.

J'en avais terminé pour la journée et étais allée dans son bureau. Il était presque vingt heures et Weston avait récupéré son téléphone depuis plusieurs heures maintenant. Pourtant, il ne m'avait toujours pas parlé d'un document à signer.

Il secoua la tête.

— Rien qui me vienne à l'esprit.

Peut-être avait-il besoin d'un petit rappel parce qu'il avait oublié.

— Une réparation ou un devis que nous devons signer tous les deux ? Il y a quelques heures, je t'en ai apporté un du fournisseur de Wi-Fi qui nous propose la version supérieure de leur service. Tu as quelque chose pour moi ?

Weston sembla y réfléchir.

— Non. La seule chose que j'ai en attente, c'est la révision du planning des Bolton. En dehors de ça, je crois que tout est bon.

Mon estomac me parut creux. Avait-il pu oublier l'e-mail ?

— Eh bien, je vais monter. Je dois encore répondre à une tonne d'*e-mails* qui sont arrivés aujourd'hui. Et toi ? Tu es surchargé aussi ?

Weston haussa les épaules.

— Non. En fait, j'ai tout rattrapé.

Il sourit.

— Je suppose que je suis bien plus efficace que toi.

Je me forçai à sourire. Je n'étais pas encore prête à quitter son bureau, parce que je m'accrochais toujours à l'espoir qu'il se souvienne de quelque chose. Mais je n'arrivais pas non plus à trouver quoi d'autre à dire. Alors, je restai plantée là, mal à l'aise. Du moins, je me sentais mal à l'aise.

En fin de compte, Weston dit :

— Je te retrouve en haut dans quelques minutes. Je dois finir quelques trucs.

Je me sentis vaincue.

— D'accord.

De retour dans ma chambre, je fus déçue de moi-même. Pourquoi ne l'avais-je pas simplement interrogé sur cet e-mail ? C'était entièrement par accident que j'avais lu une ligne d'un début de message sur son téléphone. Il ne pouvait pas être en colère pour ça. Et pourtant, au lieu d'abréger mes propres souffrances, j'avais laissé mes pensées les plus sombres s'envenimer.

Dans mon cœur, je savais que le vrai problème n'était pas lié au fait que j'avais fait quelque chose de mal. Je n'étais pas nerveuse à l'idée de dire à Weston que j'avais lu un message sur son téléphone. Ce qui me rendait nerveuse, c'était qu'il me dise que ce n'était pas ce que je pensais, et que je ne le croie pas. Mes problèmes de confiance étaient profonds, et je détestais supposer le pire. Alors, à la place, je cachais mes craintes et tentais de me raccrocher à l'espoir que la situation se résoudrait d'elle-même.

Il va probablement voir cet e-mail et m'en parler quand il viendra. Je fais une montagne d'un rien.

Plutôt que d'user le tapis avec mes va-et-vient, je décidai de prendre un bain. Je remplis la baignoire d'eau chaude et y jetai des sels de bain. Me glissant dans l'eau, je fermai les yeux, pris une profonde inspiration et expirai lentement.

Je suis sur une plage d'Hawaii. Le soleil est chaud sur mon corps, le bruit des vagues qui déferlent délicatement sur le rivage me berce jusqu'à m'endormir.

Mais... où est Weston ? Pourquoi n'est-il pas venu avec moi ?

Parce que c'est qu'un sale menteur à qui je ne parle plus. Voilà pourquoi.

Je pris une autre inspiration profonde et apaisante, et tentai de penser à autre chose.

Cette fois-ci, j'allai dans un coin agréable de Londres, qui n'avait rien à voir avec Weston — un petit parc qui surplombait le fleuve, à quelques pâtés d'immeubles de l'endroit où je vivais. Malheureusement, quand je m'imaginai assise sur une balançoire, profitant de la vue paisible, je remarquai du coin de l'œil un couple allongé sur une couverture.

Liam et ma cousine.

Je me tournai pour fuir de l'autre côté, et mon père me surplomba.

— *Je te l'avais dit !*

Je soupirai et ouvris les yeux. Peut-être devrais-je essayer un peu de musique, quelque chose que je pourrais chanter. Saisissant mon téléphone, je lançai Spotify et déterrai une playlist de vieux titres dont je pensais connaître la plupart des paroles. Après six ou sept chansons environ, je sentis enfin mes épaules se détendre un peu. Jusqu'à ce que *Honesty* de Billy Joel se fasse entendre. Il disait que l'honnêteté était un mot esseulé et qu'il était difficile de trouver la vérité, et la tension que j'avais réussi à évacuer revint en force. Frustrée, je sortis de la baignoire et éteignis la musique avant que le titre ne se termine.

Après m'être séchée, je m'enroulai dans l'un des peignoirs confortables de l'hôtel et m'étalai de la crème sur le visage et le corps. Je longeai le couloir jusqu'à la chambre, et sursautai quand j'y découvris Weston en train de retirer ses chaussures.

— Merde ! m'écriai-je, la main sur le cœur. Tu m'as fait peur. Je ne t'ai pas entendu rentrer.

Il retira sa deuxième chaussure et se leva. Il sourit.

— C'est parce que tu étais occupée à massacrer de mauvaises vieilles chansons. Tu as de la chance d'être belle et intelligente, parce que tu chantes comme une casserole.

Je serrai mon peignoir contre moi.

— Chanter m'aide à me détendre.

Weston s'avança et plaça ses mains sur mes épaules.

— Je connais quelque chose qui t'aidera à te détendre et qui n'implique pas que les voisins s'imaginent qu'on assassine des chats.

Weston plaisantait, mais cela fut difficile pour moi de me forcer à sourire. Ce qu'il remarqua.

Il glissa deux doigts sous mon menton et le souleva pour que nos regards se croisent.

— Ça va ?

Je détournai les yeux.

— J'ai juste beaucoup de choses en tête.

— Oui, je comprends. On est sur la dernière ligne droite, maintenant. Je vais te dire, je vais prendre une douche rapide, et ensuite, je reviens et je te masse les épaules avec cette crème que tu aimes tant.

Il se pencha pour me regarder.

Je voulais vraiment le croire, alors je recherchai un signe de sa duplicité. Je ne trouvai rien.

— Pourquoi ne pas retirer ce peignoir et te mettre sous les couvertures pour te préparer pour moi ? dit-il. Ça ne me prendra que quelques minutes.

Je me forçai à sourire et hochai la tête.

Il embrassa délicatement mes lèvres avant de disparaître dans la salle de bain. Quelques minutes plus tard, j'étais toujours debout, au même endroit, quand j'entendis la douche s'allumer. Qu'allais-je faire ? Il n'avait aucune idée de ce que j'avais à l'esprit, alors il allait très certainement sortir de la salle de bain, me masser les épaules et penser que c'étaient les préliminaires. Il était hors de question que je laisse une telle chose arriver vu mon état d'esprit. Je devais avoir une conversation avec lui.

Ma tête me tournait à force de réfléchir, soupesant mes options sur la manière d'aborder le sujet sans avoir l'air de l'accuser. J'étais tellement perdue dans mes pensées que je ne compris pas tout de suite le son provenant de la salle de bain. Weston écoutait *Don't Stop Believin'*, l'une des chansons que j'avais chantées vers la fin de mon bain. Je tapotai la poche de mon peignoir et réalisai que j'avais dû laisser mon téléphone près de la baignoire, et qu'il avait décidé de lancer ma playlist. Quelques secondes plus tard, une voix grave se joignit à celle de Steve Perry pour le refrain. Weston pouvait non seulement suivre le rythme, mais sa voix était assez sexy. Malgré toutes les choses horribles auxquelles je pensais, je ne pus que sourire à son sens de l'humour. Il m'imitait pour me taquiner.

Seigneur, je l'appréciais *vraiment beaucoup* et je voulais que tout cela ne soit qu'un gros malentendu de ma part. J'avais désespérément besoin de savoir.

Je me dirigeai vers ce qui était devenu mon côté du lit. Mais mes yeux remarquèrent quelque chose d'argenté vers le pied — juste à côté de l'endroit où Weston s'était assis.

Mon cœur se mit à palpiter.

Le téléphone de Weston.

J'avais une autre chance.

Je pouvais jeter un coup d'œil rapide, et tout cela serait terminé.

Je n'aurais même pas besoin d'aborder le sujet.

Weston ne saurait jamais que j'avais douté de lui.

En moins de trente secondes, mes souffrances pouvaient être abrégées et je pouvais savoir qu'il n'avait rien fait de mal.

Ou...

Ou...

Je n'arrivais pas à me résoudre à penser à l'alternative.

Mais je devais savoir de manière sûre.

Je n'allais pas laisser passer l'occasion, cette fois-ci.

Mon cœur accéléra tandis que j'attrapais son téléphone portable au pied du lit. J'avais commencé à taper le code de Weston quand la musique de la salle de bain s'arrêta.

Merde !

Il avait terminé sa douche.

Cela ne lui prendrait qu'une minute ou deux pour se sécher.

Je devais me dépêcher.

Ma main tremblait tandis que je tapais les deux derniers chiffres ; le téléphone se déverrouilla. J'ouvris son application de messagerie et passai ses e-mails en revue. Deux pages plus bas, je choisis un message au hasard pour voir à quelle heure il avait été reçu et me rendis compte qu'il était arrivé avant celui que je cherchais. Dans ma hâte, j'avais dû le rater. Alors je revins en arrière et lus la première ligne de chaque message, jusqu'à ce que je revienne à celui envoyé avant l'e-mail en question.

Rien.

Aucune trace de cet e-mail qui était arrivé plus tôt dans la journée.

Jetant un coup d'œil à la porte toujours fermée de la salle de bain, je sentis qu'une bombe à retardement s'apprêtait à exploser dans ma poitrine. Weston allait sortir d'une seconde à l'autre.

Mais où était ce fichu message ?

Oh ! Merde !

Supprimé !

Je devais vérifier les messages supprimés.

Trouvant rapidement le dossier, je tapotai pour l'ouvrir et mon cœur s'arrêta. Le message était tout en haut. C'était le seul qu'il avait pris le temps d'effacer dans l'après-midi.

Jetant une dernière fois un coup d'œil à la porte de la salle de bain, je pris une profonde inspiration et ouvris l'e-mail.

Pour : Weston.Lockwood@LockwoodHospitality.com

De : Oil44@gmail.com

As-tu obtenu l'information de la fille Sterling ?

Tu dois passer à la vitesse supérieure, Weston. Montre-moi la valeur que tu peux encore avoir pour cette famille. Nous avons besoin du montant de l'offre.

Le bas de cet e-mail avait un cartouche de signature :

Oliver I. Lockwood
CEO, Lockwood Hospitality Group

Dessous se trouvait une réponse :

Pour : Oil44@gmail.com
De : Weston.Lockwood@LockwoodHospitality.
com

Je l'ai. J'attends juste qu'elle ait terminé pour voir si les choses changent.

J'eus l'impression que j'allais vomir. Cependant, ce ne fut pas exactement ce que je fis quand la porte de la salle de bain s'ouvrit.

CHAPITRE 25

— Ce peignoir est sacrément confortable, dis-je en sortant de la salle de bain, frottant l'une des manches. Pas étonnant que tu le mettes tout le temps. Je croyais que tu te montrais juste modeste. Tu crois que...

Blam ! Quelque chose frappa ma tête. *Fort.*

Je levai la main et sentis un truc mouillé, juste au-dessus de mon sourcil gauche.

Confus, je m'attendis à un intrus ou quelque chose. Mais au lieu de ça, ce que je trouvai quand je levais les yeux était une femme très énervée.

— Bon sang, Sophia ? Tu viens de me jeter quelque chose à la figure ?

Son visage était écarlate.

— Espèce d'enfoiré !

Mon téléphone portable était par terre à quelques centimètres de moi. Il était fêlé juste au centre de l'écran.

— C'était mon téléphone ?

Je regardai mes doigts. Le truc mouillé était du sang.

— Merde, je saigne !

— *Tant mieux !*

— Tu as perdu la tête ? Tu viens de me fendre le crâne avec mon téléphone !

— Apparemment, oui... parce que je me suis impliquée avec toi. Fous le camp, Weston ! Fous le camp, *tout de suite* !

— Que se passe-t-il ? Qu'est-ce que j'ai fait ?

— Qu'est-ce que tu as fait ? Je vais te dire ce que tu as fait. Tu es *né* !

— Sophia, je ne sais pas ce qui te prend. Et quoi que tu penses que j'ai fait, on ne jette pas un téléphone à la figure des gens.

Elle s'avança à grands pas vers la table de nuit et prit une lampe de chevet.

— Tu as raison. Ça, ça fera encore plus mal. Maintenant, fiche le camp d'ici ou ce sera la dernière chose qui touchera ta tête.

Je levai les mains devant moi.

— Dis-moi juste ce que j'ai fait... ou ce que tu penses que j'ai fait, et je m'en vais.

Elle me dévisagea et cracha entre ses dents :

— *As-tu obtenu de la fille Sterling ce dont on a besoin ?*

Mon visage se plissa.

— Quoi ? De quoi tu parles ?

— Ça ne te dit rien ? Et *Je l'ai. J'attends juste qu'elle ait terminé pour voir si les choses changent.*

Peut-être que c'était ma blessure à la tête, mais il me fallut quelques minutes pour comprendre.

Cependant, quand ce fut le cas, cela me frappa plus fort que le téléphone ne l'avait fait. Je fermai les yeux.

Merde !

Merde !

Merde !

Merde !

Elle avait lu mes e-mails.

Je secouai la tête.

— Je peux expliquer.

— Fiche. Le camp. D'ici.

Je fis un pas vers elle.

— Soph, écoute...

— Ne fais pas un pas de plus !

Elle se tut un long moment. Je l'observai tandis que des larmes emplissaient ses yeux, même si elle faisait de son mieux pour les retenir. Sa voix trembla quand elle reparla enfin.

— Va-t'en, c'est tout. Je ne veux pas entendre ce que tu as à dire.

Quand sa lèvre inférieure trembla, je le ressentis au fond de mon cœur.

— Je vais partir. Mais on doit discuter, Soph. Ce n'est pas ce que tu penses.

Une grosse larme dévala sa joue, mais elle soutint mon regard.

— Peux-tu me regarder dans les yeux et me dire que cet e-mail parle d'autre chose que de m'utiliser pour voler des informations sur notre offre ?

Je déglutis.

— Non. Mais...

Elle leva les mains devant elle.

— S'il te plaît, Weston, va-t'en.

Je baissai les yeux.

— Je vais partir. Mais ce n'est pas terminé. Nous devons discuter quand tu seras calmée.

Ne voulant pas lui manifester moins de respect que je l'avais déjà fait, je me dirigeai vers la porte. Lui laisser l'espace dont elle avait besoin était le moins que je puisse faire. Alors, je partis en silence, sans un mot de plus.

Dans le couloir, une femme plus âgée sortit de sa chambre à quelques portes de là. Me voyant, elle resserra son cardigan et détourna la tête. Ce ne fut qu'à ce moment-là que je me rendis compte que je portais toujours uniquement le peignoir de l'hôtel. J'avais également laissé la clé de ma chambre à l'intérieur, sans parler de mon téléphone portable désormais cassé. Jetant un bref coup d'œil à la suite de Sophia, je décidai que taper n'était pas une option. Je devais juste ravaler ma fierté et descendre dans le hall d'entrée comme ça pour obtenir une nouvelle clé de chambre. Quant au téléphone portable... eh bien, c'était le cadet de mes soucis, maintenant. La seule chose qui comptait était de faire en sorte que Sophia m'écoute.

Cependant, je n'étais pas certain que cela réparerait ce que j'avais détruit.

Le lendemain, je sortis mes fesses du lit à sept heures, bien que je n'aie pas fermé l'œil de la nuit. J'enfilai un pantalon et une chemise, me brossai les dents et aspergeai mon visage d'eau. Le pansement que j'avais collé sur mon front la veille était à présent noirci de sang séché, alors je le remplaçai. C'était toute l'étendue des soins que je pouvais m'apporter. *Au diable, le rasage ! Au diable, la douche !*

J'avais passé les dernières huit ou neuf heures à ressasser ce que j'allais dire à Sophia. Si je lui disais la vérité, elle n'allait pas en aimer une bonne partie. Mais mentir et lui cacher des choses était ce qui m'avait mis dans ce bazar, et si je devais un jour regagner sa confiance, je devais commencer à être honnête dès maintenant. Même si la vérité faisait mal.

J'achetai deux grands cafés dans le coffee shop du hall d'entrée, puis allai directement au bureau de Sophia. Sa porte était fermée, alors je me dirigeai vers la salle de réunion de son équipe.

Je frappai et ouvris la porte.

— Sophia est-elle ici ?

Charles secoua la tête.

— Nuit difficile ?

— Hein ?

Il indiqua le pansement sur mon front.

— Oh ! fis-je. Quelque chose comme ça. Elle est là ?

— Non. Essayez son portable. Même si elle devrait être en train d'embarquer à cette heure-ci. Alors, vous n'arriverez peut-être pas à la contacter pendant plusieurs heures.

— Embarquer ? Où va-t-elle ?

— À Palm West. Voir son grand-père.

Merde !

Elle avait un vol prévu plus tard dans la semaine, la veille du dépôt des offres, mais pas aujourd'hui.

— Savez-vous pourquoi elle y est allée ?

Charles plissa les lèvres.

— Pour discuter affaires, je suppose. Et je suis sûr de vous avoir déjà donné plus d'informations que les Sterling m'y auraient autorisé. Alors, si vous avez d'autres questions, vous devriez les adresser à Sophia.

Vaincu, je retournai à mon bureau. J'avais besoin de la contacter, même s'il me fallait obtenir son numéro par quelqu'un d'autre puisque je ne l'avais pas retenu, et que je n'avais toujours pas mon téléphone portable. Ouvrant la porte de mon bureau, je trouvai une pile d'affaires sur mon bureau. Au-dessus des vêtements pliés que j'avais laissés dans sa suite la nuit précédente se trouvait mon téléphone brisé.

Mes épaules s'affaissèrent. Le message de Sophia était clair. *Elle en a fini avec moi.*

Le reste de la journée, je suivis le mouvement. Je gérai les retombées de l'inondation dans la salle de bal en travaux, relus des estimations arrivées à la dernière minute, rencontrai mon équipe juridique et m'arrêtai à la boutique de téléphones portables pour faire réparer mon écran. Heureusement, cela semblait être le seul dégât, ce qui était surprenant, vu qu'il m'avait frappé le crâne assez fort pour se fêler. J'appelai Sophia quatre fois, mais chaque fois, je tombai sur sa messagerie. Les choses que je devais lui dire n'étaient pas du genre qu'on dit par téléphone, encore moins par messages. Alors, chaque fois, je raccrochai.

Vers dix-huit heures ce soir-là, je commençais à devenir dingue, alors, je décidai d'aller faire un tour dehors. Le premier bar devant lequel je passai attira mon attention, mais je continuai sans ralentir. Le deuxième se trouvait sur le même pâté d'immeubles. J'hésitai légèrement, mais continuai malgré tout ma route. Au troisième bar, je commençai à sentir que ces fichus machins m'appelaient. Alors quand je ralentis, je me forçai à appeler un Uber plutôt que de tenter de refaire à pied les quelques pâtés d'immeubles jusqu'au Comtesse.

Heureusement pour moi, New York était remplie d'autant d'Uber qu'il avait de taxis dernièrement, alors ma voiture s'arrêta en moins de deux minutes.

— L'hôtel Comtesse ? demanda le chauffeur, regardant dans le rétroviseur.

Il était probablement en train de se dire *mais quel fainéant !* tellement nous étions près.

— Oui... En fait, non... Oubliez cette destination. Pouvez-vous m'emmener au 409 Bowery à la place ?

Le type fit la grimace.

— Il va vous falloir faire ça sur l'application.

Je grommelai et fouillai dans ma poche. Sortant un billet de cent de mon portefeuille, je le tendis par-dessus le siège avant.

— Contentez-vous de conduire. Ça vous va ?

Le type saisit le billet et le fourra dans sa poche.

— C'est parti.

— Eh bien, eh bien, regardez ce que le chat a ramené. C'est presque l'heure de *Jeopardy*. M'as-tu au moins apporté des tickets à gratter si tu as l'intention d'interrompre mon émission ?

À mon souvenir, c'était la première fois que j'arrivais les mains vides. Et ce n'était pas parce que j'avais oublié.

— Désolé, lui dis-je. Je ne voulais pas m'arrêter. Le bureau de tabac où je vais d'habitude en bas de la rue vend de la bière.

Monsieur Thorne prit la télécommande et éteignit la télévision.

— Assieds-toi, fiston.

Il ne dit rien de plus, attendant plutôt que je lui raconte ce qui se passait. Je savais qu'il resterait patiemment là jusqu'à ce que je mette de l'ordre dans ma tête, alors je poussai un lourd soupir et passai une main dans mes cheveux.

— Je ne sais pas par où commencer.

— Alors, commence par le début.

Je pris ma tête entre mes mains.

— J'ai merdé.

— Ce n'est pas grave. Nous faisons tous des erreurs. Chaque jour est une opportunité pour une nouvelle chance de sobriété.

Je secouai la tête.

— Non, ce n'est pas ça. Je n'ai rien bu. Quand je me suis rendu compte que je prenais cette direction-là, j'ai grimpé dans un taxi et je suis venu directement ici.

— Eh bien, c'est bien ! C'est à ça que sert un parrain. Je suis heureux que tu aies senti que tu pouvais venir me voir. Alors, dis-moi ce qui se passe.

Je poussai un soupir irrégulier.

— Vous savez, la femme que j'ai mentionnée à plusieurs reprises... celle que vous avez rencontrée l'autre jour au Comtesse ?

Il hocha la tête.

— Bien sûr. Sophia. La femme qui veut te mettre un coup dans les couilles la moitié du temps et qui est bien trop belle pour ton cul affreux ?

Je décrochai un pauvre sourire.

— Oui. Elle.

— Et alors ?

— Nous sommes ensemble, maintenant. Ou du moins nous l'étions.

— D'accord... Qu'est-ce qui a changé les choses ?

— J'ai trahi sa confiance.

— Tu l'as trompée ?

— Non. Enfin, pas comme vous le pensez, en tout cas.

— Alors, comment ?

— C'est une longue histoire.

— Je suppose que tu as de la chance d'avoir un public captif. Tu sais que mes jambes ne fonctionnent pas, et je ne peux pas me lever et partir, même si ta triste histoire est ennuyeuse, pas vrai ?

Je soupirai.

— Oui.

Même si monsieur Thorne connaissait déjà le pire en moi, j'étais gêné d'admettre ce que j'avais fait. Au moins, la plupart des choses merdiques que j'avais faites au fil des ans pouvaient être mises sur le compte de l'alcool.

— Vas-y, m'encouragea-t-il. Crois-moi, quoi que ce soit, j'ai fait pire, fiston. Ça ne va pas te rabaisser à mes yeux.

— D'accord.

Je pris une profonde inspiration, me préparant à commencer par le début.

— Eh bien, je vous ai dit que nos familles ne s'entendent pas. Nos grands-pères se sont disputés pour une femme nommée Grace, il y a plus de cinquante ans. Grace est morte il y a quelques mois, laissant quarante-neuf pour cent de l'hôtel à chacun de nos grands-pères, à Sophia et moi.

Monsieur Thorne grommela.

— La seule chose que mon ex m'ait jamais laissée, ce sont les papiers du divorce.

Je souris.

— Quoi qu'il en soit, mon grand-père déteste celui de Sophia. Et vous savez que je ne suis pas dans ses bonnes grâces depuis mon dernier dérapage.

Il hocha la tête.

— Oui, je le sais.

J'inspirai profondément.

— Eh bien, il m'a téléphoné juste après que j'ai débarqué de l'avion dans lequel se trouvait également Sophia. J'ai mentionné à côté de qui j'avais été assis, et il m'a reproché de m'être laissé laisser distraire par une jupe.

Je secouai la tête.

— Il m'a demandé de faire demi-tour et de rentrer par le prochain avion, prétendant que je n'étais pas l'homme qu'il lui fallait, parce que j'étais faible devant les femmes et l'alcool. Je lui ai dit qu'il avait tort, mais il a rétorqué qu'il enverrait mon père à la place. Puis il m'a raccroché au nez. Je venais juste de passer la sécurité, alors je me suis dit que j'allais prendre l'air et décider quoi faire ensuite. Dix minutes plus tard, il m'a rappelé. Il m'a dit qu'il avait changé d'avis et avait une nouvelle stratégie. Comme j'étais un homme à femmes, il voulait que je séduise Sophia et que j'obtienne d'elle l'offre des Sterling.

Les yeux de monsieur Thorne s'assombrirent de déception.

— Et tu as accepté de le faire ?

Je fermai les yeux et baissai la tête, tout en acquiesçant.

— Je n'ai pas réfléchi au-delà du fait que je voulais rester pour pouvoir lui prouver que je n'étais pas un vrai *loser*. J'aurais accepté n'importe quoi. Après avoir arrêté de boire, je me suis rendu compte qu'il ne me restait pas grand-chose dans ma vie à part mon travail. J'avais perdu Caroline, et la plupart de mes amis étaient des fêtards, et je devais me sortir de cet environnement.

Je ricanai.

— Vous êtes à peu près le seul ami que j'aie.

Il secoua la tête.

— De toutes les choses dont nous avons parlé au fil des ans, cette dernière partie doit être la plus triste. Mais nous y reviendrons. Restons concentrés sur la fille. Donc, tu as dit à ton grand-père que tu le ferais, et ensuite quoi ?

Je haussai les épaules.

— Ensuite... je suis tombé amoureux d'elle.

— Alors, tu as commencé avec l'intention de séduire cette femme, et ça a changé ?

— C'est ça, le truc. Même si j'ai dit à mon grand-père que je jouerais son jeu, je ne l'ai jamais vraiment fait. Sophia et moi avions cette vieille relation amour-haine depuis le lycée. Alors, quand je lui en faisais voir de toutes les couleurs et que les choses s'enflammaient, je ne jouais pas avec elle. C'était réel. Ça a toujours été sacrément réel. Rien que j'aie dit ou fait avec Sophia n'a eu de rapport avec mon grand-père.

Je passai à nouveau mes doigts dans mes cheveux, tirant sur les mèches.

— Mais chaque fois qu'il me demande si je vais réussir à obtenir les informations sur leur offre, je lui assure que oui.

— Mais tu n'as jamais eu l'intention de soutirer cette information à Sophia ?

Je secouai la tête.

— Je prévoyais d'inventer un chiffre un peu en dessous du mien et de lancer les dés. Si mon travail pour estimer ce chiffre était correct, nous aurions remporté l'offre de toute manière, et personne n'aurait rien su.

— As-tu dit ça à Sophia ?

— Elle ne m'a pas laissé la possibilité de le faire.

— Et maintenant, tu penses qu'elle ne croira pas la vérité quand tu la lui diras enfin.

— Je suis certain qu'elle ne me croira pas. Tout ça, c'est des conneries — même si je viens juste de vous raconter l'histoire.

Monsieur Thorne hocha la tête.

— Je déteste te dire ça. Mais tu as raison.

— Génial !

Mes épaules s'affaissèrent.

— Je suis venu ici en pensant que vous me diriez quelque chose de différent.

— Vu que je suis ton seul ami, je pense que mon boulot est de te dire les choses telles qu'elles sont. Tu n'as pas besoin que je te fasse de la lèche. Tu as besoin d'un ami à qui te confier, avec qui analyser tes problèmes et qui t'aide à trouver comment les résoudre. Et plus que tout, tu as besoin de quelqu'un pour te rappeler que boire ne va faire qu'empirer les choses.

Je levai les yeux vers lui.

— Je sais. Je suppose que je voulais juste faire semblant pendant un moment qu'il y avait une manière facile de me sortir de ce bordel.

— Je sais, fiston. Quand quelque chose de bien arrive, notre premier instinct est de boire pour le célébrer. Quand quelque chose de mauvais arrive, nous sommes prêts à boire pour oublier. Et quand rien n'arrive, nous buvons pour que ça arrive. C'est pour ça que nous sommes des alcooliques. Mais nous ne pouvons pas noyer nos problèmes. Parce que nos regrets sont des nageurs olympiques.

Je me forçai à sourire.

— Merci.

— Quand tu veux. C'est à ça que servent les meilleurs amis. Mais ne t'attends pas ce que je te fasse des tresses. D'ailleurs, je voulais te dire qu'une bonne coupe de cheveux ne te ferait pas de mal.

Je finis par rester avec monsieur Thorne presque toute la soirée. Nous ne parvînmes pas à trouver un moyen facile de me sortir du bordel dans lequel je m'étais mis. Mais ce n'était pas faute d'avoir essayé. Malheureusement, il n'y avait simplement pas de moyen facile pour ça. J'espérais juste qu'il en existait un.

CHAPITRE 26

Sophía

Toc. Toc. Toc.

Il était presque minuit. À moins que ce ne soit le service d'entretien qui frappe à la porte de mon bureau, ce dont je doutais sincèrement, à cette heure-ci, cela ne pouvait être qu'une seule personne.

Je restai silencieuse, espérant qu'il s'imagine que j'étais partie en laissant la pièce allumée. La dernière chose dont j'avais besoin, c'était une confrontation avec Weston. Je me sentais vidée et épuisée, physiquement et émotionnellement, après avoir passé les deux derniers jours avec mon grand-père et mon père. Ce soir, quand j'étais revenue en douce au Comtesse, tout ce que je voulais, c'était m'effondrer dans le lit. Mais mon grand-père m'avait demandé de lui envoyer une tonne d'informations et comme j'étais sur un terrain miné après ce que je lui avais dit, je voulais lui montrer que j'étais impliquée à cent pour cent. Alors, j'étais montée directement dans mon bureau, sans même passer par ma chambre avant. J'avais été soulagée de trouver les lumières du bureau de Weston éteintes quand j'étais passée devant, quelques minutes plus tôt.

Toc. Toc. Toc.

La deuxième fois, je retins mon souffle.

— Soph, je sais que tu es là. Je regarde les vidéos de sécurité de l'hôtel sur mon téléphone depuis que tu es partie, car j'attendais que tu reviennes. Je t'ai vue entrer il y a quelques minutes.

— Va-t'en, Weston.

Sans surprise, il n'écouta pas. Au lieu de cela, il ouvrit la porte de mon bureau. Mais au lieu de le faire en grand, il la laissa juste entrouverte.

— J'entre. S'il te plaît, ne me jette rien. Je veux juste deux minutes.

Je grimaçai. J'avais beau le détester à cet instant, une minuscule part de moi se sentait mal de lui avoir balancé son téléphone et de l'avoir blessé. Je n'avais jamais été violente envers quelqu'un d'autre.

La porte s'ouvrit lentement jusqu'à ce que Weston soit entièrement visible. Son apparence me serra involontairement le cœur. Ses cheveux étaient en bataille, et il avait l'air de ne pas s'être rasé depuis plusieurs jours. Il portait une chemise froissée, un pantalon dans lequel j'étais sûre qu'il avait dormi, et un immense pansement recouvrait son front au-dessus de son œil gauche.

Je soupirai. La veille, mon humeur était passée de la colère à la tristesse. Désormais, je ne voulais plus jeter de téléphone portable ; à la place, je m'étais endormie en pleurant le soir précédent. Je n'avais même pas pleuré quand Liam et moi avions rompu, et nous avions été ensemble pendant longtemps. Cependant, je n'allais pas laisser à Weston la satisfaction de savoir à quel point je souffrais. C'était déjà suffisamment grave que je sois tombée dans son piège. Ma fierté ne pouvait pas supporter de lui montrer à quel point cela m'avait rendue triste et pathétique. Alors, je fis de mon mieux pour rassembler méchanceté et amertume, bien que je manque d'énergie pour cela. Je voulais juste que ce jeu se termine afin de pouvoir aller de l'avant.

— Que veux-tu, Weston ? Mon voyage m'a épuisée et j'ai besoin de finir un travail avant d'aller me coucher.

Il entra et ferma doucement la porte derrière lui.

— Je suis vraiment désolé, Soph.

— D'accord. Super. Merci. On a fini, maintenant ?

Les yeux de chien battu de Weston feignirent sacrément bien la douleur. Si je n'avais pas su quel acteur spectaculaire il était, j'aurais peut-être cru qu'il était aussi bouleversé que moi.

— Je sais que ce que tu as lu ne laisse rien présager de bon. Mais je jure que je ne t'ai jamais soutiré aucune information et que je n'ai jamais prévu de donner quoi que ce soit à ma famille. Tu dois me croire.

— Non. Pas du tout, en fait. Ce que je dois faire, c'est apprendre de mes erreurs. Et croire tout ce qui est sorti de ta bouche a été ma première erreur. Fais-moi confiance, je ne le referai plus.

Il se rapprocha de quelques pas.

— Mon grand-père n'a plus voulu me confier cet endroit quand je lui ai dit que c'était toi qui dirigeais les opérations pour les Sterling. Vu mes antécédents, il savait que les femmes et l'alcool risquaient de me faire échouer. Il voulait que mon père prenne le relais. Le seul moyen pour qu'il m'autorise à rester était d'accepter d'essayer de te soutirer des informations.

— Mon père m'a dit de faire la même chose. Je crois que ses mots exacts étaient d'utiliser mes « *charmes féminins* » pour t'extraire des informations. Mais tu le sais déjà, non ? Et sais-tu *pourquoi* tu le sais déjà ? Parce que je t'en ai parlé.

Weston ferma les yeux.

— Je sais.

Je sentis la brûlure familière dans ma gorge, précurseur de larmes. Déglutissant difficilement, je dis :

— Et j'ai été assez stupide pour te laisser seul dans ma suite avec tous mes dossiers et mon ordinateur portable. Tu as dû bien te marrer pendant que tu fouillais dans mes affaires. J'ai été la cible la plus facile ayant jamais existé.

— Non, ce n'est pas ce qui s'est passé. Je n'ai pas une seule fois regardé dans tes affaires. Je te le jure.

Je repassai mentalement toutes les choses stupides que j'avais faites en présence de cet homme.

— Seigneur ! On a eu des rapports non protégés. Je dois me faire tester pour des MST ? Tu as aussi menti là-dessus ?

Weston ferma les yeux.

— Non. Je suis clean. Je ne ferais jamais ça.

Seigneur, j'avais vraiment été idiote ! J'avais accordé ma confiance à mon *ennemi juré* — je lui avais fait confiance par-delà le jugement de ma propre famille, et par-là même, j'avais mis en danger ma carrière.

— Que puis-je faire, Soph ? plaida Weston. Que puis-je faire pour te prouver que je dis la vérité ? On peut appeler mon grand-père sur haut-parleur, et je lui demanderai si je lui ai jamais donné des informations. N'importe quoi. Dis-moi juste quoi.

Je secouai la tête.

— Si tu prétends que tu ferais n'importe quoi pour moi, alors va-t'en, Weston.

Nos regards se croisèrent, et ses yeux étaient emplis de larmes. Seigneur, j'étais vraiment une idiote ! Même après tout ce qui s'était passé, j'avais *encore* envie de le croire. J'avais envie de faire semblant de n'avoir jamais vu cet e-mail et de reprendre les choses où nous les avions laissées. J'étais vraiment tombée amoureuse.

Finalement, il hocha la tête.

— D'accord.

Il pivota et ouvrit la porte, mais je repensai à une chose que j'avais besoin qu'il fasse pour moi. Alors je le rappelai.

— Hé ! J'ai dit à ma famille que j'avais accidentellement laissé mes documents professionnels dans une zone à laquelle tu avais accès. J'étais trop gênée pour dire à mon père et à mon grand-père que cette zone était ma chambre à coucher où je t'ai autorisé plus qu'un simple coup d'œil à notre offre. Alors, si tu veux faire quelque chose pour moi, confirme au moins ça. La dernière chose que les hommes de ma famille ont besoin de savoir est que j'ai laissé mes émotions se mettre en travers des affaires.

Weston grimaça.

— Compris.

Une fois qu'il fut parti, je restai là à observer la porte fermée de mon bureau. Cela semblait symbolique. La façon dont nous avions laissé les choses en suspens l'autre soir avait eu un goût d'inachevé. Nous avions de toute évidence besoin d'avoir une dernière conversation. À présent que c'était terminé, je pouvais ressentir cette finalité. Cependant, cela signifiait accepter ce qui était arrivé et s'éloigner de cette porte fermée. Mon cœur ne voulait pas s'en éloigner. Alors à la place, je devais mettre un double verrou dessus pour m'assurer qu'elle ne s'ouvrirait plus par accident.

CHAPITRE 27

Weston

Deux jours plus tard, j'attendais impatiemment de voir si Sophia viendrait.

Nous avions une réunion prévue avec Elizabeth Barton, l'avocate de l'hôtel, pour discuter de problèmes de dernière minute concernant un renouvellement de contrat. Je m'étais attendu à recevoir un coup de fil annonçant que la réunion était annulée, ou du moins transformée en audioconférence. J'étais arrivé une demi-heure avant l'heure prévue, juste au cas où Sophia se pointerait. Mais à chaque minute qui passait, je perdais un peu plus d'espoir.

À neuf heures précises, un éclair rouge apparut sur le pas de la porte. L'entrée du hall était constituée d'un mur de verre, alors je vis Sophia hésiter, une main posée sur la porte. Elle prit une profonde inspiration, leva le menton et redressa les épaules, et j'aurais juré que je tombais encore plus amoureux d'elle.

Depuis le début, j'avais cru que nos disputes me la rendaient irrésistible. Sa colère était comme mon silex et j'étais le petit garçon qui aimait jouer avec des allumettes. Mais à cet instant, je réalisai que ce n'était pas sa colère qui m'avait attiré à elle — c'était sa force. Quand elle entrait dans une pièce, sa beauté était indéniable. Quand elle souriait, cela faisait faiblir mes genoux. Mais quand elle redressait son dos et que ses yeux pétillaient de détermination, elle n'était pas le silex de mon étincelle. Elle était le feu. Un feu de joie indéniablement magnifique.

Superbe.

Simplement parfait.

Mon cœur tambourina entre mes côtes tandis qu'elle s'approchait du bureau de réception et disait quelque chose. Bien qu'elle ne soit qu'à quelques mètres de moi et que la zone d'accueil soit silencieuse, je ne pus entendre un seul mot. Le sang se précipitant dans mes oreilles était bien trop fort.

Depuis notre conversation de l'autre soir, j'avais répété ce que je lui dirais si j'avais une autre occasion. J'avais prévu de lui donner plus de détails — de poser toutes mes cartes sur la table et de la convaincre que je n'avais jamais envisagé de la trahir. Mais en vérité, rien de tout cela ne comptait plus. Que j'aie prévu ou non de lui voler des informations était presque dérisoire. Le fait que j'aie accepté de le faire et ne lui en aie jamais parlé était une traîtrise suffisante. J'avais maintenant besoin de me concentrer non sur ce que j'avais mal fait, mais sur ce que je ressentais pour elle et ce que j'allais faire pour rattraper les choses.

Avec un nouveau plan d'action, je me levai et marchai vers la réception, où Sophia se trouvait toujours.

— Oh, bonjour ! dit la femme. Je disais justement à madame Sterling que Maître Barton est en retard de quelques minutes. Elle avait une téléconférence avec l'étranger avant votre rendez-vous, et elle a démarré en retard.

Sophia se tint un peu plus droite, m'ignorant complètement à ses côtés.

— Savez-vous pour combien de temps elle en aura ? demanda-t-elle. J'ai un autre rendez-vous après celui-ci.

J'aurais parié mon compte en banque que c'était un mensonge.

— Elle ne devrait pas en avoir pour plus de dix ou quinze minutes, dit la réceptionniste. Puis-je vous offrir une tasse de café ou de thé en attendant ?

Sophia soupira.

— Non merci.

La réceptionniste regarda vers moi ; j'agitai la main.

— Ça ira.

— D'accord. Eh bien, pourquoi n'allez-vous pas vous asseoir, tous les deux, et je vous préviendrai dès qu'elle aura terminé son appel.

Je fis un pas en avant.

— En fait, auriez-vous, par hasard, une salle de réunion vide ?

— Euh... Bien sûr. Celle de votre rendez-vous est disponible. Avez-vous besoin de passer un appel ou quelque chose comme ça ?

Je secouai la tête.

— Non. Madame Sterling et moi devons discuter affaires. Pensez-vous que nous puissions utiliser cette salle en attendant que Maître Barton soit disponible ?

La réceptionniste sourit.

— Bien sûr. Pas de problème.

Elle se leva.

— Veuillez me suivre. Je ferai savoir à Elizabeth où vous êtes quand elle aura fini.

Sophia sembla momentanément perdue, alors j'en profitai, sachant qu'une fois qu'elle aurait repris contenance, elle n'entrerait pas volontairement dans une pièce avec moi. Je posai ma main au creux de ses reins et levai l'autre pour qu'elle passe en premier.

— Après toi...

Ses mâchoires se crispèrent, mais elle n'allait pas faire d'esclandre. Ce n'était pas son genre, du moins pas dans l'entrée devant la réceptionniste. Cependant, je ne doutais pas un instant qu'elle se lâcherait une fois que la porte de la salle de réunion serait fermée. Alors je devais la prendre de vitesse, et parler avant qu'elle en ait l'occasion.

Nous suivîmes la réceptionniste dans une longue salle de réunion. J'étais heureux que ce ne soit pas l'une de ces pièces entièrement vitrées que les entreprises américaines récentes aimaient tant, où tout ce qui se passait à l'intérieur était visible de tous ceux qui passait devant.

— Êtes-vous sûrs de ne pas vouloir de café ? demanda la réceptionniste une fois que nous fûmes à l'intérieur.

— Non merci, répondit Sophia.

— Ça ira, dis-je en souriant avant d'indiquer la porte. Si ça ne vous dérange pas, je vais la fermer.

— Oh ! Bien sûr. Oui. Je vais le faire pour vous.

Elle attrapa la poignée de la porte et la ferma délicatement derrière elle.

— Weston... commença directement Sophia.

Mais je l'interrompis.

— J'ai besoin de trente secondes. Si tu veux, j'irai attendre dans l'entrée ensuite.

Je ne savais pas combien de temps nous avions ni si nous aurions l'occasion de rediscuter avant de régler les choses au Comtesse, alors j'avais besoin de dire ce que j'avais sur le cœur... et vite.

Les lèvres de Sophia se pincèrent en une ligne sombre. Elle n'avait pas accepté de m'accorder les trente secondes, mais je me disais que le fait qu'elle ne parle pas était bon à prendre. Alors, je me mis à faire les cent pas, les yeux baissés vers le sol, essayant de choisir les bons mots.

J'avais l'impression qu'un poids enserrait ma cage thoracique, empêchant mes poumons de fonctionner. Et je savais exactement quel était ce poids. J'avais l'occasion de tout ôter de ma poitrine.

Maintenant ou jamais.

Ne sois pas une poule mouillée toute ta vie.

Alors, je pris une profonde inspiration et regardai de l'autre côté de la table, attendant que Sophia lève les yeux. Finalement, le silence gênant la poussa à croiser mon regard, et je me lançai.

Merde !

Ça passe ou ça casse.

— Je t'aime, Sophia. Je ne sais pas quand ça a commencé ni même si c'est encore important, mais j'ai besoin que tu le saches.

Au début, je vis l'espoir naître dans son regard. Ils s'écarquillèrent de surprise, et le plus petit des sourires se forma au coin de sa bouche. Mais tout aussi rapidement que cet espoir avait grandi, il se fana.

Et je la regardai pendant qu'elle se souvenait.

Se souvenait comment je l'avais trompée.

Se souvenait qu'elle était censée me détester.

Se souvenait qu'elle ne pouvait rien croire de ce que je disais.

En moins de dix secondes, cette légère courbe au coin de ses lèvres s'affaissa vers le bas, et ses grands yeux se plissèrent avec méfiance.

— Tu ignores complètement ce qu'est l'amour, lança-t-elle.

Je secouai la tête.

— Tu as tort. Je ne sais peut-être pas beaucoup de choses — comme avoir le courage de faire face à ma famille, ou la façon de dire *non* à mon grand-père quand il me dit de faire quelque chose de moralement répréhensible, ou même la façon de vivre en couple, parce que Dieu sait que je n'ai jamais eu de modèle réel de ce à quoi une personne normale est censée ressembler. Mais je sais absolument et avec certitude que je suis amoureux de toi. Tu sais comment ?

Elle ne répondit pas. Mais elle ne me dit non plus pas de me taire.

Alors, je continuai.

— Je sais que je t'aime parce que, en cinq ans, depuis la mort de Caroline, je n'ai *jamais* voulu être un homme meilleur. Je ne me suis pas une seule fois regardé dans un miroir en me demandant si j'aimais ce que je voyais. Mais depuis que tu es montée dans cet avion et que tu m'as viré de ce siège près du hublot, je m'observe chaque matin et je me demande ce que je pourrais faire aujourd'hui pour être quelqu'un de meilleur — un homme meilleur qui mérite une femme comme toi.

« Je sais que je t'aime parce que ma famille me déshériterait d'être tombé amoureux de toi. Et ça m'effraie moitié moins que de quitter cette pièce sans croire que mon cœur t'appartient plus qu'il n'a jamais appartenu à personne.

« Je sais que je t'aime parce que toute ma vie, j'ai eu le sentiment que je n'avais pas de raison d'être, excepté d'être des pièces de rechange pour ma sœur... jusqu'à toi.

« Je sais que je t'aime parce que...

Je secouai la tête et passai une main dans mes cheveux.

— Parce que *tu es la personne la plus belle, la plus adorable, la plus tendre et la plus belle que j'aie jamais connue, et même c'est un euphémisme.*

Les lèvres de Sophia s'écartèrent, et des larmes emplirent ses yeux. Je n'avais pas besoin de lui dire que j'avais emprunté cela à F. Scott Fitzgerald et non à Shakespeare. Un mois plus tôt, j'avais recherché des citations pour la taquiner à propos de son ex, mais dernièrement, j'avais commencé à apprécier de les lire. Tellement me faisaient penser à elle, comme celle-ci !

Je me raclai la gorge.

— Soph, j'ai merdé. Ce n'est pas ce que tu penses, mais je réalise que ça n'a pas d'importance que j'aie eu l'intention de donner des informations à mon grand-père. J'aurais dû t'en parler ou ne pas lui faire croire que je jouais son jeu. Je n'avais pas à trahir ta confiance au point de la perdre. Même le plus petit des mensonges peut créer les plus gros des dégâts.

Elle renifla.

— Je me sens idiote de vouloir te croire.

Elle secoua la tête et baissa les yeux.

— Mais je ne peux pas, Weston. Je ne peux pas.

— Soph, non. Ne dis pas ça. Regarde-moi.

Elle continua à secouer la tête. Quand une larme coula de son œil, elle me regarda à nouveau et chuchota :

— Comtesse.

Mon front se plissa. Puis je me souvins que je lui avais fait choisir un mot de sécurité pour le cas où les choses devenaient insupportables. Elle ne l'avait jamais utilisé jusqu'à aujourd'hui. J'eus l'impression que mon cœur se brisait en deux.

Sophia se dirigea vers la porte de la salle de réunion. Je m'apprêtais à la rejoindre, mais elle leva une main, m'arrêtant.

— S'il te plaît, non. Je dois aller aux toilettes.

Sa voix était si douce et emplie d'émotions qu'elle me transperça.

— Ne me suis pas. S'il te plaît, laisse-moi tranquille. Tu as dit ce que tu voulais dire. J'ai écouté. Je l'ai vraiment fait. Je veux rester seule, maintenant.

Je baissai la main et hochai la tête.

— Va. Je ne veux pas te faire te sentir encore plus mal.

Sophia ne revint pas pendant dix longues minutes. Quand elle le fit, je devinai qu'elle avait pleuré. Je me sentais bête de l'avoir bouleversée juste avant une réunion professionnelle. Nous restâmes tous les deux silencieux en attendant à la table de la pièce. Je lui jetais quelques coups d'œil pendant qu'elle évitait tout contact visuel. Quand Elizabeth Barton entra enfin, Sophia finit par croiser mon regard.

Je savais que cela lui faisait mal d'être assise en face de moi, alors je me levai au moment où Elizabeth prenait place à la table. J'avais obtenu ce pour quoi j'étais venu, et le reste ne comptait pas. Rien de tout ça ne comptait. Le moins que je puisse faire était de m'assurer que Sophia se sente un peu mieux en n'ayant pas à me regarder.

Je boutonnai ma veste et m'éclaircit la voix.

— Désolé, Elizabeth, mais je viens d'avoir une mauvaise nouvelle, je dois partir.

L'avocate me regarda, surprise.

— Je suis désolée. Devrions-nous reprogrammer ?

Je regardai Sophia.

— Non. Continuez, toutes les deux. Je rattraperai mon retard à un autre moment, si vous avez le temps.

Elizabeth sembla, à juste titre, perdue.

— Oh... d'accord ! Eh bien, pourquoi ne réservez-vous pas un créneau avec la réceptionniste en sortant et nous discuterons plus tard.

Je hochai la tête de manière évasive.

— Bien sûr.

Au cours des quarante-huit heures suivantes, je rendis visite à monsieur Thorne quatre fois. C'était soit ça, soit boire une bouteille de vodka. J'ignorai les appels de mon grand-père et ne recontactai pas Elizabeth Barton pour avoir les informations dont j'avais besoin de sa part. La seule responsabilité que je ne négligeai pas était de m'occuper des Bolton. Les devis et les plans de construction révisés étaient arrivés, et je travaillai avec Travis pour réduire certaines choses afin que nous ayons toujours une chance de tout terminer à temps pour le premier événement prévu le mois suivant. Ce n'était pas que je m'intéressais davantage aux travaux qu'à autre chose, mais Sophia était vulnérable, et je ne voulais pas qu'elle passe du temps avec un homme qui s'intéressait à elle. J'étais peut-être tombé amoureux, mais j'étais toujours un salaud égoïste.

Sophia et moi nous croisâmes dans les couloirs. Elle fit de son mieux pour éviter tout contact visuel, pendant que je faisais de mon mieux pour ne pas tomber à genoux et la supplier de me pardonner. Les heures s'écoulèrent alors que la date butoir du dépôt de nos offres approchait. Dans moins de vingt-quatre heures, tout serait terminé. L'un de nous apporterait la victoire à sa famille, pendant que l'autre ne survivrait jamais à cet échec. Mais plus important, Sophia et moi n'aurions plus de raison d'être en contact. L'un de nous se verrait très certainement demander de vider les lieux en tant que client, et nous redeviendrions ce que nous avions été durant les douze dernières années — des gens qui se voyaient de temps en temps à un événement et qui restaient de l'autre côté de la pièce.

La nuit précédant le rendu des offres, je ne pus dormir. J'avais envoyé par e-mail mon estimation finale de l'hôtel à mon grand-père, en même temps que ma recommandation pour l'offre. Il m'avait répondu en me demandant si j'étais certain que notre offre était plus élevée que celle des Sterling. Je lui avais dit que c'était le cas, bien que je n'en aie eu aucune idée.

À quatre heures et demie du matin, il me fut impossible de rester allongé dans mon lit, alors, je décidai d'aller courir. Je courais habituellement cinq kilomètres, mais ce jour-là, je courus jusqu'à ce que mes jambes me fassent mal, et ensuite, je courus pendant tout le trajet du retour, appréciant l'agonie que chaque pas douloureux causait à mon corps.

Le coffee shop du hall d'entrée était déjà ouvert, alors je pris une bouteille d'eau et allai m'asseoir dans un coin tranquille où Sophia et moi nous étions déjà installés. Un immense portrait de Grace Copeland était suspendu pas loin, et pour la première fois, je pris le temps de le regarder.

— Il a été peint d'après une photo prise pour son cinquantième anniversaire, dit une voix familière.

Je regardai sur le côté pour voir Louis, le gérant de l'hôtel, admirer la peinture avec moi. Il indiqua le fauteuil à mes côtés.

— Puis-je m'asseoir ?

— Bien sûr. Allez-y.

Nous continuâmes à regarder la peinture en silence, jusqu'à ce que je demande enfin :

— Vous étiez avec elle jusqu'à la toute fin, n'est-ce pas ?

Louis hocha la tête.

— Presque. Je travaillais à la réception quand cet endroit était tout décrépit. Les années qui ont suivi le rachat des parts de monsieur Sterling et de votre grand-père ont été délicates. Certaines semaines, Grace ne pouvait pas nous payer, mais nous lui étions tous si dévoués que nous avons trouvé comment survivre.

Je regardai à nouveau la peinture. Grace Copeland avait été une femme magnifique.

— Comment se fait-il qu'elle ne se soit jamais mariée après la rupture de ses fiançailles avec le vieux Sterling ? Ça n'a pas dû être par manque d'occasions.

Louis secoua la tête.

— Beaucoup de prétendants étaient effectivement intéressés par Grace. Et elle a fréquenté quelques personnes. Mais je pense que son cœur brisé ne s'est jamais vraiment remis. Elle a appris à vivre avec un cœur en morceaux, et de temps en temps, elle en distribuait un ou deux, mais elle pensait sincèrement qu'on ne peut s'engager avec quelqu'un que lorsque cette personne possède votre cœur en entier.

Je regardai à nouveau vers lui.

— Vous êtes marié, c'est ça ?

Il sourit.

— Depuis quarante-trois ans. Certains matins, j'ai hâte de quitter la maison pour faire une pause de mon Agnès. Elle a tendance à beaucoup parler, et principalement des affaires des autres. Mais chaque soir, j'ai hâte de rentrer chez nous pour la retrouver.

— Alors, vous pensez que c'est vrai ?

Ses sourcils se froncèrent.

— Quoi donc ?

— Vous pensez que si quelqu'un prend votre cœur, vous ne serez plus capable d'aimer de la même manière après ça ?

Il réfléchit un instant.

— Je pense que certaines personnes entrent dans votre cœur et y restent, même longtemps après en être parties physiquement.

Mon téléphone sonna à neuf heures dix. Le numéro ne m'était pas familier, mais j'avais le sentiment de savoir de qui il s'agissait.

— Allô ?

— Monsieur Lockwood ?

— Oui.

— Otto Potter à l'appareil.

Je me redressai dans mon fauteuil.

— Je me doutais que vous me contacteriez.

— Eh bien, je voulais juste m'assurer que ce que j'ai reçu sur votre formulaire d'offre était correct.

Je pris une profonde inspiration et soufflai.

— Ça l'est. Ce qui y est écrit est mon offre de la part de la famille Lockwood.

— Et vous êtes conscient que ce n'est pas un processus d'offre où chacun s'exprime à tour de rôle ? C'est une offre unique, où la meilleure gagne.

Je déglutis.

— Oui.

— D'accord. Nous nous recontacterons bientôt.

Après avoir raccroché, je fermai les yeux, attendant que la panique s'installe. Étonnamment, elle n'arriva pas. Au lieu de ça, je me sentis étrangement calme. Peut-être pour la première fois depuis longtemps — ou peut-être pour la première fois tout court.

CHAPITRE 28

Sophia

— Eh bien, encore une fois, félicitations, Sophia !

Elizabeth tendit la main vers moi alors que nous nous levions de la table de la salle de réunion.

— Merci.

Je réussis à afficher un sourire acceptable.

Sept jours s'étaient écoulés depuis que j'avais reçu l'appel disant que j'avais remporté l'offre pour ma famille, et pourtant, j'avais l'impression d'avoir perdu la guerre. Mon père avait pris un vol pour m'emmener dîner afin de fêter ça *sans* Spencer, et mon grand-père m'avait offert de superviser l'ensemble des activités hôtelières de la famille sur la côte ouest, la plus grande région que nous possédions. Tout se mettait en place, et malgré tout, je ne m'étais jamais sentie aussi vide à l'intérieur. La raison en était évidente.

— Resterez-vous pour diriger le Comtesse ? demanda Élisabeth.

— Je n'en suis pas encore sûre. Il y a un poste disponible sur la côte ouest, mais je n'ai pas encore décidé où j'atterrirai.

Elle hocha la tête.

— Eh bien, je resterai en contact avec vous jusqu'à ce que vous me disiez le contraire.

— Merci.

Elizabeth serra la main d'Otto Potter.

— J'ai été ravie de vous rencontrer, Otto. Je vous souhaite le meilleur pour Easy Feet.

— Vu le chèque que vous venez de me donner, je pense que l'avenir d'Easy Feet est assuré pour un moment.

Elle sourit.

— Rentrez-vous chez vous ? Voulez-vous partager un taxi ?

Otto secoua la tête.

— En fait, je vais traîner un peu ici.

Après s'être dit au revoir, il ne resta plus qu'Otto et moi. Il sourit chaleureusement.

— J'espérais pouvoir vous parler un instant, si vous avez le temps.

Je tendis la main vers nos sièges.

— Bien sûr. J'ai tout mon temps.

Une fois que nous fûmes installés, Otto sortit un bout de papier de sa poche et le déplia. Il le fit glisser de mon côté de la table.

— Les propositions d'offre étaient confidentielles, mais je me suis dit que maintenant que tous les papiers étaient signés, et que vous êtes l'actionnaire majoritaire du Comtesse, il n'y avait pas de mal à vous faire connaître celle que j'ai reçue des Lockwood.

Je pris le papier et jetai un coup d'œil. C'était le même formulaire que j'avais rempli pour soumettre l'offre de ma famille, sauf que celle-ci affichait 1 $ à l'endroit où le montant était censé se trouver. Mes yeux descendirent jusqu'au bas du formulaire pour vérifier la signature. Bien évidemment, personne d'autre que Weston Lockwood ne l'avait signé.

Je secouai la tête et relevai les yeux vers Otto.

— Je ne comprends pas.

Il haussa les épaules.

— Moi non plus. Alors, j'ai appelé Weston pour m'assurer qu'il n'y avait pas d'erreur. Il m'a affirmé que c'était bien l'offre de sa famille.

— Mais... ça signifie qu'il voulait perdre ?

Otto reprit le papier et le plia. Le fourrant dans sa poche, il dit :

— Je pense qu'il voulait plutôt s'assurer que quelqu'un d'autre gagne.

Mon cœur battait la chamade alors que je me tenais devant la porte. Les dernières semaines avaient été un enfer. Chaque pas que j'avais fait m'avait donné impression de marcher sur un long pont. Aujourd'hui, j'étais censée arriver enfin de l'autre côté. Mais au lieu de cela, je me tenais exactement à l'endroit où j'avais commencé.

Ce matin même, mon projet avait été de signer la paperasse juridique du Comtesse pour rendre les choses officielles, puis d'essayer de me détendre et de déterminer ce que je ferais ensuite. J'avais dit à mon grand-père que je le recontacterais au sujet du travail sur la côte ouest avant le lendemain, alors j'avais de grandes décisions à prendre. J'avais supposé que je serais dans un état mental plus stable après les formalités du jour. Mais j'étais plus perdue que jamais, et j'avais besoin d'entendre les choses directement de la bouche du concerné.

Alors, je levai la main et pris une profonde inspiration avant de taper à la porte de la chambre d'hôtel de Weston. Cela faisait huit jours que je l'avais vu dans la salle de réunion. Son bureau était resté dans le noir et fermé, et il n'était nulle part dans l'hôtel. Si j'avais été dupe, j'aurais pensé qu'il était parti. Mais je ne l'étais pas, parce que j'avais surveillé le système de réservation de l'hôtel pour voir s'il avait quitté l'établissement. La nuit précédente, ce n'était pas le cas.

Sur une expiration hésitante, je cognai mes articulations contre la porte. Mon cœur tambourina pendant que j'attendais qu'elle s'ouvre, et ma tête me donna presque l'impression que j'avais attrapé un rhume — pleine de pensées brumeuses que je n'arrivais pas à clarifier. J'avais tellement de questions ! Après une minute sans aucune réponse, je frappai à nouveau, plus fort, cette fois-ci. Alors que j'attendais, l'ascenseur du couloir tinta, et les portes s'ouvrirent. Un portier en fit sortir un chariot plein de bagages et le poussa dans ma direction. Il me salua de son chapeau.

— Bonjour, madame Sterling.

— Appelez-moi Sophia, je vous prie.

— D'accord.

Il glissa une clé serrure de dans la chambre à deux portes de là et fit entrer les sacs. Quand il eut terminé, il indiqua la porte devant laquelle je me tenais.

— Vous cherchez monsieur Lockwood ?

— Oui. En effet.

Il secoua la tête.

— Je crois qu'il a quitté l'hôtel il y a un petit moment. Je l'ai vu à la réception avec son bagage quand je suis arrivé, vers neuf heures à peu près.

J'eus l'impression que mon cœur s'arrêtait.

— Oh ! D'accord.

Comme il était inutile de rester plantée là, j'envisageai de descendre à la réception pour confirmer ce que le portier venait de me dire. Mais je n'étais pas certaine de pouvoir retenir mes larmes une fois que je l'aurais fait. Alors, je me dirigeai plutôt vers l'ascenseur et appuyai sur le bouton pour aller à mon propre étage. Au moins, c'était l'après-midi, alors techniquement, je ne boirais pas d'alcool le matin.

Il me fallut tout mon courage pour mettre un pied devant l'autre et sortir de la cabine, mais quand je le fis, mes pas traînants faiblirent.

Je clignai des yeux.

— Weston ?

Il était assis par terre, appuyé contre le mur près de la porte de ma chambre, les yeux baissés, son bagage près de lui. En me voyant, il se leva.

Mon cœur s'accéléra.

— Que... que fais-tu ?

Weston avait l'air encore plus horrible que la dernière fois que je l'avais vu. Des cernes noirs entouraient ses yeux rouges vitreux, et sa peau naturellement bronzée était devenue cireuse. Sa barbe avait poussé, mais elle n'était pas entretenue et nette. On aurait juste dit qu'il ne s'était pas donné la peine de se raser. Malgré cela, il était toujours étonnamment séduisant.

— On pourrait parler ?

Je venais juste de me mettre à sa recherche, pourtant, mon mécanisme d'autodéfense me fit hésiter.

Il le remarqua et fronça les sourcils.

— S'il te plaît...

— D'accord, dis-je en hochant la tête.

La caméra au bout du couloir attira mon œil.

— Rentrons.

Tandis que j'ouvrais la porte, ma nervosité s'accrut. J'avais vraiment besoin d'un verre, et cela me fit penser à quelque chose. Je me retournai et regardai les yeux injectés de sang de Weston.

— Tu as... bu ?

Il secoua la tête.

— Non. Je dors mal, c'est tout.

Hochant la tête, je posai mon ordinateur portable et mon sac à main sur la table basse et pris place à une extrémité du canapé, adjacent au fauteuil, où je supposais que Weston s'assiérait. Mais il ne saisit pas l'allusion. Au lieu de ça, il s'installa sur le canapé juste à côté de moi.

Quelques instants plus tard, il tendit la main pour prendre la mienne.

— Tu m'as manqué, dit-il d'une voix brisée. Tu m'as tellement manqué !

J'eus un goût salé familier dans la gorge, mais il ne me restait plus de larmes.

Avant que je puisse trouver quoi répondre, il continua :

— Je suis vraiment désolé de t'avoir blessée. Je suis vraiment désolé de t'avoir fait douter de ce que tu signifies pour moi.

Je secouai la tête et baissai les yeux vers nos mains.

— J'ai peur, Weston. J'ai peur de te croire.

— Je sais. Mais s'il te plaît, donne-moi une deuxième chance de te montrer que je peux être l'homme que tu mérites. J'ai merdé. Ça ne se reproduira plus. Je te le promets, Soph.

Je restai silencieuse un long moment, démêlant le désordre de mes sentiments et de mes doutes. Quand je fus enfin capable de me concentrer un peu, je levai les yeux vers lui.

— Pourquoi as-tu offert un dollar ?

Je devinai qu'il ne s'était pas attendu à ce que je sache ce qu'il avait fait.

— Ma famille ne mérite pas de s'occuper de cet hôtel... pas avec ce que mon grand-père a fait au tien il y a toutes ces années, et pas avec ce qu'il attendait de moi. Les choses devaient être faites correctement, une bonne fois pour toutes.

— C'est très noble de ta part. Mais... et si ton grand-père découvre ce que tu as fait ?

Weston me regarda dans les yeux.

— Il le sait déjà. Je suis allé le voir le lendemain de notre dépôt d'offre et de l'annonce de ta victoire. Je le lui ai dit en personne.

Mes yeux s'écarquillèrent.

— Comment ça s'est passé ?

Le coin des lèvres de Weston tressauta.

— Pas trop bien.

— Il t'a renvoyé ?

Il secoua la tête.

— Il n'a pas eu à le faire. J'avais déjà démissionné.

— Seigneur, Weston ! Pourquoi ferais-tu ça ? Pour prouver ta loyauté envers moi ?

— C'était plus que ça. J'avais besoin de le faire pour moi, Soph. Ça mûrissait depuis longtemps. C'était juste la goutte d'eau qui a fait déborder le vase. Je me suis rendu compte que ma famille avait beaucoup à voir avec mes problèmes d'alcool. Je buvais parce que je ne m'aimais pas. Et ça a commencé avec la façon dont ils me faisaient me sentir. J'ai passé la majeure partie de ma vie à essayer de prouver à mes parents et à mon grand-père que j'étais plus que des pièces de rechange. J'ai enfin réalisé que la seule personne à qui j'avais besoin de le prouver, c'était moi.

Je ne savais pas quoi dire.

— On dirait que tu as fait beaucoup d'introspection durant la semaine.

— C'est le cas.

— Que vas-tu faire, maintenant ? Je veux dire, maintenant que tu n'es plus employé par les Lockwood ?

Il haussa les épaules et m'offrit un léger sourire.

— Je ne suis pas sûr. Il y a des postes disponibles chez Sterling Hospitality ?

Je le regardai dans les yeux. Il m'avait fait affreusement mal, c'était certain. Mais cela faisait bien plus mal d'être séparée de lui. Me brûlerais-je si je lui donnais une seconde chance ? Très probablement. Rien n'était certain dans la vie. Enfin, sauf le fait que je serais malheureuse si je ne prenais pas ce risque et ne donnais pas une autre chance à ma relation avec cet homme. Weston avait sauté dans le précipice. Peut-être que si je le faisais aussi, nous pourrions apprendre à voler ensemble.

— En fait...

Je pris une profonde inspiration et me plaçai au bord de ce précipice imaginaire.

— Il y a une position dans cet hôtel pour laquelle je pense que tu serais parfait.

Weston haussa un sourcil.

— Ah oui ? Laquelle ?

— Eh bien, c'est une position sous moi.

Ses yeux pétillèrent avec espoir.

— Sous toi ? Je pourrais le gérer.

— Et ça durerait de longues heures.

Sa lèvre se releva dans un coin, juste légèrement.

— Ce n'est pas un problème, j'ai beaucoup d'endurance.

Je levai un doigt et tapotai ma lèvre inférieure, comme si je réfléchissais.

— En fait, je ne suis pas certaine que la position te conviendrait. Il y a d'autres candidats que je dois envisager d'abord. Puis-je te recontacter ?

— D'autres candidats... pour être sous toi ?

Je perdis la bataille pour contenir mon sourire.

— C'est ça.

L'étincelle dans les yeux de Weston se transforma en flammes. Me prenant complètement par surprise, il se pencha en avant, appuya son épaule contre ma poitrine et me souleva du canapé comme un pompier. En deux mouvements rapides, je fus dans les airs, retournée sur le dos, et atterris soudain sur le canapé dans un bruit sourd.

Weston suivit, me surplombant.

— Je crois que tu as raison, dit-il. Une position sous toi n'est peut-être pas le bon endroit pour moi. Tu as quelque chose de disponible au-dessus ? J'aime trop contrôler et je pense que je conviendrais mieux dans ce service-là.

Je ris.

— Non. Désolée. Tout est plein.

Weston grogna.

— C'est moi qui vais te remplir.

Seigneur, il m'a manqué ! Je posai ma main sur sa joue.

— Il semblerait vraiment que tu puisses faire du bon boulot. Laisse-moi y réfléchir un peu. Je te trouverai peut-être une place, après tout.

— Je connais ma place, mon cœur.

Il ôta une mèche de cheveux de mon visage.

— En toi. C'est là, ma place. Comment dois-je postuler pour ce boulot-*là* ?

Je souris.

— Je suis presque sûre que ce poste est déjà à vous, monsieur Lockwood. Tu es en moi depuis longtemps. J'étais juste trop effrayée pour l'admettre.

Weston me regarda au fond des yeux.

— Oui ?

Je hochai la tête.

— Oui.

— Je t'aime, Soph. Je ne laisserai plus jamais tomber.

Je souris.

— Je t'aime aussi, mon boulet.

Weston frôla mes lèvres des siennes.

Mon cœur me sembla plein, et pourtant, je devais encore savoir quelque chose.

— Quelle aurait été ta véritable offre ?

— Pour le Comtesse ?

Je hochai la tête.

— J'ai évalué l'hôtel à un peu moins de cent millions. Alors mon offre aurait été de deux millions pour la part minoritaire. Pourquoi ?

Je souris.

— Mon offre était de deux millions un. J'aurais gagné malgré tout.

Weston ricana.

— C'est important pour toi ?

— Eh bien, oui ! Je t'aurais battu en bonne et due forme. Maintenant, je peux te regarder de haut plutôt que de te laisser penser que tu m'as *laissé* gagner.

Il sourit.

— Tu vas me regarder de haut ?

— À chaque occasion que j'aurai.

— Tu sais, je rampe à tes pieds, en ce moment. Ça finira par m'énerver si tu me le mets sous le nez. Je n'aime pas perdre. Mais ce n'est pas grave. Il n'y a personne d'autre au monde avec qui j'aime me disputer ou me faire pardonner. Je vois beaucoup de disputes et d'ébats dans notre futur.

Je levai les yeux au ciel.

— Comme c'est romantique !

— C'est moi. Mister Romantique. Tu es une petite chanceuse.

ÉPILOGUE

Weston - 18 mois plus tard

— Entrez !

La porte de mon bureau s'ouvrit, et un visage que je ne m'attendais pas à voir me sourit.

Louis Canter jeta un coup d'œil circulaire à la pièce.

— Eh bien, regardez-vous, vivant à la dure !

Les meubles de mon bureau consistaient en une table pliante, une chaise en métal et trois caisses de lait que j'avais utilisées en tant que caisson de rangement improvisé. Une ampoule nue pendait au-dessus de ma tête au bout d'un câble orange. Rendre mon espace de travail présentable n'était pas en haut de ma liste de tâches.

Je me levai et contournai mon bureau pour l'accueillir. Lui serrant la main, je le taquinai.

— Quoi, vous vous encanaillez, aujourd'hui ? Vous savez que la seule vue sur le parc qu'on ait dans cet hôtel est celle de l'autre côté de la rue, où on vend du crack.

Il gloussa.

— Les travaux du hall d'entrée sont réussis. Ça me rappelle beaucoup les premiers jours où j'ai commencé mon service au Comtesse.

— Bizarrement, je doute que Grace ait dû payer des clochards pour qu'ils arrêtent d'uriner devant la porte.

— Peut-être pas. Mais l'énergie est la même. Il y a un bourdonnement quand on passe cette porte d'entrée... des entrepreneurs qui peaufinent les derniers détails, de nouveaux employés qui courent partout pour que tout soit prêt quand les premiers clients arriveront. C'est comme si quelque chose de spécial s'apprêtait à arriver.

Je souris. J'avais cru que j'étais le seul à ressentir cela. Six semaines après la reprise du Comtesse par la famille Sterling, j'étais en route pour aller voir monsieur Thorne quand j'avais remarqué un panneau À vendre à la fenêtre d'un hôtel condamné. L'agent immobilier se trouvait à l'intérieur, alors je m'étais arrêté. Pendant qu'elle parlait au téléphone, j'avais regardé autour de moi. Le lieu était un désastre de toiles d'araignée et était négligé. Mais l'enseigne au-dessus de ce qui avait autrefois été le bureau de réception attira mon regard. *Hôtel Caroline.* À cet instant-là, je savais que ma vie s'apprêtait à changer.

Le bâtiment était fermé depuis cinq ans. Plus tard, j'avais découvert que l'hôtel avait clos ses portes une semaine après le décès de ma sœur. Je n'avais jamais vraiment cru au destin, mais j'aimais penser que ma sœur me regardait ce jour-là, me faisant signe qu'il était temps que je me ressaisisse et que je prenne mon courage à deux mains. Ce n'était pas le meilleur quartier pour l'instant, mais il était prometteur — proportionnellement à ce que je pouvais me payer — et j'avais foi en cette zone. Plus important, j'avais foi en moi. Enfin.

Un mois après avoir mis les pieds dans l'hôtel Caroline, le jour de mon trentième anniversaire, j'avais donné un chèque de presque cinq millions de dollars en échange de l'acte de propriété d'un hôtel en plein chaos. C'était la première fois que je touchais un centime du fonds en fiducie que mon grand-père avait créé en compensation de mon rôle de corps de pièces de rechange pour ma sœur.

Par politesse, cet après-midi-là, j'avais appelé mon grand-père et mon père pour leur dire que je me lançais de mon côté. Aucun d'eux ne s'était vraiment remis de ce que j'avais fait avec le Comtesse. Mais les tenir au courant me semblait correct.

Aucun ne me souhaita bonne chance. Ils n'essayèrent pas non plus de me dire que je faisais une erreur. Honnêtement, ils s'en fichaient royalement. Sans parler du fait qu'aucun de ne se rappela que c'était mon anniversaire. *Bon débarras ! Faites attention que la porte ne vous botte pas les fesses en sortant.*

Plus tard ce soir-là, j'étais allé voir Sophia et avais célébré ma liberté exactement comme je l'avais voulu — par une bonne dispute avec ma copine. Elle avait été un peu contrariée que je ne lui aie parlé d'aucun de mes projets avant qu'il ne soit trop tard. J'avais acheté un hôtel en ruines et m'étais fondamentalement excommunié de ma famille sans dire un seul mot.

À ce jour, je ne sais pas exactement pourquoi j'ai fait cela. Peut-être que j'avais peur qu'elle essaye de me dissuader de le faire, ou peut-être que c'était juste quelque chose que j'avais besoin de faire tout seul. L'un comme l'autre, elle n'était pas ravie de ne pas avoir été mise au courant. Cependant, elle m'avait pardonné lorsque je lui avais procuré trois orgasmes et l'avais détachée.

— Alors, qu'est-ce qui vous amène ici, Louis ? demandai-je. Tout est toujours prêt pour ce soir au Comtesse ?

— Tout est parfait. L'équipe de maintenance a commencé à tout installer à la minute où Sophia est partie à l'aéroport hier. Tout sera prêt lorsque vous arriverez ce soir.

— Super. Merci.

Louis avait un petit sac en papier marron dans la main. Il me le tendit.

— Je me suis dit que vous aimeriez ça. Je l'ai trouvé dans l'un des cartons que nous avons sortis de la réserve.

Je fronçai les sourcils.

— Qu'est-ce que c'est ?

— Un cadeau de Noël que j'ai offert à Grace en 1961. J'avais complètement oublié. Mais jetez un coup d'œil. Je me suis dit que ça correspondrait parfaitement à l'occasion.

À l'intérieur du sac en papier, une décoration de verre était enveloppée dans de vieux journaux. Au début, je ne compris pas la signification, mais quand je la tournai et vis ce qui était peint de l'autre côté, je relevai la tête.

— Bordel de merde !

Louis sourit.

— La vie est un immense cercle, n'est-ce pas ? Parfois, on pense qu'on en a atteint le bout et qu'on a bouclé la boucle, juste pour se rendre compte qu'on est à nouveau au début. Bonne chance pour ce soir, fiston.

Sophia

Un sourire aux lèvres, je regardai depuis l'escalator de l'aéroport Weston fouiller la foule du regard, me cherchant. Même s'il n'était pas la plus grande des personnes, il ressortait du lot. Il dégageait quelque chose de très magnétique. Évidemment, il était grand, sombre et séduisant — cela allait sans dire. Mais ce n'était pas ce qui le démarquait des autres. C'était la façon dont il se tenait — les pieds écartés, le menton redressé, le regard malicieux assorti à son sourire narquois qui menaçait toujours d'apparaître. Il se tenait dans la zone de récupération des bagages, un bouquet de fleurs dans les mains, et j'étais certaine que le cœur des quelques femmes proches de lui allait battre la chamade à cette scène.

Quand je fus à moitié arrivée en bas, il me remarqua, et son sourire toujours menaçant se transforma en vrai sourire. Nous étions ensemble depuis plus d'un an et demi aujourd'hui, et cela faisait presque un an que nous avions sauté le pas et emménagé ensemble, et pourtant, son sourire sexy me faisait toujours fondre. Il traversa à grands pas la zone d'arrivée en direction de l'escalator, sans jamais me quitter des yeux.

— Que fais-tu ici ? demandai-je, souriant en quittant l'escalator.

Weston prit ma valise, glissa un bras autour de ma taille et m'attira contre lui.

— J'avais hâte de te voir.

Il m'embrassa comme si je m'étais absentée un mois, alors que j'étais juste partie la veille au matin pour rendre visite à mon grand-père.

— Eh bien, c'est une surprise agréable ! Merci d'être venu me chercher.

Hors de l'aéroport, je refermai vivement mon manteau.

— Je ne suis vraiment plus en Floride.

— Oui. On était censés avoir de la neige, aujourd'hui.

— Oh ! J'adorerais ça. J'espère qu'elle tiendra jusqu'à Noël pour qu'on puisse avoir un réveillon blanc.

— Mon cœur, s'il neige demain et que ça tient encore pendant deux semaines, ça va être un Noël sale et gris.

Je boudai.

— Ne gâche pas mon rêve juste parce que tu es Scrooge.

— Je ne suis pas Scrooge.

— Oh, bien ! On pourra décorer l'appartement ce week-end, alors ?

— Oui, bien sûr.

Je savais que les fêtes étaient une période difficile de l'année pour Weston, parce que décorer lui rappelait Caroline. Mais je voulais faire plus que ce que nous avions fait l'année précédente, c'est-à-dire pas beaucoup.

Sur le chemin pour revenir en ville, je tins Weston au courant de mon voyage. Il me donna des nouvelles de l'hôtel Caroline, qui était censé ouvrir juste après la nouvelle année. Puisqu'il semblait être de bonne humeur, j'envisageai d'aborder une autre conversation que je voulais avoir.

— Donc... ma grand-mère va avoir quatre-vingts ans le mois prochain. Mon grand-père lui organise une fête surprise en Floride.

Weston me jeta un coup d'œil.

— Ah oui ? C'est sympa.

— Je pensais qu'on pourrait peut-être y aller.

— *On* ?

— Oui, on.

— Tu veux que je vienne à une fête pleine de Sterling ?

Je hochai la tête.

— Oui.

— Et que penses-tu que ton grand-père aura à dire là-dessus ?

— Je lui en ai déjà parlé. Il... s'y fait.

C'était vrai. Enfin, en quelque sorte. Au moins, cette fois-ci, il n'avait pas dit *il faudra me passer sur le corps* quand je lui avais parlé de faire connaissance avec l'homme avec qui je vivais. Je prenais ça comme un progrès.

Weston tapota ses doigts sur le volant.

— J'irai si tu le veux.

Mes yeux s'écarquillèrent.

— *Tu le feras ?*

— C'est important pour toi, non ?

— Oui. Je sais que mon grand-père t'adorerait s'il voulait simplement apprendre à te connaître.

Weston secoua la tête.

— Pourquoi ne viserait-on pas plutôt le fait qu'il tolère ma présence, pour que tu ne sois pas déçue, bébé ?

Je souris.

— D'accord.

Lorsque nous fûmes sortis du tunnel, Weston tourna à droite au lieu de partir à gauche.

— On ne rentre pas à la maison ?

— Je dois m'arrêter au Comtesse.

— Pour quoi faire ?

— Euh… un colis est arrivé là-bas par accident. J'ai passé une commande depuis ton compte Prime, et la dernière adresse où tu as fait livrer quelque chose était là-bas, et je n'ai pas remarqué.

Je bâillai.

— Je suis fatiguée. C'est important ? Je peux juste te le rapporter à la maison demain, après le travail.

— Oui. C'est important.

— Qu'est-ce que c'est ?

Je restai silencieux une minute.

— Ça ne te regarde pas. Voilà ce que c'est.

Je souris.

— C'est mon cadeau de Noël, c'est ça ?

Nous arrivâmes au pâté d'immeubles du Comtesse, et Weston se gara au bord du trottoir. Il déboucla sa ceinture et commença à sortir.

— Je vais juste attendre ici, dis-je.

— Non.

— Comment ça, « non » ? Pourquoi ne puis-je pas attendre ici ?

Weston se passa une main dans les cheveux.

— Parce que le colis est dans ton bureau, et que je n'ai pas la clé.

J'attrapai mon sac à main que j'avais posé par terre.

— Oh, je vais te donner ma clé !

Weston souffla.

— Viens juste avec moi.

— Mais je suis fatiguée.

— Ça ne prendra pas plus d'une minute.

Je soupirai.

— Bien. Mais parfois, tu es pénible. Tu le sais ?

Il marmonna quelque chose tandis qu'il sortait de la voiture, et contourna malgré tout la voiture en courant pour ouvrir ma portière. Quand il me prit la main pour m'aider à sortir, je remarquai que celle-ci était moite.

— Je ne savais pas que ta voiture avait un volant chauffant.

— Il n'en a pas.

— Alors, pourquoi tu as les mains moites ?

Weston fit la grimace et me tira pour que j'avance. À l'entrée du Comtesse, il fit un signe de main au portier et ouvrit la porte pour moi. Son humeur était passée d'heureuse à grognon très rapidement.

Dedans, je fis quatre ou cinq pas avant de m'arrêter. Je clignai plusieurs fois des yeux, confuse.

— Qu'est-ce que... qu'est-ce que c'est ?

— Qu'est-ce que ça a l'air d'être ?

— On dirait le plus gros sapin de Noël que j'aie jamais vu.

Weston me guida plus près. Il s'arrêta devant un immense sapin baumier, et je levai les yeux. L'arbre me surplombait, positionné entre les deux volées de marche incurvées qui menaient à l'étage supérieur. Il arrivait presque jusqu'au plafond. Il devait faire neuf mètres de haut et donnait au hall d'entrée une ambiance de Noël.

— Tu aimes ? demanda-t-il.

Je secouai la tête.

— J'adore. Il est immense !

Weston fit un clin d'œil et s'appuya contre moi.

— J'ai déjà entendu ça.

Je ris.

— Sérieusement, je n'arrive pas à croire que tu aies fait ça.

Len, de la maintenance, s'approcha. Il avait une rallonge dans une main et une prise de quelque chose dans l'autre. Il regarda Weston.

— Vous êtes prêts ?

Weston hocha la tête.

— Comme jamais.

Len connecta les deux cordons, et le sapin tout entier s'illumina en blanc. Je n'arrivais même pas à deviner combien de milliers de lumières devaient y être accrochées. Quelques secondes plus tard, l'arbre commença à clignoter. C'était absolument magique. Et j'étais si émerveillée par tout cela que je n'avais pas remarqué que Weston avait bougé. Mais quand je le fis, le monde sembla s'arrêter.

Tout, excepté l'homme agenouillé devant moi, sembla s'effacer.

Je couvris ma bouche de mes mains, et mes yeux devinrent immédiatement humides.

— Oh, mon Dieu, Weston ! Et je ne voulais pas sortir de la voiture !

Il gloussa.

— Ce n'était de toute évidence pas prévu, mais c'est très bien tombé, tu ne crois pas ? On a dû se disputer juste avant que j'en vienne à ça. Ce ne serait pas nous si tout n'était que sourires et roses.

Je secouai la tête.

— Tu as raison. Ce ne serait pas nous.

Weston prit une profonde inspiration, et je regardai son torse monter et descendre. Il prit ma main, et je compris enfin pourquoi les siennes étaient moites. Elles l'étaient encore. Mon homme arrogant était *nerveux*. Je levai mon autre main jusqu'à ma poitrine et couvris mon cœur palpitant. *Il n'est pas le seul.*

Weston se racla la gorge.

— Sophia Rose Sterling, avant de te rencontrer, je n'avais aucune raison d'être. Il ne m'a pas fallu longtemps après ton arrivée dans ma vie telle une tornade pour me rendre compte que la raison pour laquelle j'étais perdu, c'était que tu ne m'avais pas encore trouvé. Ma raison d'être était de t'aimer. Tout au fond, je l'ai su dès le premier jour nous avons mis les pieds dans cet endroit. Mais ça n'avait aucun sens. Il m'a fallu un moment pour comprendre que l'amour ne devait pas forcément en avoir un ; il devait simplement nous rendre heureux. Et c'est ce que tu fais — tu me rends plus heureux que je ne l'ai jamais été, Soph. Je veux passer le reste de ma vie à me disputer avec toi juste pour qu'on puisse se réconcilier. Et je veux que le reste de ma vie commence aujourd'hui. Alors, veux-tu bien, s'il te plaît, me faire l'honneur de m'épouser, parce que « *Je ne voudrais aucune autre compagne au monde que toi* » ?

Des larmes coulèrent le long de mes joues. Je ne sais pas pourquoi, mais je tombai à genoux et appuyai mon front contre le sien.

— Comment puis-je dire non, alors que tu cites enfin correctement Shakespeare ? Oui ! Oui ! Je t'épouserai.

Weston glissa le plus magnifique des diamants taille coussin à mon doigt. Les milliers de lumières qui éclairaient l'arbre au-dessus de nous étaient pâles en comparaison de son éclat.

Fidèle à lui-même, Weston passa sa main derrière ma nuque et serra fort, écrasant mes lèvres contre les siennes.

— Bien. Maintenant, ferme-la et donne-moi cette bouche.

Il m'embrassa au milieu du hall d'entrée, devant le gros sapin de Noël, longtemps et durement. Quand nous finîmes par manquer d'air, j'entendis des gens applaudir. Il me fallut quelques secondes pour comprendre qu'ils *nous* applaudissaient. Des gens avaient assisté à la demande. Je regardai autour de nous.

Oh, mon Dieu ! Monsieur Thorne est ici.

Et... est-ce que c'est... Je clignai plusieurs fois des yeux.

— Est-ce que c'est... ?

Weston sourit.

— Scarlett. Oui. Je l'ai fait venir hier soir pour lui demander la permission de t'épouser. Je me suis dit que je n'aurais pas beaucoup de chance avec ton père, et tu accordes plus de valeur à son avis de toute façon.

Nous étions tous les deux agenouillés par terre, alors Weston m'aida à me relever. Scarlett et monsieur

Thorne nous félicitèrent, tout comme un grand nombre de nos employés.

Je levai les yeux vers Weston, toujours abasourdie.

— Je n'arrive pas à croire que tu aies fait tout ça. Tu te rappelles l'histoire que je t'ai racontée sur la dernière fois qu'un sapin s'est trouvé dans ce hall ?

— Oui, répondit-il. Tous les trois avaient l'habitude de décorer un grand sapin ensemble à cet endroit même. Grace a toujours espéré que nos grands-pères changeraient d'avis un jour, qu'ils redeviendraient amis et referaient ça. Ça n'est jamais arrivé, alors elle n'a jamais plus installé de sapin. C'est pour ça que je l'ai fait. Nos grands-pères sont trop têtus pour changer d'avis, mais je pense que Grace Copeland serait heureuse que les Sterling et les Lockwood soient à nouveau amis.

Je souris.

— Elle le serait, j'en suis sûre.

Weston mit la main dans la poche de son manteau.

— Oh, j'ai failli oublier ! J'ai fait suspendre les lumières afin que ce soit beau pour toi, mais nous allons le décorer ensemble. Exactement comme ils le faisaient. Deux douzaines de cartons de décorations sont empilées derrière le sapin. Mais j'ai la première que tu dois accrocher.

— Vraiment ?

Il déballa une boule en verre d'un tas de papier journal et me la tendit.

— Louis l'a offerte en cadeau à Grace une année. Il l'a trouvée dans la réserve hier. Si je doutais que faire ma demande devant cet arbre soit la bonne décision, cette décoration l'a renforcée.

Je baissai les yeux vers la boule de Noël, qui était personnalisée comme beaucoup de décorations d'aujourd'hui. Peintes en argent, trois silhouettes se tenaient la main, les deux aux extrémités un peu plus grandes que celle du milieu, et juste en dessous, des noms étaient peints.

Sterling – Copeland –Lockwood

Pour toujours

— C'est nous, avec Grace Copeland nous menant l'un à l'autre, Soph.

— Oh, mon Dieu ! Tu as raison !

Weston se pencha et frotta ses lèvres sur les miennes.

— Bien sûr que j'ai raison. J'ai toujours raison.

J'accrochai la décoration à l'arbre et passai mes bras autour de son cou.

— Tu sais, je n'aime pas la bague que tu as choisie, et je pense que tu aurais pu être un peu plus créatif dans ta demande. Oh, et l'arbre... Il est vraiment nul !

Les yeux de Weston s'écarquillèrent.

— J'espère que tu plaisantes.

— Pas du tout.

Je tentai de dissimuler mon sourire, mais échouai.

— Peut-être qu'on pourrait se disputer à ce sujet plus tard quand on sera à la maison.

Les yeux de Weston s'assombrirent.

— Pourquoi attendre aussi longtemps ? Retrouve-moi dans la buanderie dans cinq minutes...

GARDEZ LE CONTACT

Rejoignez plus de 18 500 lecteurs de romance dans le groupe de lecture privé de Vi !

Suivez Vi sur Instagram

Inscrivez-vous à sa liste de diffusion pour en savoir plus sur ses prochaines parutions !

Chers lecteurs,

J'espère que vous avez aimé l'histoire de Grant et Ireland ! Afin d'être informés de mon actualité, n'hésitez pas à rejoindre mon groupe Facebook qui réunit déjà plus de 22 000 lecteurs !

Rejoignez le groupe des lectrices de Vi Keeland

(http://www.facebook.com/groups/
ViKeelandFanGroup/)
Suivez Vi sur Instagram

(http://www.instagram.com/vi_keeland/)

Inscrivez-vous à sa liste de diffusion pour en savoir plus sur ses prochaines parutions !

(http://www.subscribepage.com/i6h3o5)

REMERCIEMENTS

À vous – les *lecteurs*. Merci de m'avoir permis de participer à votre évasion littéraire. La vie semble bouleversée ces derniers temps, et je suis vraiment reconnaissante de pouvoir vous permettre de vous évader pendant un court moment. J'espère que vous avez aimé l'histoire de Weston et Sophia, passés d'ennemis à amants, et que vous reviendrez voir qui vous rencontrerez ensuite !

À Penelope – Ces dernières années ont été une grande et folle aventure, et je ne voudrais faire ce voyage avec personne d'autre.

À Cheri – Merci d'avoir toujours été là pour moi, et de garder encore mon âge secret. ;) Les livres nous ont rapprochées, mais l'amitié nous a réunies pour toujours.

À Julie – Merci pour ton amitié et ta sagesse.

À Luna — Tant de changements en un an, et j'ai aimé observer chacun d'eux. Merci pour ton amitié.

À mon incroyable groupe de lectrices Facebook, les Vi's Violets – 17 000 femmes intelligentes qui aiment parler de livres. Il n'y a pas de plus beau cadeau. Merci de faire partie de ce voyage fou.

À Sommer – C'est ma préférée. Je sais que je l'ai déjà dit. Mais cette fois-ci, c'est vrai... jusqu'à ce que tu te surpasses sur la prochaine ! Merci pour cette nouvelle couverture incroyable.

À mon agent et amie, Kimberly Brower – Merci d'être toujours là. Chaque année apporte une occasion unique grâce à toi. J'ai hâte de voir ce que tu vas inventer ensuite !

À Jessica, Elaine et Julie – Merci d'avoir aplani toutes les aspérités et de m'avoir fait briller !

À Eda – Merci pour toute ton aide et tes commentaires !

À tous les blogueurs – Merci d'avoir encouragé d'autres personnes à me donner une chance. Sans vous, il n'y aurait pas d'eux.

Je vous aime tant,
Vi

À PROPOS DE L'AUTEURE

Vi Keeland est une auteure de best-sellers n° 1 au classement du *New York Times*, n° 1 au classement du *Wall Street Journal* et figurant au classement de *USA Today*. Avec des millions d'exemplaires vendus, ses titres sont mentionnés dans plus d'une centaine de listes de best-sellers et sont actuellement traduits en vingt-cinq langues. Avec son mari et ses trois enfants, elle habite à New York où elle vit son propre conte de fées avec le garçon qu'elle a rencontré à l'âge de six ans.

www.ingramcontent.com/pod-product-compliance
Lightning Source LLC
Chambersburg PA
CBHW011147190726

48288CB00010B/3210